"十三五"国家重点图书出版规划项目

西班牙语文学译丛
尹承东 主编

丹吉尔迷雾

Niebla en Tánger

〔西班牙〕克里斯蒂娜·洛佩斯·巴里奥 著
欧阳竹萱 译

中央编译出版社
Central Compilation & Translation Press

图书在版编目(CIP)数据

丹吉尔迷雾 /(西)克里斯蒂娜·洛佩斯·巴里奥著；欧阳竹萱译 . —北京：中央编译出版社，2022.5
ISBN 978-7-5117-4141-7

I. ①丹… II. ①克… ②欧… III. ①长篇小说—西班牙—现代 IV. ① I551.45

中国版本图书馆 CIP 数据核字（2022）第 015019 号

© Cristina Lopez Barrio, 2017
Rights granted by Editorial Planeta S.A.
Translation rights arranged by DOS PASSOS Agencia Literaria, S.L.
All rights reserved

版权登记号：图字：01-2022-2308

丹吉尔迷雾

责任编辑	苗永姝
责任印制	刘 慧
出版发行	中央编译出版社
地　　址	北京市海淀区北四环西路 69 号（100080）
电　　话	（010）55627391（总编室）　（010）55627319（编辑室）
	（010）55627320（发行部）　（010）55627377（新技术部）
经　　销	全国新华书店
印　　刷	北京时捷印刷有限公司
开　　本	880 毫米 ×1230 毫米 1/32
字　　数	215 千字
印　　张	9.375
版　　次	2022 年 5 月第 1 版
印　　次	2022 年 5 月第 1 次印刷
定　　价	39.00 元

新浪微博：@中央编译出版社　　微　信：中央编译出版社（ID：cctphome）
淘宝店铺：中央编译出版社直销店（http://shop108367160.taobao.com）（010）55627331

本社常年法律顾问：北京市吴栾赵阎律师事务所律师　闫军　梁勤
凡有印装质量问题，本社负责调换，电话：（010）55626985

目 录
Contents

1. 情人　001
2. 风　016
3. 《丹吉尔迷雾》第一章　026
4. 旅行　037
5. 《丹吉尔迷雾》第二章　049
6. 女作家　067
7. 《丹吉尔迷雾》第三章　085
8. 艾莎·坎迪沙　104
9. 《丹吉尔迷雾》第四章　121
10. 相片　144
11. 《丹吉尔迷雾》第五章　160
12. 《丹吉尔迷雾》结语章　183
13. 柏柏尔护身符　187
14. 王尔德　211
15. 坟丘　225
16. 红头发　232
17. 一封信　247

18. 艺术和生活　271

19. 床单　287

作者的话　290

1. 情人

2015 年 12 月 12 日于马德里

　　她的呼吸像玻璃一般清脆。她苏醒来,发现自己在一个红色墙壁的房间里。现在仍然是夜晚,她轻声地呼吸。窗帘半掩着窗户,窗外广告牌霓虹灯闪烁的光芒投进房间,洒在床上,照着她裸露的腹部。她一动不敢动,听着窗外车水马龙络绎不绝来来往往的喧嚣声,凌晨的格兰大街已然沉浸在一片繁忙中。她记起来了她在哪儿,她是谁,她做过什么。他,活生生地躺在她的身旁,沉入在梦境里的一呼一吸之间。她想知道"现在几点了"。她感觉到寒冷,冰凉的乳头,麻木的双腿,腹部透着霓虹灯照射的冷色调蓝光。对性爱的记忆仍然清楚。太多的痕迹可以证明那发生的一切都是真实的。但是,我应该离开了,估计已经两点多了。可是,如果他醒来怎么办?她的心跳到了喉咙。他俯卧侧睡,脸向着她,赤裸着身体,肌肤贴着床单,这些也是见证他们性爱的印迹。她起来了,全身肌肉无力,头脑混沌,嘴唇火辣辣的。

　　裤子、鞋子、上衣、丝袜,乱七八糟地散落一地……她摸索着寻找自己的衣物，并迅速穿好，一边监视着他的动静。如果他移动了一下，如果他呼吸重一点，她就会停下，等待他平静下来。床头柜上放着她的包。手机的时钟显示已是三点半了。她看见包旁边的一本书，几个小时之前她是完全忽略了这本书的存在；她借着手机电筒的光亮翻页看了看。许多张书页里都有便利贴的标记，上面有铅笔写着的法文注释。这本书叫《丹吉尔迷雾》，它的作者是贝莉亚·努尔。他喜欢读书。她一边观察着他，一边想着，他现在是平躺的睡姿，霓虹灯的光亮照着他的下身。

放下书之后，她看见一个钱包，一个非常老式的钱包，里面放了一部手机，而他，还在别的世界里呼吸着。她打开钱包，惊讶得双手颤抖：钱包里没有一张信用卡，没有任何证件，也没有任何名片，只有一张黑白照片，一个身穿军服面带微笑的男子。她听见他咳嗽了。钱包从她手指间滑落，她拽住了一只角，钱包里有东西掉出来，落到了地毯上。是一个十字架形坠饰，她用一只手死死地握住它，坠饰承受着快要破裂的力度。"大胆地冒险一次吧，亲爱的。"这是她的心理医生经常对她说的一句话。她最终将垂饰装进了包里。她用一支圆珠笔在床头柜上印着酒店名称的便条本上潦草地写下一行字"*同眠共枕的女人弗洛拉*"，并留下了她的电话号码。他还抱着枕头沉睡，她，带着他在脸颊上留下的气息离开了房间。

酒店前台值夜班的是一个年轻小伙，手指正在他新买的苹果手机屏幕上飞快地滑动。圣诞节前夕，酒店的客流量总是很大，但忙碌的时间在一个小时前，现在的时刻总算是平静下来。当电梯门打开那一刻，值班小伙将视线从他的手机屏幕上挪开，朝这个匆匆忙忙走向出口的女士问候一句："晚上好。"而弗洛拉，偷偷摸摸地离开，甚至连一声回应都没有。

　　马德里是一个充满烟火气的城市。剧院广告牌的霓虹灯光投射照亮整个格兰大街,熙熙攘攘,来往不息,到处是一群群头戴圣诞帽的青年,卖啤酒和用塑料纸盒盛装夹肉面包的小商贩。弗洛拉,踩着那双她并不常穿的高跟鞋朝西班牙广场的停车场走去,人行道上回荡着高跟鞋的咯噔咯噔声。12月的寒风刺骨的冰冷,刺痛她嘴巴及其周围的皮肤。尽管因动作匆忙长腿袜拉高得不当让她感到别别扭扭,觉得自己似乎是跨在尼龙袜的接缝上艰难行走,但紧紧裹在身上的外套倒是暖和而舒服,她还是露出了笑容。她脑子里突然迸发出这样的闪念。大衣外面挂着那枚镶着灰宝石的银戒柔和地垂挂在她的胸前;她的耳际一直回荡着一个许诺的声音:我要亲吻你的全身。弗洛拉已经很多年没有感觉像此时此刻一样自己真还活着,生存在这个售卖东方三明治的虚拟世界里。当她进入停车场,穿过被灯光照亮的通道,看见被光亮吸引的夜蛾,烟支燃着的星星火光时,她觉得自己真的是存在着。当一些年龄比她小的年轻人在看她,她同时也闻到了亚洲餐厅里飘来的香味,而在那餐厅里年轻人正在吵吵嚷嚷地聚会不愿黎明到来时,她感到自己真实地存在着。当回到她自己那辆灰色大众二手车里时,随后便是一个个再普通不过的动作,脱下大衣,把包放在座位上,那一刻对她都是特别的,因为她感到自己真实的存在。当她离开这个热气腾腾的城市,沿着公路驶上洛斯弗朗西斯高架桥的那一刻,她是真实活着的。当那个词从她口中冒出时,她感受到自己真实的存在。那个词并不是她已经看过上千次的电影《潮浪王子》里的露温斯汀,而是那个叫卡美洛的酒馆,就是在那里,在威士忌的气泡和啤酒的笑声中她认识了他;她行驶在基内布拉大道上,被包裹在道路两侧水沟里浮起的雾气和黑夜里，音响里响起八十年代的一首歌曲，她跟着唱了起来，这一刻，她活得多么真实。尽管她开上了一条支路，那一领域遥遥望去零零落落，却是显现在阵阵寒风和宣示资产阶级文明首度出现的街灯之中。那儿是一色水泥围墙的城镇群落，全都配有林木葱郁的护城沟。弗洛拉停止了哼唱，为了不被发现也关掉音响。她驶进车库，沿着斜坡向下深入，最后停在了属于她的那个小车位：223号。

现在是凌晨四点四十分。在电梯里，弗洛拉查看手机，没有任何信息，也没有任何来电。她一只手提着脱掉的鞋，准备找钥匙。通向四楼的阶梯隐没在昏暗之中。她打开C字母标记的房门，然后轻轻地关上，不发出任何声响。房子里孤独得像一座墓地。客厅窗户透进一缕狭长的黑影，那是花园里最高的一棵意大利柏树的影子。弗洛拉脱掉大衣，放下手里的鞋，从包里摸出一包烟，坐在沙发上吸了一支。烟雾缭绕的弥漫中，那一幕幕似火的激情再次从她的记忆里跳出来：他在她脖子上留下的深吻，吮吸着她的肌肤，他渴望她，划过她的身体，他是多么想要她，他得到了她。烟灭了，玻璃烟灰缸里发出灰化熄灭的沙沙声。弗洛拉站起身，朝着她面前那条通往卧室悠长的过道走去。一边脱掉丝袜，踮着脚尖从一块地砖跳到另一块地砖，地砖如冰块一般冷得刺骨。她会停下来，听听周围的声音，结果什么声音也没有，寂静得连一丝死亡的气息都没有。她转身朝浴室走去，打开灯，看着镜子里的自己。暗而无神的双眼晕染在已经花妆的睫毛膏里，披散凌乱的头发是床单欢愉的印记。隐形眼镜干涩得像石头一样坚硬，从瞳孔里直接蹦出来落在洗脸池中。明天我必须要换一副新的眼镜了。当她脱掉衣服时，嗅到了他的味道，这是属于他们的味道，她穿上睡衣包裹着它，她要保护这样的味道，刻印在肌肤里。关掉灯，整个房间回到属于夜晚应有的寂静里。无处逃离，一张大床在等待着她。这是被一个男人平躺的坟墓，他只对属于他的那一半床有知觉，他睡着了。弗洛拉慢慢靠近那另一半的空床，小心翼翼地躺在床上，尽量不触碰另一半身体，甚至不想感受他的温度，他真实地存在，她盖上自己，像一座封印的石墓碑。

&

"你大清早七点把我吵醒，就是为了告诉我昨天你和一个你甚至不记得他叫什么的小孩睡在一起了？酒后的你在阳光的照射下看起来就像德古拉一样苍白。你多大了，弗洛拉？我看上去是拥有一个少女闺蜜的人，是么？看着我，亲爱的：这眼袋，皱纹，肿胀的脸，我五十了，你现在四十，我是你的心理师。"

透过弗洛拉笔记本电脑里的Skype屏幕，可以看到戴德·斯皮内利拿着一本布宜诺斯艾利斯的杂志扇风。

"好吧，那我们周二五点半联系吧，这是我这边的时间，你那边按照官方时间应该是一点半。我这个月的话费还剩下一个小时时长。"

"哎，拜托，别那么随便吧，你不要对我这么抠门。"

坐在工作台前的弗洛拉笑了，她穿着一件小王子的冬季睡衣，头戴耳机，怕丈夫听见戴德的声音，把房门关上了。

"你从闲聊到各种抱怨，这么一大清早，可真够我受的。"戴德更使劲地扇着风。

"一大早就这么热吗？"

"亲爱的,这根本不是布宜诺斯艾利斯的夏天,这种闷热让我闭塞得快要绝经了。"

"那你为什么不去做一个激素替代治疗呢?"

"去你的激素治疗,我和我母亲一样,顺其自然吧。现在,你继续跟我说说你刚才只说了大标题的事情,说说后来怎么发展的。"

"你总是跟我说我应该多去尝试一下冒险的事情,走出我现在不快乐的舒适圈。"

"亲爱的,你不要给自己找理由了,你已经到了去独自面对自己那些事情的年纪。你不用投向任何人的怀抱。我告诉过你,让你走下城堡,走向地牢,沿着心中的那条楼梯,那条发自肺腑的楼梯走下来。这条路注定布满荆棘。"戴德脱下带花点的长衫。她一头长长的、卷曲的黑色染发。

"他可能是一条捷径。"弗洛拉捏紧了握在手里的手机。

"对于你应该做的事情,是没有捷径的。"

"戴德,我很久没有开心过了。"

"你了解他吗?我们连他的名字都不知道,但可能也有一些线索。"

"他说话带着法国腔调。"

"那至少可以判断他可能是法国人。"

"我们几乎没有聊过这些有代表性的问题,像你是哪里人,在哪里工作……"

"所以,你们聊的是些形而上学的问题?"

弗洛拉皱了一下鼻,她的鼻子小小的,有一些雀斑。她查看了一下并没有任何信息的手机。

"他给我推荐了一个游戏:不要做从前真实的我们,而要做我们想要成为的人。"

"这小孩真会玩,在我看来,他还是太年轻。"戴德给自己倒了杯咖啡,"你按照顺序讲吧。从这里面,我们或许可以抓住一些东西,看出点儿端倪。这个或许是一扇通往潜意识世界的大门。你在哪认识他的?"

"是昨晚大学的几个老朋友组织的圣诞聚餐,我本来不太想去,但最后还是鼓起勇气去了。"

"你没有告诉我你最后决定要去。"

"那时你正在睡着呢。也没有什么不好。晚饭后我们去到一个叫卡美洛的酒馆。"

"亲爱的,这个名字对你来说多危险啊,这样的名字会让你的想象变得多么疯狂。像你这样的人就不应该经常去这样的地方,这就和有赌瘾的人不能去娱乐场所一个道理。然后呢,带着小游戏的那家伙就向你走来了吧?"

"我又没披一身盔甲,"弗洛拉笑着说,"只是穿了一件条纹衫和一条黑裤子。他靠近我坐的吧台,点了一杯金汤力。"

"他一个人来的?"

"是的。"

"独自在酒吧的一个男人……至少他不是一个有谋杀倾向的精神病,至少你还活着,亲爱的。所以,你直接跟着他走了,甚至没有更多的回旋,那你了解到了些什么呢?"

"他去过很多地方。他和我聊那些迷人的地方:撒哈拉金光闪烁的沙丘,埃及大沙漠中的片片绿洲,那里有一个湖,湖里有被盐风干的贝壳化石。他还跟我讲了里弗地区的女人们,在摩洛哥,只有在晚上才能谈论她们,因为在白天谈论会带来永久的霉运。"

"阿拉伯的劳伦斯,蛇仙山鲁佐德,他刺到了你的弱点,亲爱的。"

"然后我们就跳了舞,戴德。那个时候还剩几个姐妹留下,她们一直盯着我看。我的舞步向来笨拙不灵活,但是和他一起,感觉是不同的。那时的我已经不再是我,一个微胖的弗洛拉,穿着大脚裤。我们还一起玩了这样的游戏,他扮演一个曾经参与从纳粹手中解放巴黎的法国抗战将军,而我呢,是一名刚刚采访过他的战地作家和记者。这是一个四十年代的酒吧,只有缭绕着烟雾的几支香烟。我们彼此紧紧地抓住跳舞,对视着,直到我跟他提示说我们应该走了,不要给我的朋友们留下更多口舌。"

"她们已经知道啦,我亲爱的弗洛拉。如果有人告诉你丈夫了呢?"

"我不知道她们怎么能找到他。"

"如今没有什么比 Facebook、Instagram 和我知道的那些社交媒体做这些事更容易的了。该死的它们可以窥探全世界的隐私。"

"就算他知道我也无所谓。他最多闹腾一下。"

"亲爱的,你仍然还置身一片看似美好却摸不着的粉末里。"

"戴德,我真的很渴望。"

"这我一点也不怀疑,你做得非常好。你没有再见到他了?"

"我给了他我的手机号。"

"所以你并没放开他。"

"弗洛拉,"从门外传来丈夫的声音,"你在和谁通电话?我们该出去买东西了。"

"好的,我挂了,"她回答,"等我一分钟。"

"待会儿收银台人就会很多了。"丈夫用轻轻的声音强调。

"戴德,等我有空时再给你打电话。"

"也让我喘口气儿。今天可是周六,亲爱的。你喝一杯番茄汁醒一下酒。"

"弗洛拉,你收拾要花多久啊?"

"没有!"弗洛拉大声喊道。"我挂了,吻你,戴德。"

弗洛拉打开房门。

"你刚才和谁说话呢?"丈夫问。

"和那个在 Facebook 上认识的阿根廷朋友,我们现在的关系非常亲密。"

她和戴德的好友关系已经有两年了,但是她不想让他知道。她在一家电器公司语言部工作,将搅拌器、咖啡机、洗碗机、吹风机、冰箱和其他电器的说明书翻译成英文和法文,挣的钱不是很多,因此她会通过 Skype 找一些心理分析的会议做翻译。她的工资连马德里的一个心理专家都请不起,她也无法确认她每月的钱去哪儿了。最初她是给丈夫工作的部门做会议翻译,而现在只要戴德需要她,她就直接给她电话翻译,一分钱不收。

弗洛拉让淋浴的流水冲刷掉昨夜的味道,只留下腹股沟肌肉疼痛的记忆和无数个深吻中胡子刺痛脸颊皮肤的微痛感。还有脖子上深紫色的吻痕,她用了一条羊绒围巾遮住。穿了一件搁置了很久的衣服,穿着更加大胆,也化了不一样的妆容,加了眼线和深色的眼影,突出她眼眸的颜色。

"我们去了超市还去哪里吗?"丈夫问她。

"跟平时一样,去洗洗你的车吧。"弗洛拉回答。

"现在你的脸色真的好多了。你昨晚喝了很多吗?"

"是的。"

"玩得开心吗?"

"一次非常愉快的重聚。"

"那我很高兴。你早就需要这样一次快乐的聚会了。"

每个周六是他们购物的时间。他们会开他的车前往。尽管现在的小家只有他们俩,这却是一款家庭轿车,一辆弗洛拉一点也不喜欢的樱桃色标致 508。

丈夫开车。干涩的眼睛,他穿着圆领套头毛衫,洒了淡淡的香水。公路远方,是巨大超市隐现的轮廓。在弗洛拉眼里,它就是再普通不过的一处陈旧超市罢了。她感到胃里有些不舒服。她并不想进去,她会觉得有一种压迫感。单一的荧光灯,永恒不变叫卖着同一种新鲜鱼肉的喇叭音响。

"已经有很多人了,"她丈夫说,"停车场几乎满了。我们不应该拖延的。"

弗洛拉摇下车窗,想呼吸一口新鲜的空气。她戴着太阳墨镜。阳光明媚的早晨,寒风吹着让她感到酒后的不适。尽管她已经吃下了一片药,还是觉得头痛。她更想在那一瞬间吸一支烟,吸两支,哪怕这只是生命里的一个瞬间,让头痛消失一些,她害怕未来什么也不会发生。

一进超市,他们沿着每周六的购物轨迹。从蔬菜水果区开始,接着是罐头、泡菜、食油、面包、甜食、饮料、肉食和清洁用品;他们从来不会改变这个顺序,因为丈夫说,沿着这个顺序就不会忘记东西。

"弗洛拉，土豆，我们今晚做一个土豆饼你觉得怎么样？"他推着购物车。

他们分工购买。弗洛拉去蔬菜区，他去买水果。

"还有茄子吗？"她问。

"也得买点了。"

弗洛拉包里的手机响了。屏幕的玻璃框弹出一条刚发来的wasap会话，上面写着：

"同眠共枕的女人弗洛拉，一个藏着秘密的弗洛拉，我醒来时，你已经不在了……"

"怎么啦？"丈夫问道，"你脸都红了。"

保尔，她低声重复道。没错，他叫保尔。我想起来了。保尔，只有这个名字。他没有在聊天中提到他的姓。只有保尔。我叫保尔，在卡美洛酒吧台上，他就是这么告诉我的。

"弗洛拉，你拿上葫芦！我在罐头区等你，我这边快选完了，你快点。"

"一头红发的弗洛拉……我又一次想起你拂过我身体的发丝……你在哪……"

保尔，她抚弄了一下束起的头发，将葫芦塞进一个口袋去称重，她灰色的目光消散在蔬菜区的边缘。她的旁边是一个排队等待给橘子称重的孕妇。弗洛拉侧视了一眼她凸起的腹中胎儿。每周六的超市，她都会感觉有一群孕妇在身后向她平坦的腹部炫耀展示着那个她一直想要却没能得到的东西。

弗洛拉沿着蜿蜒的楼梯逃走了，脉搏在太阳穴活跃，在腹部跳动,泪水蜷缩在眼窝里。她照着戴德告诉她的方式深呼吸:"亲爱的弗洛拉,就算一群孕妇在你身后,那又怎样,这就是一群活着的生命体,你可以选择你的注意力。"但她们总会像守卫般出现,推着满载的推车出现,那些都是满载她们满意挑选的货物的推车,那些给她们腹中胎儿,给她们即将来到人世的小宝宝们的尿布带着幸福的味道,这所有的一切对她似乎构成一种威胁。这是一个不一样的周六,弗洛拉友好地将台秤称重的位置让给那个买橘子的孕妇,然后看了一眼她的手机:

"同床共枕的睡梦中的弗洛拉快要醒来了,我房间里都是你的味道……"

她的丈夫回来找她了。

"你看,你喜欢的鲭鱼鱼油。"他给她看装有三罐的一包装。

弗洛拉将手机放进大衣的兜里,笑了笑。她一边想着要回复保尔什么,一边跟着丈夫从超市的一条过道去到另一条过道。她努力让自己表现得对超市这里的一切都感兴趣。但仍然听着来自 wasap 讯息的声音。

"我们换一个牌子的洗涤剂吧,有一个便宜很多的。"他提议说。

"我觉得可以。"她偷偷地拿出手机。

"我还可以见到你吗?"

"我愿意!"她不假思索按下了这几个词。

"今晚我们可以去看电影。部门里的一个同事给我推荐了一部爱情片。"丈夫说。

"如果你想看,那当然好。我去拿点酸奶。"

"告诉我你在哪儿……我要坐飞船赶去找你……"

"我在收银台等你！"丈夫回答道。

弗洛拉匆忙逃走。按下手中的电话。她的胸膛都快燃烧了。

保尔，她笑着，保尔……我喜欢你的名字…… 我看到飞船了，它快到我身边了……

我将给你搭一个梯子让你从上面下来……（笑脸）

梯子搭好了……你就在上面……站在高处……我看见巴黎圣母院的塔楼了……

巴黎是自由的……（笑脸）

我们也是……

我冲你微笑，你快来我的怀抱……让我亲吻你……

&

去过超市，弗洛拉和丈夫又去了他们住宅区附近一个加油站，清洗了那辆樱桃色标致家庭车，然后一起回家吃午饭。

她在厨房里为无须鳕鱼裹上面粉。她将手深深浸入面粉里，闭上双眼，在指尖找寻她情人肌肤的感觉。她拿出一块鱼肉，将它浸入装有搅拌好的鸡蛋盘里，轻轻地抚揉这块鱼肉，包裹它，翻转它，感受被蛋黄液浸湿的它。所有的一切都像是保尔，每一种她触碰的、清洗的、烘干的食材都是他。她会盯着垂下散落在眉间的发丝看，我叫保尔，这是他对她说的话。一切都是无声的。她以为他的眼睛是黑色的，而在灯光下，他的眼睛会呈现一种海蓝色，这是她从没见过的眼睛的颜色。

他们在厨房的配餐室吃午餐，前面是电视机。他们在看电视新闻。一只讨厌的苍蝇围绕着他们飞来飞去嗡嗡响,在如此糟糕的一天里,什么事情也不能做,它的存在已经让他们的感官麻痹了。吃完鱼肉后,丈夫开始抱怨部门里的领导。静坐的弗洛拉回答,你没有权力,你就只有忍受。她没吃甜食,在半开的窗户前抽了一支烟,满脸对丈夫的厌恶。冬日的阳光像一把利剑穿透进来。她在最后几句训斥中咳嗽了一下。

"你最好把烟戒了。你知道你的肺已经不能承受了。"

她是知道这点的,小时候她就病倒过。

"我要去躺会儿,我需要睡一个午觉。"她一边说,一边将烟头熄灭在烟灰缸里。

"还是酒后的不舒服,是么?"

她回到那张大床上,却没有那么抗拒了,只有她一个人的时候,她睡得很踏实。她把手机放在床头柜上,这是她秘密的圣桌,放置她曾经的秘密,也承载她想要的以后。这里有不少的书。这些书是她从小对世界的热情,也是在这个世界上她的庇护所。在这些书里,有时,她会比在这个现实里活得更像自己,因为这是个令人厌恶的现实生活,五年的日子,她站在走向孤独的悬崖边缘。弗洛拉是谁?她是弗洛拉·加斯康。她痴迷于那些悬疑小说、侦探小说,是它们将她从悲伤带来无尽失眠的数个夜晚中拯救出来,将她从眼泪中和一个独自睡去的男人身边拯救出来。"亲爱的弗洛拉,生活不是一个神话故事,也不是一个侦探故事。"这是戴德训斥她的话,"在这里,当你活着的时候,就只有和死亡的对抗。"

这些书的旁边，放置着一个女人的照片，那是她的祖母：弗洛拉·林纳迪。她只见过她一次，那是在八岁的时候，在意大利南部，这是她之前生活的地方，也是她在六十岁逝去的地方，据说她是为爱而死的。从祖母那里，她除了继承她的名字外，还有那头红发和腭裂。她记得那个照片上的女人：戴满项链的脖子，披散着的老式波浪发，身穿一件镶嵌白色花边的衣服，隆起的胸部呼之欲出。她记得当她还是个小女孩时，在怀抱里靠着那对乳房时那种浓郁的气味，弗洛拉，她告诉掩在她长发中的小女孩，这是一种燕子的味道。她记得她妈妈跟她讲关于祖母的故事：她放弃了她唯一的孩子，她淫荡的生活是那般诗情画意，也正是她和那个水彩画家的私情将她带进了坟墓；她的父亲跟她讲过，父亲也就是那个被遗弃的孩子：她是一个有生命力的女人，只是活在了错误的年代。照片上祖母的身后，是一片隐隐约约的大海，它是自由的，弗洛拉似乎听见了大海自由的声音。

12月的下午，随着日落，又回到冰霜凝冻的样子。弗洛拉在鸭绒被里蜷缩成一团，注意着手机铃声的任何一次响动，虽然已经有好几个小时没有收到保尔的信息了。她从兜里摸出那只从皮夹里滑出的坠饰。有那么一刻，她想过可以以此为他们再次重逢的借口。我是去洗澡时发现地上的它，后来我匆匆出来，也就忘记归还了。但是她不会需要这个计策。再说，要是他不准备联系她，她也没法用这个方法。保尔没有给她留下电话。弗洛拉守着手上的这个坠饰。打开床头的台灯，她感到一阵羞愧，而这份因随手带走别人东西而产生的羞愧感立刻退居其次，现在的她享受于抚摸属于他的东西的那种快乐。她摸到了有些粗糙的背面。她把它翻转过来。上面有几个刻着的字母。弗洛拉将它往灯光下挪了挪，那像是一个女人的名字：阿丽莎。

2. 风

马德里变成了风的领地。风吹打着高楼大厦，玻璃窗发出尖锐的哨声，飞檐几乎就要被吹散落了，树枝被强劲的风力折弯。路人的大衣被风掀起，枯叶、纸片和灰尘被卷入风的漩涡；风把行人的头发吹乱，在空中绞缠在一起，乱糟糟地疯狂飘动。在城市那些飘动的乱发中，有个头顶红色发丝的人行进在天使广场上。弗洛拉要去赴一个约会，在风中行走得很吃力，她紧紧将皮包抱在怀里，贴在自己的胸前。这魔鬼似的妖风到底是来自何方，特别是像这样的一天，她的思绪乱糟糟的。她咬了咬下唇，有些后悔，因为刚刚伴着乱发吞下了一口湿漉漉的红唇膏。不远的几米处，她隐约看见了中央咖啡馆，这是她和情人约会的地方。她比约定的时间提前到了十五分钟，她的心里也有一股烈风。

弗洛拉推开咖啡馆门，这一刻她并不像那个在当天早晨将难以琢磨的搅拌器说明书译成英文时的弗洛拉·加斯康，而更像一个下班后刚从商场回来为自己买了胸罩和嵌着紫色花边内裤的女人。她花了几分钟才选定一张桌子。她仔细地在空余桌位中徘徊选择，看看哪个是最隐秘、最适合她梦想已久的这次重逢的位子。最后,她选择了一张靠墙的桌位,远离进来时的玻璃门,不受风声的影响。她向服务员要了一杯啤酒;现在是下午六点四十五分,她觉得这个时候喝烈酒还早了点。她反复地为双唇润色。啤酒还搭配了一盘干果,尽管她从周六晚上就几乎没有进食,现在都快周日了,她还是一口未尝干果。脱脂的汤汁,火鸡片,这些都是她减肥餐里的食物,还好,她已经减掉半公斤了。她将手机放在桌上。还差十二分钟到七点,七点是他们约定的时间。这次,她跟丈夫的解释是她要去参加了周五晚餐聚会的大学同学家里住一晚。她说,我们在小时候就是很好的朋友,我们还想一起再聊聊天,而且是单独聊天。一个未眠的夜晚是开始一天最完美的安排。丈夫笑了笑,答应了。"太多的解释可能会引起怀疑。"她跟戴德说。"亲爱的,你在搞什么。""我觉得他已经看到了我脖子上的紫印,我一直试图用东西去遮盖它。""亲爱的,你问问自己,是不是真的不想让他看到。"

中央咖啡馆沐浴在柔和的光线中,一种保护性的光环笼罩在她的座位上。再过几小时才有爵士乐队的演奏。烘焙的咖啡香飘溢,伴着蒸发的牛奶味。弗洛拉打开和保尔的聊天框:

共度良宵的弗洛拉,今晚我们在酒店过夜吧……我们一起醒来……

她没有告诉他自己已经结婚了,他也没问,弗洛拉觉得他猜到了,但或许没有呢?

弗洛拉,你会为了我们一起私奔吗?

私奔?她喝下一口啤酒,接着是第二口。九年的婚姻,是从三年前开始失去的,她丈夫从来没问过她为什么。然而她已经准备好了答案：只有到他再次提出的时候，我才能不再带着这个答案；这个答案已经烦扰她内心很久了。她多想吸上一支烟，但是如何能在现在离开桌位，钻进风里，仅仅点燃它，就是一个英雄壮举了。

六点五十分，她闭上双眼，深深地呼吸一口。她不喜欢出门时缺少一本自己正在阅读的书的那种感觉，她觉得自己像一个孤儿，但她选择用来搭配性感的套裙和宽松毛衣的包实在太小了。而且她现在也不可能读书，她自我安慰着。

六点五十三分，她反复拧着双手，又喝下一大口啤酒，感到胃都要撑坏了。他会准时吗？当咖啡馆的门被推开时，伴着一阵凉意，弗洛拉用了几秒去确认是否是他。她仔细地看了看。一头又扎进啤酒的世界里。

六点五十五分。感觉双腿、手掌都有不适。脑海里突然闪现丈夫在整个周六下午看电视的画面。"电视就是一个巨大的乳房。"这是她抱怨时，戴德跟她说的。"我们不停地吮吸，不停地吮吸着它冒出的汁液，我们不断地被滋养，然后我们已经不需要更多的东西了。"

六点五十六分。她开始出汗了。她拿着保尔的坠饰，疑惑着是否要还给他。他可能不太相信他的坠饰竟然在她那里。他或许会想是自己丢失的。但是，阿丽莎会是谁呢？是不是他也已经结婚了呢？这是弗洛拉心里的疑问。他只戴了一枚镶着灰宝石的银戒。她了解保尔什么呢？他是做什么工作的呢？

六点五十八分。弗洛拉想着啤酒，想再喝点金色啤酒。伴着保尔跟她讲的撒哈拉沙丘，大口喝下。她想象着和他一起骑着骆驼的样子，她包裹在莎乐美的面纱里，而他，就像戴德说的，是阿拉伯的劳伦斯，面纱下透出的那双蓝色眼睛是多么令人销魂。弗洛拉笑了。她想象着，在椰枣树下的绿洲里，软软的叶子，躺在保尔的身下，感受着他的重量，他胸膛散发的无法用语言形容的海洋的气息。然后她的思绪又回到格兰大街的那个酒店，那个被红色墙壁包围的空间，那个两天前他们沐浴在甜吻中的地方。

七点整。狂风敲打着咖啡馆的玻璃橱窗，大街上的灯光、咖啡馆里的光亮熄灭了。所有人都静止了。只有一阵轻微的声响打破了淹没在黑暗世界里的沉寂。一名服务员在吧台点燃了一支蜡烛，玻璃门在呼啸的风声里被突然打开了，但却没任何人进来。咖啡馆弥漫着一股湿润的香味。一个顾客起身，艰难地关上那扇门。弗洛拉打了一个寒战，妆容有些褪色了。

七点十五分，街道和咖啡馆里的灯光又重新点亮。弗洛拉又要了一杯啤酒。保尔还是没有露面。她看了看手机是否有信息进来，她犹豫着要不要给他打电话，应该快了，或许只是迟到了，她对自己说道，吃下第一把干果，接着又抓了好几把，到七点半的时候，已经空盘了，然后她看见一个孕妇走进来。弗洛拉眯缝着眼打量着，脉搏跳动飞快加速，弗洛拉，你已经没剩多少时间就成为一个母亲了。啤酒是时间的沙漏。那些泡沫、果粒记录着她难过的节奏。她看了看被啤酒撑大的腹部，而这些酒精是她绝望时经常陷落的甜蜜港湾。她的肚里空荡荡的，就像无子女的耶尔玛[1]，空荡荡地期望着那个错误的男人的生命。泪水夺眶而出，滴落在桌上，她喝着杯中的啤酒想要掩饰她的难受。服务员又给了她一盘干果，她向他道谢，同时抓起一把苦涩

---

[1]《耶尔玛》是西班牙戏剧家费德里科·加西亚·洛尔卡的一部剧本。它写于1934年，并于同年首次演出。该剧讲述了一个生活在西班牙农村的无子女妇女耶尔玛的故事。她对母性的渴望变成了一种痴迷，最终驱使她犯下了可怕的罪行。

的榛子塞进嘴里。

八点整,她拨通了保尔的电话。关机,或者无信号。她查看了他六点半给她发的最新的 wasap 信息:

我亲爱的,共度良宵弗洛拉,我被大风裹着走在来寻找你的路上……

她要来账单,虽然离及时付款时间已经过了二十多分钟。她继续等着,等待着,仔细地关注着每一个风里寻港的路人。八点半,她离开了咖啡馆。马德里这座城市伸开飓风般的双手迎接满怀悲伤的她。她行走在大街上,吸着烟,努力地寻找着一个方向。她觉得驶过的那零星的几辆汽车也跟她一样冷得颤抖,街边的树木在唏嘘着她脑子里的疑问。她再次拨通保尔的电话,还是没人应答。"亲爱的,你又一次犯傻了,他点燃了你,又把你丢弃了。你回家吧,忘了他。"她可以听听戴德的话,但是她没有勇气去联系她。她驻足在一处交通信号灯下,一个酒馆的广告牌上闪烁的蓝色字母异常显眼。她想起了格兰大街那个透着霓虹灯光的酒店,激起她爱的冲动的酒店,她朝着那里走去。

&

"晚上好。"响起弗洛拉断断续续的声音。

酒店的门厅空荡荡的,只有那个招待员看着她:洋红色的双唇,红红的双眼。

"您在这里预定了房间吗?"

"我来是想打听一位客人。他叫保尔。"

"女士，除了保尔还有别的信息吗？"

"不知道。"弗洛拉拧了拧双手。

"至少，给一个房间号？"这个男人疑惑地看着她。

一切都安静下来。弗洛拉努力地在她的记忆里搜寻着。

"门上的三个数字中有一个是1，号码镶着金色。"她自己在瞬间都觉得滑稽。

"女士，很多酒店都是一样的。您没有关于这位客人更多的信息吗？"

"蓝眼睛，个子高高的，黑头发……"她吞吞吐吐地吐露着这些信息，"我只想知道他是否还住在这里。"

"我不能帮助您。"

"周五晚上……您不记得我了吗？我和他一起来的。"快要破碎的声音，她努力抑制着泪水。

他仔细地看了看她。

"那要看时间，我的轮班是在十一点结束的。或许是我的同事见过您，也许是另一位接待员。"

"所以您当时不在这里。"

"如果您是十一点之后到的，就不是我的班。"

"那我问问他吧。"

"如果您愿意是可以的，但是您并没有更多的信息了……"

"您说他十一点会来。"

"是的。"这个男人应许的同时看了眼他的手表，挑了下眉毛。

"我待会再来。"

弗洛拉离开酒店前台，脑子在不停地思索。她走到大街上，想去呼吸一口冷风。她抽着烟，感觉更加晕乎。她沿着格兰大街朝着卡亚俄广场走去，闪烁的广告牌像虚幻的灵影。她又看了看手机：没有保尔来电的头像。Wasap：没有连接上网络。她给他电话，依然是电话里应答录音机械般的声音。她挠了挠头发，再次在记忆里搜寻着信息，并没有找到房间号。记忆里留下的是保尔的脸，他的黑大衣，还有开门时抚摸着她脖子的手指。路过一家咖啡厅，她决定去喝一杯热咖啡等待到十一点。要是我包里带着我的书，会好很多吧，她想着。保尔在酒店床头柜留下的那本书的样子突然跳出，《丹吉尔迷雾》，她从唇间爆出了这几个词。作者呢？努尔，贝莉亚·努尔。弗洛拉改变了方向，放弃了咖啡厅，转身朝着还开着门的那家大书店走去。

"这是上个月的新作，"店员在电脑上输入书名后告诉她，"我去给您拿。"

弗洛拉带着塑料袋里保尔的那本书回到格兰大街，她感觉裹挟着马德里的狂风开始平息了。天空变得清澈了。手机响了，她的心快从胸膛跳了出来。是她母亲的电话。她点燃一支香烟，接听电话。

"你在哪啊，弗洛拉？我听着很多嘈杂的声音。"

"在格兰大街。"

"这样的夜晚，风会刮走你的。"

"不用担心，妈妈，我很重的。"

"你说什么呢。"

弗洛拉长长地吐了一口烟雾。

"你在抽烟吗？"

"没有，妈妈。"

"你说过戒掉它。你会尝到后果的,首先就是你的肺,当它受不了的时候,你就会生病。"

弗洛拉想要咳嗽,但是她忍住了。

"孩子,这对生育是非常不好的,这样是怀不了孩子的。你知道我只有你了,你要让我当上外祖母。"

"我知道,妈妈。"她把电话拿远些,又吐了长长的一口烟雾。

三年前,她的姐姐患脑膜炎去世了,弗洛拉成了唯一的女儿。她对姐姐几乎没有什么记忆。她长得像妈妈,浅栗色的头发,栗色的眼睛,她拥有长女的名字。她知道这些是因为她有这个死去的姐姐从小长大的照片。姐姐的照片比她小时候多很多。小时候的她总是出坏主意的那个,她是所有那些冒险经历、所有不正经的始作俑者,尽管这些不正经的事情发生得很少。而她的姐姐从来不会做这些离经叛道的事情。

"做了排卵期的测试吗?"

"明天做,妈妈。"

"至少你不能在这段期间抽烟。这个天气你在马德里街上干什么呢?"

"我要挂了,妈妈,我要进去一家餐馆。"

她挂断了。

快九点半了。离返回酒店还有一会儿。她并不想当那个觉得她是个疯女人的接待员还在当班的时候进去。

她在咖啡厅寻找一处靠近玻璃窗的容身地,最先做的就是轻轻抚摸书的封面,带着敬意郑重地翻开它,闻了闻书的气味,以此来欢迎书里的一切进入她的生活,融入她的生活。她自问道,她为什么要买这本书?她阅读和保尔一样的书会得到些什么信息?这难道不是一种重新靠近他的方式?尽管是一种有些荒谬的方式。她需要了解他,她需要一个答案,如果他不能给出这个答案,她也应该去寻找这样一个答案。她无法忍受回家,回到她那个永远一成不变的生活,去忘记这一切。她需要知道他为什么没有来赴约。她点了一份蔬菜汤,开始她的阅读。

&

弗洛拉带着那本书朝酒店走去,书紧贴着她的胸部,像是一个盾牌。她的目光是炯炯有神的。

晚班的接待员再次用手指玩弄着他新买的苹果手机。当他看到弗洛拉向他靠近时,将手机放在了吧台里。

"您需要房间吗?"

"您是在周五晚上从十一点开始轮班吗?"

"是的,女士。"

"您记得我吗?我和一个男士在大约凌晨一点的时候进来的,他是酒店的一位住客,然后我是在大约凌晨三点半独自离开的。"

这个年轻人仔细地打量了一番弗洛拉。她微微泛红的脸颊,眼睛里透着诉求的目光。

"我不记得您了。你们是从接待吧台路过吗?"

"他有房间钥匙。"

"那您是丢了钥匙吗?"

"我想知道他是否还住在这里。"

这个年轻小伙开始对弗洛拉感兴趣了。

"请您告诉我房间号。"

"房间号……"她低声重复道,金色的号码……

"您说什么?"

"我不记得房间号了。"

小伙看着她,咬了下嘴唇。

"您是以您朋友的名字还是您的名字入住的呢?"

"是以他的名字。"

"您告诉我他的姓。"

弗洛拉心里纷乱复杂,脉搏加速,感到在全身跳动。我只有试试,她自语着,我一定遗漏了什么。她翻开书里最显著那一页,小声地重读着那几行字。

"丁格尔,"她断断续续地回答道,"保尔·丁格尔。"

"让我看看。"小伙熟悉地敲下键盘。

弗洛拉从吧台的一边走到另一边,一直咬着嘴唇。

"他是住在这里。丁格尔,保尔。房间是116。但是他已经在今天下午退房了。他现在没有住在酒店了。"

弗洛拉突然眼神涣散,一团冰凉的迷雾在她的胸中弥漫。

3.《丹吉尔迷雾》
第一章

1967 年 12 月 24 日

　　今天是我情人消失的纪念日。十六年了,每年 12 月 24 日,我都会回到丹吉尔港,这是我最后一次见到他的地方。我的双脚走到码头边,它们像如同我失去他的夜晚一样跳上船。此时我的目光沉没在远方的地平线,直布罗陀海峡辽阔的水面恰似一面镜子,我就这样呆呆地站了几个小时,找寻着发生在我们身上的全部记忆。

　　那是 1951 年的一个夜晚,有些糟糕,狂风从下午的早些时候就袭击着整个城市和海面。黄昏渐渐来临,风力愈发狂烈,吹来一片厚重而苦涩的云雾,它来势汹汹,一步步企图吞没地面上的一切。我看见我的情人慢慢地陷入这片云雾,他的身影被这场大风卷走,消失在远方深处。

　　两年前,正是在这个码头,他通过我信赖的一个名叫马蒂亚斯·索泰罗的朋友,出现在了我的生命中。我当时在麦地那老城区经营一家小旅店,这家旅店以它狂欢的夜晚而被人熟知,但也做一些烟草走私的生意。那个男人高高的、长长的身板，一头平直的黑发，有一绺垂在额头，一双蓝色的眼睛清澈而明亮。他刚刚从一艘马来西亚的货船上下来，身上散发着海水和船只的焦油味。他伸出一只晒得黝黑的手，一个指头戴着一枚嵌着灰宝石的银戒，然后他告诉了我他的名字。

"保尔，保尔·丁格尔。"

尽管讲着一口流利的西班牙语，他的口音里还是带着法语的味道，这事马蒂亚斯跟我说过。他穿得很简洁，这是海洋生活所需要的吧，但是他的形体和优雅的举止很快就显示出他的身世。

在他消失之后，我本该早就投入直布罗陀海峡的怀抱；然而，我生命里有些事，尤其那个我在童年时期给自己许下的诺言阻止了我。这是我的故事。

我叫玛丽娜·伊万诺娃。我的父母有一段流亡中的私情。因为父亲，我们居住在丹吉尔郊外一栋法式的房子里，灰色的墙面，石结构门廊，还有一个满是叶子花的花园，它们像我一样，无拘无束地自由长大。这次流亡给我母亲强加了一个家：如果她想继续属于这个家，就必须接受一个条件。为了和我父亲结婚，她已经接受了洗礼。这个俄国东正教的男人，是1905年来到这座城市的，本要在这里短暂地待上一段时间，从来没想到自己的生命也是在这里结束的。那一年，是他的国家受到革命风暴不太平的一年，因此他出来旅行，并且借此扩展他的丝绸和艺术品生意。他出生于莫斯科一个上层的资产阶级家庭，这个家族在父系支脉是有贵族血统的。他们是不会乐意接受他要娶这个目光迟钝的塞法迪犹太女人为妻的，哪怕她改教皈依。而这个女人，就是我的母亲。

在那幢房子定居下来是父亲爱她的第一个印记：父亲很不习惯遵守这里的各种规矩，他感到很遭罪，母亲经常打趣说，这是他来自大草原的骄傲；第二个印记，也是最后一个他爱母亲的印记，是当他失去她的时候，他拒绝埋葬她，无论是以犹太教的方式还是东正教的方式都断然拒绝了。他订购了一口玻璃棺，将她安放在里面，就停放于大厅里，让水仙和玫瑰环绕陪伴她。他已经发疯到极点，甚至认为只要他向上帝祈祷得够多，他心爱女人的躯体就不会腐烂。我们日日夜夜在红色缎面套的跪凳[1]上守护着她的灵体，那时我刚满五岁，只是默默地哭泣。我的父母平时会用法语互相交流，但母亲在祷告时会讲西班牙语，西班牙语也是她教给我的母语，通过这门语言我认识了世界。虽然他们已经商量好要让我信奉父亲的东正教，但母亲还是会悄悄地给我灌输关于犹太教的知识。此外，我还有一个来自里夫的保姆，她叫安卡拉，她每晚都会诵读古兰经经文哄我入睡。我问过所有我知道的上帝，这一切怎么可能？几周前我还亲密地牵着母亲的手走在麦地那的街道上，那是一只多么温暖、多么有安全感的手呀！可现在，那只手是如此冰冷僵硬，伴着5月的炎热，它正在加速地腐烂。我怎么可能听不到她的声音了，那个和她犹太女性朋友们聚会时快活的声音，我总是很喜欢跟着她一起去参加聚会。她们喜欢聚集在一家安达卢西亚帽店后面的房间里，喝着热巧克力聊天，而我则摆弄着各种带子。我会用她们新帽子上的那些薄纱、丝带花来装扮自己，母亲总会被逗笑。她预定过一顶宽檐草帽，缎面的绸带，让她看上去像是

---

1 小跪凳是用于个人祈祷的祈祷桌子方式，也可用于教堂里。教堂婚礼有时也会提供小跪凳，以便新娘和新郎行礼仪时跪下。具有用于支撑书或手的倾斜台面和跪台。

一个牧人。那是1913年，塞万提斯大剧院以一场面具舞会开张营业。她打扮好去参加舞会，让我看她的表演。她穿了一条及膝的白色裙装，搭配一条玫瑰色的腰带，一根木质的手杖，上面雕嵌着一只栩栩如生的大雁，这是父亲带回来给她的惊喜，她走到哪儿都随身带着。正是穿着那套白色裙装，开始了她不幸的命运，回到家时，胸口带着血迹，她患有严重的结核病，也正是这个病后来将她带进了坟墓。

我母亲的家人对此表示抗议，他们威胁父亲说，如果他再坚持如此对死者失敬，就把他关进疯人院，并且要求他不要让我再守灵。他祈求再给他一天时间，让他全身心地和母亲待在一起。不一会儿，家里来了一个男人准备用画笔记录下母亲那花环围绕的身体。之后，父亲独自一人守了她一整夜。黎明时分，她永远地从我们的生活中消失了。安卡拉眼眶里满含泪水，她收拾好我的箱子，关上房门，整个房子就像是被白布包裹的幽灵，我们启程前往莫斯科。一个月后，我们在父亲家的一处大房子里安定下来，这间大房子却尽被阴郁笼罩，康莱德先生从巴黎寄来了一个棺材样的箱子。那是我母亲，她被一位艺术工匠大师塑造成了一尊蜡像。父亲将她放在他的卧室，依靠着花缎的床榻，他又再一次地沉迷于无休止的、近似疯狂的对她的守候中。他不准我进入卧室，不准我靠近她，他把我扔给一个性格抑郁的保姆，她在给我洗澡或者穿衣的时候，嘴里总是悄声嘟囔着"犹太女人"这个词儿。

我在俄国待到1917年。当时莫斯科正经历着革命带来的血腥混乱。父亲的家人受到威胁，我们不得不逃走。

我向父亲祈求再回到丹吉尔，那是母亲和我成长的地方，是承载我们曾经的幸福的地方，那栋法式房屋留给了我。启程前的几天，几个男人过来装载母亲的蜡像。我永远也不明白在那段混乱的时间里，他们是如何完成装载，并在晚于我们的几天后将它带到丹吉尔的。从那时起，父亲就满怀激情地准备着我们出发的行程，因为他不是为躲避落入革命军之手的死亡而逃亡，而是开启和她爱人再次重逢的旅程。

我们是在11月末的一个午后离开莫斯科的。下了一整夜的雪，田野覆盖上了一层白绒毯。父亲操控雪橇，拍打着雪橇犬的脊背，当我看见远处道路旁的一个黑点时，初雪完美的洁白景象就被打破了。

"停下来吧，爸爸。"我恳求道。

"现在不是应该伤感的时候，玛丽娜。"

"就停一小会。"

他极不情愿地看了我一眼，停了下来。我从雪橇上下来，包裹着一个皮制的斗篷，风帽掩住了我部分的脸颊。我朝着那个模糊不清的物体靠近，它早就吸引了我的注意。那是一个男孩，趴在地上，大概十二三岁的样子，只比我大几岁。我本以为他已经死了，但当我的脚踏着雪发出嘎吱嘎吱的声响时，他慢慢地将头转向了我，由于命运的改变用一双惊愕的绿眼睛盯着我。我冲他笑了笑。那份孤独无助的神情从他带血的嘴唇里流露出来。我在他的身旁蹲下，解下我的披风给他裹上，此时另一边传来父亲命令我返回的脚步声。这个男孩撑着右手里一把小镰刀力图抬起身子，但是他没有力气，又倒下了。这之前，他向我吐唾沫，弄脏了我衣服的胸口处，那个糟糕的污点点燃了我父亲最痛苦的记忆。他用脚踢他，直到他感觉到那个男孩已经没了生命，然后他让他孤独的身躯朝着下坡路滚落。我追在他的身后，含着泪水。

"爸爸，爸爸，我要救他，他只是一个和我一般大的小男孩。"

"他是一个威胁。"父亲回答，并径直朝着雪橇走去。"我们走！"他大声叫道。"郊外还可能有更多的威胁。"

我走到那个男孩的身前。他睁着眼睛望着天空。抱成十字状交叉的手臂让他看上去好似雪地里的一尊基督像。我在他旁边待了一会儿，聆听着他无声的沉默，就像几年前静静地聆听母亲的沉默一样。之后，我带着从未从他身上移开的目光，向我熟知的每一种宗教祈祷。在那里，在那个透着死亡气息的景象前，我发誓，我从来没想夺取一个生命，更不想让我的生命逝去，因为生命是最神圣的，没有任何东西可以对它的逝去负责。

我同父亲返回了。跨上雪橇，我对他说了一句：

"杀人凶手。"

他给了我一巴掌，那种疼痛一直存在于我的记忆里，他说我"无知"。从这件事后我们就没有再说话了。

我忘不了那个男孩的样子。他眼神的变化，他无助和愤怒的神情。我在回到丹吉尔安定下来的好几个月里，每晚都梦到他，我们丹吉尔家里的叶子花，随着我们的到来又重新开放了。时间慢慢地擦抹着我对他的记忆，他只会充当一个预示的角色，或者作为一个天使再次回到我的脑海，提醒我要注意任何可能会伤害到我的威胁。

随着逐渐成熟，我的誓言变得更加坚固，我坚信，没有任何一种思想、任何一种宗教或者任何一种愿望能够成为剥夺另一个生命的杀人罪的辩白理由，而这种信念一步步在我脑子里扎根。这帮助我理解了多年后的保尔，让我像这般爱着他。

母亲的蜡像是通过船运集装箱送达的。父亲和我穿着一身丧服去到港口接她回来,这套丧服是我们每年在她离去的纪念日里都会穿着的。

"亲爱的,你又再次回到了这片你曾经那么喜爱的土地。"他默默念道。他裹着一套黑色的西装,面带强掩的苦涩而伤感的笑容,这样的笑容让我觉得和父亲的距离十分遥远。

我们买了些鲜花欢迎母亲回家,这次依然是玫瑰和水仙。父亲将她放置在朝向石式门廊的一个玻璃房里,在我们缺席的那段时光里,这里的几片野香堇花长大了不少,父亲坚持认为这是母亲的灵魂。他不再执念地像之前一样守护着她;在俄国的财产损失让他不得不再次精心投入他的生意,因为无休止地守灵,他已经迷失自我很长一段时间。我们无法再回去了,因此他慢慢地习惯了在那个和他家乡城市完全不同的这座城市的生活。是丹吉尔城的阳光温暖着我黑暗的童年世界;蔚蓝的天空,海面上白色房舍的幻景把我重新带入了快乐的世界。尤其是当我的里夫保姆安卡拉重回我们家的时候。我认为,要是一个不了解我父母故事的女人,是无法忍受和那尊一直展现在世人面前的蜡像同处一个屋檐下的。安卡拉带着和对母亲生前一般的爱对待那尊蜡像,经常会用一个鸵鸟毛掸子拂去她身上的灰尘,母亲的蜡像被精心地"照顾",为了防止在丹吉尔的夏季被融化瓦解,安卡拉会在灼热的正午时分在蜡像周围放上冰条,到了晚上,微凉的海风袭来,吹干了玻璃房地面的水坑,这样,这个神圣的地方就不再像被雨淋洗礼过后的样子了。

她总是在教室出口等我,我又重新回到了法语学校学习。她胖胖的，很漂亮，一双天生美丽的眼睛，栗色的头发和白发掺杂在一起。她上街总爱穿着那件宽大的保姆服，这是父亲之前给她买的，能够显示出她是一个富裕家庭女孩的保姆，她具有一种北方人直率的性格，头上戴着她最喜爱的一顶有着五颜六色荚蒾花的装饰的草帽，这是所有里夫地区的女人都会戴的。没有父亲，安卡拉在麦地那迷宫式的街道里根本无法找到出路，她家住在麦地那最贫穷的城区。父亲自打回来就忙于他的生意，根本不知道在我坚持不懈的恳求下安卡拉已经带我去看过了她的家。在那些沙地的房屋里，我很开心，喜欢脱下学校里严苛的鞋子，赤脚在上面走来走去。安卡拉的姊妹们会给我的脚和肚子画上海娜[1]手绘，这些部位是父亲很难发现的；她们会为我画上可以驱逐邪眼[2]的图案，这样，我就像是她们世界里的一员，她们会给我讲述她们的故事，这些故事是专门只讲给女人和童年或少年期的男孩的；她们会等待日落，因为赶在日落前讲这些故事会带来厄运。这是女人们的世界，正是在这个世界里我学会生活里最基本的话语，了解了它真正的意义。她们很喜欢我金色的头发，这是从我父亲那里遗传来的，加上蓝色的眼睛和他们家族女性雪白的肤色。安卡拉和我总是会给她们带去蜜饼，这是一种油炸过后裹着蜂蜜的酥皮千层饼，在露天大广场集市有卖。她们会吃一些，其余的带走卖给她们的邻居，回家路上，我们会经过一个公共澡堂的门口。柔软的石灰香气沿着门缝悄悄溢出。

"安卡拉，在澡堂里，你真的可以洗净发生在你身上所有不好的

---

[1] 海娜，也被译做汉娜，这种手绘艺术在东南亚、中东、北非等地区比较盛行。运用纯天然植物作为创作原料，常以手足作为妆点。

[2] "邪眼"是一些民间文化中存在的一种迷信力量：由他人的妒忌或厌恶而生，可带来噩运或者伤病。因为它的力量强大，所以在地中海和中东各地有着不同的祛除方法。

东西吗?"

"只要你想洗净的时候就可以。"

"那你哪天能带我一起去吗?"

"你父亲如果知道了会鞭打我的。"

"那我们就什么也不要告诉他。"

"等你满十岁的时候吧,你现在还太小了。"

牵着安卡拉的手,我又重温到了母亲还在时在丹吉尔的快乐。她第一次带我去大广场市集是在我重回这座城市后的一个星期天的集市日,我又重新爱上了这座城市。我觉得,我的肌肤里,我的胃里,都是我出生在这里的印记,我就是属于它的。在莫斯科,在那些阴雨绵绵的午后的俄式茶炉间,在那些双手冰凉、发色像我一样分明的女孩中间,我就像一个外国人,但在这片有着耀眼阳光的土地,才是家的感觉。安卡拉会和同她头戴一样草帽、打着不同颜色的裹腿的女人们攀谈。香料的味道,香水的气味,乞丐身上的臭味,还有广场上施展法术的气味,混合在一起,我知道,那里融合着世界的气味,这里有着世界所有的美丽、丑陋,还有所有支持它继续存在的幻影。

我们这次回到丹吉尔,父亲重拾了母亲家里的关系。我们本来就一直联系很少,从我出生起,关系就非常不好。除此之外,还有我们急急忙忙去了莫斯科,又兼因为埋葬母亲发生的争吵,都成了恶化我们关系的因素。我认为当父亲同意每月带我去拜访两次我的外祖父母的时候,他已经直觉到了自己的死亡。他总是让安卡拉给我穿上蝉翼纱的衣服,挂上一个金色的东正教十字架,吊在我胸前闪闪发光。十字架很大,像是为我驱邪所用。外祖父母的家在麦地那的高地那儿,叫卡斯巴街区。从外面看去像是一个小小的城堡，里面有一些宽阔的回廊围着一个敞口的庭院，回廊一直延伸到屋顶的一处平台，从这里可以看到直布罗陀海峡。

外祖父母家是丹吉尔塞法迪犹太人家族中最古老的家族之一。他们是珠宝商，在靠近小广场集市附近的巷子里有着多家珠宝店和作坊。

我和外祖母会喝热巧克力，就像母亲和她的朋友们在聚会时一样；男人们会喝酒。我觉得外祖母总是在我身上寻找着她逝去的女儿的某种印记，她不停地盯着我看；然而我从母亲那里遗传继承的一切都藏在内心。

我不喜欢去祖母家。每次的拜访都在严肃的气氛里结束。我更喜欢和安卡拉以及她的家人待在一起，我喜欢集市上和麦地那街区自由的味道。我很好奇父亲为什么总是坚持让我们去拜访我祖父母。我很快就明白了，他生病最初的征兆是他逐渐放下手里的生意，和母亲待在一起。他生命的最后几天，我都是透过玻璃房从门廊里看到的。安卡拉为他准备了一张床，让他挨着她，他在弥留之际不停地抚摸着她。

他离开人世的那天晚上，把手放在我的脸颊上，就是我们从莫斯科逃走的那个正午，被他打了一巴掌的脸颊，那是他对我的告别。

父亲去世后，我跟安卡拉说，我们应该在祖父母来找我之前，将母亲的蜡像藏起来。我们快速地拆卸了铺满鲜花的床榻，两个人用力气将她移到地下室，保存在从莫斯科运回的那个箱子里。那个箱子已经在那里被遗忘很多年了。

正是在保尔消失后不久我想起了它。这个念头是在我醒来的一天早晨出现的。或许因为我经常思念父亲，想起了那份让他如此疯狂，将一个女人的尸体从一个家带到另一个家，从一个大陆带到另一个大陆，将她送去雕塑成像的执念。

母亲完好无损地在那里存放着。巴黎艺术大师的作品非常完美。不需要再去看她，我知道我不想让我对保尔的记忆和父亲对母亲的记忆一样。我有足够的时间回到港口等待他的出现。十六年的时间里，我都在打听他的下落，就算他只是停留在记忆里，我也在不断地寻找关于他的消息。我有不少朋友、熟人，还有我旅舍的住客，他们很多人都是来旅游的，他们向我确认说他们见过保尔·丁格尔。在新加坡，在墨尔本，在巴拿马，在巴黎，在突尼斯……在那些遥远的城市，所有人都说看过他消失那天穿的衣服："我看见了保尔·丁格尔，穿着一件海员条纹衫，有一双与众不同的蓝眼睛。"他没有变老。他像我母亲一样一直都在，他是有血有肉的存在。就像基督教的一部作品《流浪的犹太人》里的阿什韦罗，因拒绝善待受刑的耶稣而被罚永世流浪，直到耶稣基督再次降临。

那么，保尔究竟犯了什么罪行以至于遭受同样的命运呢？

4. 旅行

"弗洛拉,你开什么玩笑,和你睡觉的是一本小说里的人物。"戴德·斯皮内利咋呼了一大跳。"你失去理智了吧,和痴迷小说的堂吉诃德一样,你傻到把风车当巨人了是吧。"

"我在谷歌上查过作者的。要是夏洛克·福尔摩斯或者赫尔克里·波洛生在谷歌、维基百科的时代,那些侦探的故事又要重新被书写了。"

"亲爱的,你是在自己讲给自己听吗?"

"贝莉亚·努尔。这个作家就是解开这个充满谜底的拼图游戏的第一块拼图。你不相信吗?"

"我不相信你突发奇想的这个堂吉诃德式的荒诞剧情,因为这就是一个抛弃你的男人。"

"贝莉亚·努尔。摩洛哥的女作家。出生在丹吉尔。弗洛拉读着她在一个记事本上写下的注释。就是丹吉尔,戴德。"

"丹吉尔又怎么样?一位作家写作一本她城市的小说而已。这有什么新奇的呢?"

"她出生于1933年12月24日。"

"她是在拿生日做游戏,不必当真。作家们总是喜欢这些自我陶醉或者感性的东西,给他们的书里加上一个特殊的日期,可能是他们狗狗去世的日子,又或者是他们和爱人结婚的纪念日。你想当作家,你就应该知道这些。"

"但没有去世的日期。"

"那这个女人还活着,上了年纪,但还活着。可能保养得还不错,我觉得。"

"戴德,她住在丹吉尔。"

"和住在交趾支那[1]没什么区别。她还给了你什么信息?你就是喜欢她的书,仅此而已。就像你喜欢其他很多作品一样。"

弗洛拉盯着她电脑屏幕里的戴德,冲她笑了笑。

"不,你不要再执着于这个发疯的念头了。"

"她应该知道保尔是谁,怎么找到他。"

"亲爱的,她是写了这本小说,保尔是她爱的人,是她的男主角。作家们没有说过他们想写一写上帝卖弄一下呢?"

"那,那个和我睡觉的男人呢?"

"你是和现实中的男人睡的?"

"我的保尔吗?"

"你的保尔?"戴德将她的黑发系成一个发髻。

"是,我的保尔。"

"你指的是那个没赴约的家伙?"

"如果就是同一个人呢?"弗洛拉点燃一支烟。

---

[1] 交趾支那,是中南半岛的一个历史地名,位于今日越南南部,占越南南部面积的三分之一,其西面与北面与柬埔寨接壤。越南人称之为南圻,意为"南方之土"。

"你又一次想说你就是和小说里的人物一起睡的吧。"

"这个人是真实的。"

"我不能再和你说了。我正在和另一个跟我一样被更年期闹腾的女人说话。你自己再好好想想吧，亲爱的，好好想想，为自己想想。亲吻你。"

戴德中断了通话。

弗洛拉在笔记本上潦草地写下她情人的名字。她是在116号房间过夜的。那是一个红色墙壁的房间，她在他身旁醒来。她借着椅子起身，她必须得赶紧上交一个吸尘器的说明书译文，但是她却径直走进了浴室，在镜子里寻找着脖子上那枚紫色的印记。它消失了。似乎他的整个面容都被抹去了。她回到工作的房间。现在是中午一点。丈夫正在部门上班。

"贝莉亚·努尔的图片"，她在谷歌上敲下这几个词，屏幕里弹出许多张图片。她点了其中的一张，一个老奶奶的形象，非常瘦弱，手上纹着海娜的图案。头上裹着一块布，看上去是一个非常精致的女人，黑色外衣，脖子上挂着几条饰以彩色宝石的银项链，似乎就要断开了。一双黑色的眼睛里流露出复杂的光芒。

弗洛拉输入"玛丽娜·伊万诺娃"，有许多使用这个名字的脸书和推特账号，大部分都是年轻的女孩子，而她们的信息和小说里的女主角完全对不上。

弗洛拉点燃一支烟。输入"保尔·丁格尔"。她找到一个小提琴家的信息，一个生意人，一个伯克利大学的学生。没有任何一张图片和他的外形是符合的。她查看了手机，没有任何讯息。她再一次尝试给他打了电话：关机或者不在服务区。弗洛拉叹着气，半眯着眼睛。

输入"飞往丹吉尔的便宜机票",在多个有着廉价机票的网页里,她找到了非常低价的航班。她输入出发日期:本周星期四。返程日期,她犹豫着。戴德的话在她脑海里响起:"为自己想想。"她关闭了网页。在她经常在家中穿着工作的那件上衣兜里,是她今早刚做的排卵期试样:阳性。她正在排卵期。她给丈夫的单位打去电话,他们的聊天尽是些鸡毛蒜皮的小事,他又开始抱怨他的领导。弗洛拉咽下口水,努力地让自己的声音听起来是愉悦的,是诱人的。

"今天吃好点,多穿点,然后早点回家。"说完她就说了再见。

他明白这是什么意思。弗洛拉挂了电话,笑了笑。她决定要为自己创造点什么。她在电脑里放上音乐,这是电影《天使爱美丽》的原声带;她非常喜欢这部影片里出现的色彩。12月的斜阳透过窗户射进来,足够推动她去完成她缺少的东西。到下午六点丈夫回来,她不会再去想保尔·丁格尔,她强迫自己这样,至少要把想念延后。她调高音乐,在家中的房间里舞蹈着。她想要让自己快乐起来。这一次,一切都不一样了,会成功的,她对自己说道。她探身窗外,花园里的那棵意大利柏树消失在苍穹里。她不会在他睡眠时再偷偷哭泣。他们会做爱,会有一个孩子的,为什么不会呢?她调高音乐,想要更加开心。她飞舞着来到卧室,打开衣柜,翻弄着想要寻找一件迎接丈夫回来时的衣着。突然间,脑子里闪现出那套紫色的内衣,但很快她就放弃了这个想法。她选择了一件仿绸面料,有点像亚麻布料的长款衬衣,上面再套上一件毛衣。哼唱着《天使爱美丽》里的歌曲,舞蹈着,躺在床上,拿着祖母的照片亲吻了一口。她说,我们都有着红色的头发,但是她很快就将照片放回了床头柜,眼睛看着另一边,她心里感觉到了她是不同意她现在的做法的。她继续像一只无头苍蝇一样在家里走来走去。她要去厨房,她想为丈夫做一道他喜欢的菜:土豆饼。她拿起刀,准备合着华尔兹的韵律去削皮。一个小时后,她回到工作台继续吸尘器的翻译。

丈夫并不是六点回来的,八点才到。他都没有多看她一眼,他是带着一副痛苦的面容回来的。

"我都快散架了。"这是他的招呼语。

她笑了笑。尽管她开始觉得自己的这件衬衣有些滑稽,但她没有失去希望。

"你太棒了,做了土豆饼。"

他们在电视机前吃了晚饭。她几乎没有说话。她不知道今晚和一两年前的那个夜晚是否一模一样,还是所有的夜晚都没有任何差别。

晚饭后,他继续看着电视。她什么也做不了。

"我们去睡觉?"她问他。

"弗洛拉,我累了,今天是和我领导糟糕的一天。"

"你不爱我,是我胖了太多吗?"她脸颊通红,快要燃烧一般。"你不想有一个孩子吗?"

"你在说些什么傻话,我当然爱你。如果你今天显示是阳性,明天也是可以的。你不要担心,我们会有的。"他给了她一个拥抱。

弗洛拉定住了。很快,她像灌了铅一般沉重,像冰块一般僵硬。她耐心地,等待着丈夫刷牙,当和他在过道遇上的时候,她依然朝着他微笑。而他也会回给她一个笑容。他穿着条纹的睡衣裤。弗洛拉突然觉得,或许他在外面也有一个情人。而这个想法并没有刺痛她,相反,她觉得轻松,或许这样,他会理解她的。她走进卧室,看见他已经躺在床上。这张床就像一座坟墓一般了无生气,她轻轻地越过床沿,趴到他的身旁。弗洛拉有些不安。她慢慢地靠近,胸中似乎有一个巨大的海螺在压迫着她。她掀起这床像石碑一样沉重的带着星星花点的被子,钻进去。他在一瞬间又拥抱了她,轻轻地亲吻她的双唇。我爱你,他小声地说道。弗洛拉内心燃起一团火焰。她要去探索一下。这是一颗超新星,一次可以创造另一个银河系的宇宙大爆炸。他又回到了他的范围,距离重新出现了。她却无法移动,保持着同一个姿势,比任何时候都要清醒,警觉着丈夫的一呼一吸。她内心是有着狂热冲动的。她感受着星星尾的彗星正以光的速度在划过以及行星雨和行星的碰撞。终于,她听到他轻微的鼾声,他在感冒前的晚上,总会有些轻微的鼾声。她悄悄地从床上起来,看了一眼床头柜上祖母的照片,眼睛里确是有一种感同身受的目光,然后抚平了一下乱糟糟的头发。

她踮着脚尖,想象着丈夫是一个纳粹的军人,而她,是为法国抗战的战地记者;如果他醒来,就会向她开枪,她必定要逃跑。地砖的冰凉又重新激活了她,她才感觉自己现实地活着。她偷偷地进入工作室,悄悄地关上房门,打开电脑。再一次输入这几个字:"飞往丹吉尔的便宜机票"。周四出发,回程日期,她又一次犹豫了。她不想触碰家里的存款,她打开她银行账户的网页,查看着自己的账目,并没有很多。她在卡斯巴找到一间摩洛哥传统庭院住宅利雅得,位于麦地那老城区中心,那是玛丽娜·伊万诺娃外祖父母曾经居住过的地方。她估算了一下至少要在那里待上一周。椅子上挂着她的包,她继续在包里翻着她的钱包、信用卡,预订酒店,买机票。

&

　　透过飞机的舷窗，弗洛拉看到了直布罗陀海峡。十五分钟前，她乘坐的飞机开始在机场上空盘旋下降。她一向害怕飞行。这是她第一次独自乘飞机，并且是一段在她到达目的地后没有任何人接机的旅程。如果飞机掉下来怎么办？她打开包，在包的一个隔层里装着她祖母的照片。她闭上眼睛，企图回到八岁在意大利南部的岁月里，那时候，她完全生活在一个燕子纷飞的世界里，祖母则称她为"我红头发的女孩"。这位老妇人走路的时候，脖子上戴的多条项链就不停地发出声响；此外她身上还戴着一个让人知道她存在的小铃铛，所有人时刻都知道她在哪里，弗洛拉·林娜迪是谁。弗洛拉当然也是知道的。这位老妇人会写诗，那些诗句弗洛拉从来没读过。她为了一个水彩画家放弃了自己的丈夫，而之后，这个画家因为另一个更年轻的女人放弃了她，母亲说："这是她罪有应得。"她痛苦地忧闷而死，项链声随之也就消失了。那些燕子飞到了另一个地方筑巢，去了另一个春天的世界。但是，尽管她为自己的行为付出了代价，但是在照片上，祖母还是微笑着。现在，是她那个红头发的小孙女重新"接棒"了。弗洛拉胸怀里没有了燕子，而是海鸥。她远远地看着它们在海面飞翔，在来自南方的阳光照耀下，海水像镜子般明亮。

　　她顺着舷梯下机。她是谁。她来丹吉尔干什么呢。她此行不是为了生意，也不是为了和某个朋友相聚。咸咸的海风吹拂着她的脸颊。她有一周的时间去找到一位作家，去找到她的情人，去再多看他一眼。之后，她就应该回家了，因为她的花费已经超出了预算，另外，圣诞节要到了。

　　在飞机上，她反复地翻看着笔记本里的记录，她应该对这次调查之旅有一个排序。首先,她搜集了所有保尔和摩洛哥以及丹吉尔城的信息:里夫的故事,这是靠近丹吉尔的一个山区,而在卡美洛的酒馆里,他跟她讲过这个地方;安卡拉,也就是玛丽娜的保姆,也是那里的人;她还必须列出小说里和保尔生活有关的信息,她要用另一种颜色标注,她自语着,我也不知道通过这样的整理,是否会有些头绪:保尔和丹吉尔有关的信息,用蓝色标注;其余信息用黑色标注;两者交叉的信息标注红点。保尔那时读着贝莉亚·努尔的书,遗憾的是,我没有时间去打听一些关于空白处的注解。保尔使用书中人物的名字是否是一种强夺,又或者是作者篡夺了他的身份信息?保尔·丁格尔是乘坐一艘来自马来西亚的货船到达丹吉尔的,然后又在丹吉尔消失。这是一个适合找到他的地点,哪怕不是最适合的地方,但对于调查他为何要这样做,在他身上发生了什么,却是再适合不过的。

机场很小,弗洛拉一路从跑道走到候机楼,这里排着一队队的旅客等待检查护照。

"如果你已经买了票,那就是骑上了那匹瘦马[1],"这是戴德之前跟她说的,"然后去找寻你的杜尔西内娅。你要记得她不是你认为的那样。她并不是一个公主,亲爱的弗洛拉,而是一个胸大无比、粗鲁的乡间女人。"

"我会和你保持联系的,戴德。我会通过 wasap 给你发酒店的名字。"

"你别回复我了。"戴德用力拉紧了睡袍的腰带。"这个可以通过

---

[1] 这里依然引用堂吉诃德,这个瘦削的、面带愁容的小贵族,由于酷爱阅读骑士文学,走火入魔,骑上一匹瘦弱的老马,找到一柄生了锈的长矛,戴着破了洞的头盔,开始游历天下的典故;戴德眼里,这依然是一个堂吉诃德式的荒诞想法。

你的账号了解到。你没那么疯狂的时候再给我打电话吧。"

"你不要那么严肃,戴德。"

"用你们挂在口头的话说,去摩尔人那里吧[1],但那也是你的城堡,亲爱的。这是我作为一名治疗师,最后给你说的真心话。"她拿起一份报纸扇风,挂断了电话。

弗洛拉乘出租车去酒店。透过车窗可以看见郊外的房子:参差不齐的塔楼,足球场,现代化的公寓,挂着阿拉伯语招牌的外贸商店。她摇下一点儿窗户,空气从脸颊吹过。司机问她是否是来丹吉尔旅游的。

"我是来找一位住在这里的作家的,她叫贝莉亚·努尔,您认识吗?"

司机耸了耸肩,嘴巴的样子可以表示他的惊讶,他从来没听说过。

弗洛拉在一点一点地探察着这个城市,大街小巷汇集一起朝向大海的方向。

"我不能送您到酒店门口了,"出租车司机用法语跟她说话,街道太窄了,"但我可以给您一些指示,您也不至于迷路。"

尽管司机这样做了,那些指示对弗洛拉还是一点用处也没有,她和她的轮式行李箱一起淹没在白色街巷的迷宫里。带着浓烈咸味的海风吹卷着她的头发,头发也有自己的风格,它们疯狂地飘舞着,在上

---

[1] 西班牙的口语,行话,用来指去摩洛哥购买大麻、毒品作为自己的消费品或者做生意交易。

方形成一个火红的光环。虽然已进12月，穿着外套的弗洛拉还是流汗了。天空没有一丝云彩。行李箱的万向轮在石板路上发出咕咚咕咚的声响，似乎要向这座城市宣布她主人的到来。她大概走错了街道，但已无法回到起点去纠正方向。在街道的拐弯处，她看见一个男人，长相似是西方人，同样拖着一个行李箱。弗洛拉加快了步伐，想要跟上他，去问问他是否知道那个酒店。

"我也要去那。不远了，就在这几条街里。"

"谢谢。"弗洛拉回答。

她以此作为邀请，继续跟着那男子的脚步。他喘着大气，脸像被点燃一般通红，不停地东张西望。他试图认出记忆里已是空白的地方，努力寻找着记忆里的某个参照物。

"之前就是从这里走的，"他拖着疲惫的声音告诉弗洛拉，"您跟着我。"

行李箱轮子的声响打破了麦地那街区的寂静。街边有猫，到处都是猫的身影；在屋顶平台探头探脑的猫，倚在大门上的猫。这里的门是蓝色的，装饰着星星点点的金色；还有的猫蜷缩着小腿，喵喵地叫着，发出它们饥饿的信号；也有张大眼睛盯着弗洛拉看的小猫。她试图避开它们，贴着墙根走，把行李箱作为自己的盾牌，一刻也不和她的向导分开；即便如此，她还是没能从小猫的群体中摆脱出来。

"我们问一问吧。"那男子用西班牙语对她说，而之前，他们都是用法语交流的。"我在这里出生，但已经是很多年前的事了……"

弗洛拉看着他。他的头发已经花白，但很稠密，他的眼睛让弗洛拉想起那些猫咪的目光。她估计他有五十七八岁的样子。他向一个头戴一顶嘻哈帽的年轻小伙子问路，那小伙子带领他们找到利雅得庭院酒店，收取几个迪拉姆作为报偿。

"我知道已经不远了。"

他们要去下榻的利雅得庭院酒店从外面看起来非常窄小。中午的阳光在它白色的墙面上渐渐变淡。那男人提醒弗洛拉首先去登记。迎接弗洛拉的声音是从庭院中央的一处琉璃瓦喷泉传来的，庭院栽满了甜橙树和茉莉花树，花枝沿着铁网的百叶窗盘绕着。庭院有一个通往四层楼走廊的楼梯，所有的房间都分布在各层楼道。酒店是宽敞的，尽管只是身处其中才能感受到的宽敞。这里都是内窗，很少有向着街道的窗户。阳光洒在庭院里，庭院朝着天空敞开自己的胸怀，但因有一个巨大的玻璃天窗，它既能避雨又能躲风。大部分的窗户是狭窄的玻璃窗。弗洛拉的房间在三楼，她毫不费力地提上自己的箱子，幻想驱使着她一路沿着楼梯向上。她注视着房子里的每一个细节，观察着每一幅装饰画。每一面她路过时可以照出她身姿的镜子，在里面她都已经认不出自己。不仅仅是因为那头刺猬般的乱糟糟红发，也因为她来到这里的决心。

尽管没有任何别的物件，房间还是小了一点儿，但弗洛拉一进入房间并没有一点不舒适的感觉。窗户是尖顶形的，远处可以看到大海。浴室像是砖结构，有一个瓷洗脸盆，镶嵌着绿色的阿拉伯图案和一面锡镜。她打开行李箱。收拾了背包：贝莉亚·努尔的书，写满记事的笔记本，保尔的坠饰，还有必不可少的手机。她列出了一个清单，开出应该去的地方，而所有的这些地方都是出现在小说里的地点。

弗洛拉走向一个宽阔的广场，那儿的地面是石铺的，那是卡斯巴的最高点。她大着胆子沿着一条街道走，越走前面的街道越像一个缠线球，没有人帮助，是无法解开的。但是她为了愉悦自己，还是蜿蜒前行,行走在麦地那的高地上,她感到是自由的。

在一些商店里出售各种银饰和真假参半的宝石。绿松石,珊瑚,还有琥珀。也有和保尔·丁格尔一样的坠饰。毫无疑问,这里是手工艺品区。弗洛拉钻进一家商铺,她被各式的项链迷住了。一个大概四十岁上下、蓄着黑色小胡子的男人告诉她,那些都是柏柏尔人的首饰。那人身穿摩尔人戴风帽的外衣,脚蹬皮拖鞋。

"几年前有人送了我这条坠饰。"弗洛拉向他展示保尔的那个坠饰。

"女士,这是南方的十字架。是柏柏尔人的一种护身符。四端指示四个基本方位,中间突出部分指向天空,指向苍穹。数字五表示恩惠、好运,这在我们的传统中是非常重要的。这个十字架已经很古老了,至少是19世纪末的东西。它算得上一个货真价实的珍宝。从它的加工工艺和端点微曲指向天空的布局,可说是独一无二的。"

"这是防御什么的护身符呢?"

"厄运,灾祸。为了让戴上它的人鸿运高照。"

"那这个单词呢?"

"这是一个女人的名字。"

"男人们都会戴这种坠饰吗?"

"女人们把这些首饰作为嫁妆。您想买点什么吗?"

弗洛拉询问了一条项链的价钱。戴上它她觉得很像个老祖母,也很像贝莉亚·努尔。

"明天我再来,"她告诉这个有留胡须的男人,"现在我有急事。"

她再一次迷失在麦地那的街道里,寻找着一处午餐的地方。丹吉尔就像一根紧紧缠绕着她的常春藤。

5.《丹吉尔迷雾》
第二章

　　把保尔·丁格尔从马来西亚带来的货船根本不应该停靠在丹吉尔港。"冒险号"上插着荷兰的国旗，比预计到达卡萨布兰卡的时间晚了几个小时。来自东边的强风让它被迫在丹吉尔停靠躲避海难的危险。保尔·丁格尔根本不应该在1949年3月9日下到码头，他不应该和我最亲近的人马蒂亚斯·索泰罗碰面，更不应该和我遇见，我不应该在最后时刻决定陪他一同前往，因为那时的他醉得不省人事，我不相信他能够完成我们的这单烟草走私生意。然而，事情就这样发生了。

　　我们是否需要通过拯救他人来平静自我的良心，以便找到一条路让我们能够过上平静的日子？马蒂亚斯·索泰罗被解雇后我雇用了他，他之前在港口管理进港货物。他在数字方面有些才能，也擅长识别骗局和谋划欺骗。酒精、民谣和西班牙共和国时期的痛苦遭遇对他造成了莫大的伤害。

　　要是父亲允许我救了那个瘫在雪地里的男孩，我的生活会变得不同吗？我有足够的能力拯救我自己吗？

外祖母叫阿达，外祖父叫阿龙，这是父亲去世后我刚在他们卡斯巴小小的堡垒里居住下来外祖父母告诉我应该这样称呼他们。这也标志着我作为一个塞法迪犹太小女孩应该接受的教育的开始。我来到这里不久后的一天早晨，阿达外祖母解开我身上那个东正教十字架的链子，将它保存在一个首饰盒里，我的记忆也随之一同被搁置在那里。我离莫斯科那些雪白的日子，还有那些洋葱形的圆顶大教堂越来越远。那里漫长的冬季将骨头冻得像冰一样。我的母亲是阿达外祖母唯一的女儿，于是我成了代替母亲延续家族历史必不可少的人物；犹太男孩一定是被犹太女孩吸引的。

阿达外祖母是个很安静的女人，螺旋盘起的发髻上别着珍珠发夹。母亲那双安静的眼睛是从她那里继承来的，她总是静悄悄地看着一切；只有新生命出生的那一瞬间，她的眼睛里可以看到有生命力的光亮。很快，放学后，我们开始了为我缝制嫁妆的日子。虽然在那个年代，犹太女孩通常都是在十三四岁的时候才开始，而只有十岁的我，从来没缝补过一处针脚，但是需要学会这些技能的。父亲是被爱情摧毁的，想到婚姻，我就会感到不舒服，阿达外祖母总是用一杯热巧克力平复我的难过。我们从完成一个丝绣包开始，里面将会装我未来的新娘服，它会被放置在夫妻的床上，每个早晨都需要是干净的。

"你不要分神。"每当我的眼神从玫瑰的刺绣逃走看向窗外时，阿达外祖母总会提醒我，我渴望欣赏街道的繁华，渴望看见安卡拉五颜六色的帽子。

缝纫间在一个圆形小塔楼里，正是这个小房间让整个房子看起来像一座堡垒。

"你会扎到手指的。"

那些年里，尽管阿达外祖母给了我一个装饰着玉石的银质顶针，我的手指依然被针尖刺得千疮百孔，随着我慢慢地长大，我越来越喜欢刺绣，起初让我厌烦的它，慢慢成为陶冶生活的一份激情，一直陪伴我到现在。自从十六年前保尔失踪，我给床单绣上了鹦鹉、兰花和我们本地生长的一种植物：野生凤梨。我要直至找到他，或者知道他发生了什么才会停止我的刺绣。这是我受的良好教育里强加我的一种坚持，就像佩内洛佩在那个并不遥远的伊塔卡小岛上的刚毅一样，我继续沉浸在无尽头和丝线锦缎缠绕在一起的日子，继续坚持我的刺绣，又随着对保尔的记忆被中断，他赤裸着身子，头倚靠在那个嫁妆包上，给我讲述着他到达丹吉尔前跨越大海的故事，他一直在逃跑，逃跑；他吸引着我，就在和阿达外祖母一起刺绣的那个房间里，现在，我绣着床单，保尔的声音撕裂着我，欺骗着我。

1949年3月9日的晚上，我梦见了那个躺在雪地里的苏联男孩。他已经很久没出现了，那双绿色的眼睛，严肃的目光，已经是另一个人了。他的嘴唇没有任何血迹，手里也没有挥舞着那把小镰刀，他慢慢靠近我的脸颊，伸着那个镰刀，好像他在朝着即将发生的事情前行，他想抚摸我安慰我。那个男孩想要提示我的威胁就是保尔·丁格尔吗？这是我醒来后留给自己的疑问。

这么多年来，我有许多次想要救那个苏联男孩：我刚到卡斯巴街区的家里，就收养了在麦地那遇到的那几只饥肠辘辘的小猫。我用我的衣服包裹着它们，把它们带到厨房吃东西，在充满热气的炉灶旁给它们找了一处庇护所。我不停地和厨娘们斗争，因为她们会用扫帚驱逐它们，嘴里还用里夫语骂着难听的话。里夫语是里夫地区的语言，也是安卡拉的语言，我的皮肤被跳蚤的繁衍感染了，阿达外祖母的皮肤也出现了红肿。

"这就是施舍仁慈的教训。"她一边说，一边气愤地抓挠着。她给我敷上了医用冷敷布来缓解我身上的痒痛，这种瘙痒快让我燃烧了。

我放弃了对猫咪们的照顾。

"想要救助他人必须得承担风险和经历一些事情。"我在抽泣中宣布。

"真是折磨人！"阿达外祖母一边用手挠头一边吼道。"怎么会给我们带来这么一个折磨人的东西！我知道你的这些东西都是来源于哪里，现在我们只需要你能善良一些。"

因为救助小猫的失败，我哭了好几天。我没有安卡拉在身边安慰我，不知道没有她我会是谁。我在一个世界存在的唯一参照就是我不停地改变宗教，改变习惯，改变住址。我想念和父亲在一起时的自由，我甚至想念花园玻璃后面母亲的蜡像，还有那嫩生生的玫瑰和水仙花的气息，整个那间法式的房子里都充盈着花的芳香。

阿达外祖母一开始拒绝安卡拉继续当我的保姆。她想找一个英国保姆来代替安卡拉，这个英国保姆穿着一件暗色的紧身衣，她让我想起了我在莫斯科的保姆，每次她带着那一口标准的英语出现在家里时，我都吓得颤抖。她的呼吸里都是茶的味道。如果安卡拉不回来，我就拒绝吃饭，但是阿达外祖母的态度没有一点缓和，她总是说这样的脾气就应该在禁食和祷告中被好好磨砺一番，当肚子痛到无法忍受的地步时，就会吃饭了。我决定重新挂上父亲的十字架，不再尊崇安息日，这是犹太教神圣的休息日。我学习学校里的课文，收拾自己的房间，点亮蜡烛，高声为我之前的信仰祷告。阿龙外祖父经常不在家，他大部分时间都在家族的一间珠宝铺，那儿也有作坊，当他回到家里，他就专心致志地投入研究大卫王和赞美诗的神圣工作里，他觉得非常光荣。当他听到我的祷告时，他会觉得是小孩子行径，但是他决定让我放弃法语学校，给我注册了以色列联盟学校，在这里我会有宗教的课程，会学习希伯来语。我的另一愿望也以失败告终了，安卡拉没能回来继续陪伴我。已经失去希望的我突发奇想要在某个下午去窥视一下阿达外祖母，她经常会在缝纫间的塔楼里，紧闭大门，组织和犹太教以及基督教女性朋友们的聚会。一开始她们会玩桥牌，下午茶点心会吃巧克力、小饼干圈和皮罗点心铺的奶酪，她们称这个为"牛乳头"。我藏在一个大沙发后面，可以看到她们的聚会究竟是怎样的，吃过点心后，阿达外祖母从用钥匙紧锁的写字台里取出一块木板，木板上有一种箭镞，她们所有人都将手放在上面，向一种我不知道是什么的精神灵魂祈祷，而她们看上去非常了解熟悉。我刚发现了阿达外祖母的秘密信仰：通灵板招魂术；这种迷恋能让我们在阿龙外祖父面前都保持统一的沉默，更重要的是，正是这次发现让安卡拉重新回来了。

"如果她不能回来照顾我，你知道我说的是谁，我就去告诉阿龙外祖父你和你的朋友们做的事。"在她来和我道晚安的时候，我威胁了她。

我不能完全理解这到底是什么东西，但是，她们的行为举止，以及从阿达外祖母一定要在阿龙外祖父不在家的时候举办这些聚会的小心翼翼中，我直觉是有一些她想隐藏的东西。所以我才决定冒险，赌上一把。

"至少让我知道了你不会是什么善茬。"这是阿达外祖母的回答，那晚她没有像往常一样亲吻我的额头。

安卡拉回来，我又重回幸福了。她又像往常那样为我哼唱《古兰经》，哄我入睡；夜晚给我讲述关于里夫的故事，在赶集日带我去大广场集市，她的头上还是戴着那顶五彩帽缨的草帽，又可以嗅闻到令我梦寐以求的丹吉尔的气味，尝到它的味道。那一天，是我第一次见到那个独眼的小男孩，他一只眼睑搭在空空的眼窝上。我估计他和我差不多大。他跛着一只脚，赤脚行走，穿着破烂的灯笼裤和一件褴褛的衬衫，勉强遮住他那瘦弱的身躯。他丑陋得使人害怕，也有着一定的吸引力。从那时起，只要我们每次去市集，我都会在人群中寻找他，观察他，尽量不要靠他太近。在各色香料市集喧闹中穿梭的他，总会用法语大声喊叫："鸟蛋，神奇的鸟蛋。"酒夫盛酒的皮囊拍打在他的脸上，他们总是让他离自己的生意远点。叫卖铃铛的声响，玩蛇人的艺术，他们被各种爬行动物缠绕的脖子，吸引着游客们。

有时，会有一个乞丐靠近他，他敲着手鼓，唱着小曲乞讨一点施舍。他会使劲地晃动男孩的身子，朝他吼叫，搜罗他灯笼裤的口袋，甚至有一次我看见乞丐如何打他。我猜想那是他的父亲。一个满脸横肉的男人，在敲打他的乐器和吟唱时会伪装得温柔，让我毛骨悚然。

大概在一个多月的时间里，我都在窥探着这个独眼男孩；但永远都保持着距离，不让他发现，或者至少不想到他。直到一个周日，安卡拉想在一家摊位买一些蜜饼，这是一种用蜂蜜裹着的甜食，而他恰好在旁边卖他的鸟蛋。那是5月份。阳光透过尘埃照耀着集市的喧闹。我甩开安卡拉的手想要远离，但是她，并没有明白我的意思，还是坚持买她的东西。当他靠近摊位时，一只胳膊被我们蹭到了，他看见我们了，首先看了一眼安卡拉，然后是我。他的另一只眼睛里透着深绿色的光，和那个莫斯科男孩的眼睛一样。他盯了我几秒，然后视线转移到了地面。我们买了甜点，继续赶路。安卡拉给了我一块，我拒绝了，我一点食欲都没有。

日子飞速地过去，到了下一个周日，他的形象、他的脸庞、他的声音再次出现在我的脑海里，尤其是在睡觉的时候。他已经不是那个独眼残疾的小男孩了，而是一个绿色独眼的男孩子。我想象着他在夜里的这个时候独自走在街上，饥肠辘辘，他的神奇鸟蛋并没有可以售卖的对象。我想象着他住在和安卡拉一样的一所房子里，躺在地板上，睁着眼睛毫无睡意，他或许发现了我在窥视他；我立刻闭上了眼睛，用被单蒙住了脑袋。

阿达外祖母给了我几块钱，让我存着，学着存钱。而我却有其他的计划。

我在一个奶酪铺旁边找到了那个男孩。他的一只手里拿着两个发红的小鸟蛋，嘴里宣扬着它们是能够治愈一切的灵丹妙药。

"你把这个给绿眼睛男孩吧。"我恳求安卡拉，递给他我的硬币。

"哪个男孩？"她问我。

我指了指他。

"那个独眼男孩？你为什么不自己给他呢？"

我耸了耸肩。

"你给他更好。"我坚持认为。

我想让他不再贫穷,不再穿那些破衣烂衫,想把他从那个残忍的乞丐手中解救出来。我想让他成为幸福的人,因为他几乎不笑。在安卡拉的保护下,我靠近了他。我的心怦怦敲击我的胸膛。安卡拉用里夫语跟他说话,给了他钱币。他朝我笑了笑。我发现自己脸红了;要是可以,我多么想用被单遮住脑袋。我垂下目光,看我绑带的鞋子,然后我又转移视线看着在我们身边歇息的那些骆驼。

之后我们朝着一个香料摊走去,这里是安卡拉和她的姐妹们碰面的地方。我稍微远离了她一点,我想看看拿着钱币的小男孩会做什么。

"你应该得到一个占卜星鸟蛋。"我突然听到了身旁的声音。

我猛地一回头。他再一次微笑了。男孩厚厚的嘴唇咧开了。

"什么是占卜星鸟?"我喉咙里发出细细的声音。

"这是一种看不见的鸟,当你拿着它的蛋的时候,完全看不见它。你拿一个吧。我向你推荐这个。"他给我指了一个最小的。"如果在三天内你能孵化它,你可以许一个愿,并且愿望是可以实现的。它可以治愈一切。"

"但是我不是母鸡啊。"我脸红了。

"你可以用布裹着它,然后把它放在太阳下。如果你愿意,可以坐在上面;如果它破裂了,你就不能实现愿望了。"

我拿了它。我们默默地对视了一会儿,又逃避了我们对视的目光,直到我们看见那个时不时会鞭打小男孩的乞丐靠近。他穿着一件破烂的风帽长衫、一双黄色的拖鞋。他留下了一股酒精和大麻屑的味道,他用威胁的方式举起手鼓。男孩习惯性逃跑的快速反应,将另一只蛋塞进灯笼裤兜里,然后抓起我的手,开始拖着我逃跑。尽管跛着一只脚，但他跑得很快：他抬起那只跛腿，小步跳跃，有时我会感觉他在飞翔。我艰难地跟上他步伐。那个乞丐追着我们，用里夫语大声喊叫：

"你们给我抓住那个小偷！"

我们躲开那些途中的江湖医生，躲避那些残疾人，如果我们撞到他们，他们就会拖着他们的残肢对我们进行威胁。我从那男孩的手里逃脱，意识到要返回寻找安卡拉，但是我正面撞上了那个恐怖的男人，我开始重新跟在男孩后面逃跑。

他把我带进了一个巷子，直到一堆垃圾山丘面前，那应该是在大广场集市的后面。我累得透不过气来。

"那个追赶我们的是我的叔叔。"当我们停住时，他气喘吁吁地跟我解释说。

"他为什么骂你是小偷？"

"他是个贪婪鬼，想饿死我。他想让我给他钱……他抢掉我卖鸟蛋所获得的一切。"

"那你的父母呢？"

"我的父亲去世了，然后我叔叔杀死了我母亲，因为她不想跟他结婚，她宁愿当一个寡妇。你看见他手里拿着的那个手鼓了吗？"

我点了点头。我仍然能感受到那人对我们的威胁。

"它是用我母亲的皮做的，因此声音特别好听，这是吟唱乞丐里最美的一个手鼓。你知道有时其实是那张皮的声音，而并不是他的声音吗？我叔叔会躲藏，为的是不让我揭露他，把他送进监狱。手鼓会说话：'在我准备去浴室的一个晚上，你杀死了我，可恶的家伙，你杀了我，因为我不喜欢你，现在这个美丽的手鼓是我的皮在唱歌。'

当我从一个警察面前路过时,我非常小声地说了一句,你唱吧,妈妈,看看他是不是会被关进监狱,还我宁静的生活。"

听了他的故事后,我沉默了很久,想到了我的母亲,想到了那尊因为疯狂的爱情而被雕成的蜡像。

"我叫萨米尔,是个穷人,来自里夫,是个穆斯林,我首先要做出第一步的改变;接下来的第二步、第三步我还不能做到。"

"玛丽娜。"我告诉他我的名字。

"是基督教徒?你们的残羹剩饭还不错呀?比穆斯林的味道好多了。"

"我也是犹太教徒。"

他陷入了沉思。他有着一头浓密的黑卷发,和他那只绿色的眼睛形成鲜明的对比。

"你们不信基督教的人很少,"他说着耸了耸肩膀,"你是对基督教不忠诚还是对犹太教不忠诚。"

"现在我对两种宗教全笃信。"

"这样可以吗?"

"据说是不可以的,但对我无所谓。"

我突然注意到那枚神鸟蛋在逃跑的时候弄破了,裙子上染了一块红斑。

"这样我的愿望就不能实现了吗?"我问他。

他挠了挠黑卷发,然后摇了摇头。我的眼眶湿润了。

"我把剩下的这枚给你。"

他把鸟蛋放到我手里,接着用双手紧紧地把我的手包住。那一次,我感到鸟蛋是有生命力的,里面仿佛有一颗心脏在跳动。我往后退,但他没有松手。

"我们俩一起来许个愿吧,让鸟蛋在我们双手的小巢里孵化。"他对我说。

他闭上了眼睛,我一直注视着他。我的愿望是希望他不再贫穷,他的叔叔会被关进监狱,他妈妈的皮做成的手鼓得到安息。

"你会守护我们的愿望吗?希望你不要再把鸟蛋弄碎,否则愿望就不能实现了。"他提醒我说,同时把鸟蛋交到我手上。

他靠近垃圾堆坐下,在他身旁给我留出一个空位。我看见一只蟑螂在我们周围转悠,我抑制住尖叫,紧咬着牙齿。他散发着一股酸臭味,我几乎不能呼吸了。我暗下里对自己说,救赎的过程本就是痛苦的。有好几个小孩爬上垃圾山,在里面翻找着。当看见一头透亮发丝、身穿代表着犹太人富裕身份的衣服的我时,他们都靠近我,暗中悄悄窥视我,就像我是一个正在被一些庞大的蟑螂逮捕的猎物。我颤抖了。

"你和我待在一起。"男孩用一种宣示主权的口味说道。

"那我们呢,瞎子。这是大家的地盘呀。"那些小孩的脸上露出一种不怀好意的笑。

"安卡拉可能正在找我呢。"

小孩们急急忙忙地从垃圾山逃走。当我们看到男孩的叔叔过来时,我们又开始准备逃跑了。

"狗娘养的,你就像老鼠一样藏在这里,"他尖叫道,"你私吞我的东西,我要杀了你。"

孩子们逃回他们的藏身处,在我们视线里消失了。

那个乞丐朝着萨米尔走去。

"他喝醉了,你快走!"他提醒我,一边努力避开挨打。

一时疏忽,乞丐抓住了他的衬衣,给了他几个耳光。我不知道我是从哪里来的勇气使我靠近那个让我恐惧的人,并且推了他一把。他露出黑乎乎的牙齿朝我笑了笑,猛地扑向我,举起了那个本属于死去女人的手鼓。我闭上眼睛,好像听见了他的歌声。

手鼓的皮质很柔软,紧绷的支架在我身上留下了一个包,阿达外祖母用冰和医用敷布给我冷敷。两天后,萨米尔拖着那只跛腿出现了,他倚靠在外墙,其实一直都在跟着我们。他拿着一根小棍儿在掏指甲缝里的污垢,时不时地看看周围,看看是不是得逃走。我觉得他比任何一个有着两条健全双腿的男孩子都跑得快。他很怕安卡拉,惊恐得像一只街巷的流浪狗:那又是一个混杂在我救赎计划里的成年人。萨米尔跑了几米,当停下来看我时,我朝着他的方向挪步,并向安卡拉投去渴求的目光。他们是用里夫语交流的。萨米尔朝她做了一个嘲笑的动作,她很生气。我决定要带他去厨房给他拿点吃的,他看起来是空前的饥饿和无助。我把他带到门口,让他在那里等我。我说服了一个厨娘,她也是里夫人,是萨米尔附近的一个村落的,我让她给了我一包吃的,我给了他。

"我不是来要吃的,"他有些愤怒地回应我,"我只是来看看你是不是好些了。"

我让他的手摸了摸那个包块,他笑了。

"就像那枚鸟蛋。你还疼吗?"

"只有一点儿疼了。"

那个5月，他每周五都会过来，我也会把那周的残羹剩饭给他。犹太人的残羹剩饭也是好的。他每次都会敲门，然后我们会在安卡拉的监视下，在门厅说上几分钟。

"鸟蛋怎么样了？"他每次都会问我，"你在好好守护我们的愿望吗？"

我把它放在我房间书桌的一个小抽屉里，只能用藏在地面木箱里的一把钥匙才能将它打开。鸟蛋躺在布片裹成的小巢里。每次萨米尔离开后，我都会打开抽屉，我能感觉到它在跳动。

作为对食物的交换，萨米尔也会给我带来一些礼物：放在我掌心里一小撮散发着芳香的香料，我们一起对着它们吹气，让种子在空气中、在窗户反射的阳光下飞舞盘旋，我们往鼻子里塞进一些，逗得自己发笑。

"你会弄脏衣服的。"安卡拉在厨房门的枢槽偷偷看着我们，一边提醒着我。

我最喜欢萨米尔骄傲地给我展示那些他在集市售卖的占卜星蛋或者动物的一些部位，他称它们是能够治愈一切的灵丹妙药。一只在太阳下被晒干的蜥蜴尾，被他打理得非常干净，涂上他在街上找到的剩余颜料，他把它做成一条有翅膀的蛇的尾巴，这是一种很漂亮的蛇。来到丹吉尔的游客们会寻找它们的魔力，哪怕知道它是虚假的，也会存有期待。这是他的售卖中让顾客们觉得价值所得的表演部分，哪怕是瞬间的活灵活现也让他们相信是真实的。

萨米尔售卖魔法，而我也买了他的魔法。到底是谁在帮助谁呢？

有一个周五，萨米尔没有出现。我坐在门厅等他，一直等到安卡拉强迫我回房间去为安息日做准备。周日，经历了那个乞丐后，我努力平息着恐惧,我害怕出现在集市广场,我说服安卡拉让她带我去。我逛遍集市,一刻没有松开她的手。但是我们没有发现他,连他叔叔也没看见。

"我的孩子,他就是一个骗子。"安卡拉总是这样跟我说。"等他再长大点,他就不灵了,他现在或许已经不干这事儿了。尽管如此,如果你很担心他,我会去打听他的消息。"

没过几天,她给我带来了坏消息。安卡拉认识很多住在丹吉尔最贫苦城区的里夫人。她告诉我,他的叔叔对萨米尔售卖食物感到惊讶,拿走了他的钱,萨米尔瘦弱小小的身躯遭受了更多的鞭打。我害怕他叔叔已经杀死了他。父亲踢打雪地里的那个小男孩的场景一直让我痛心。我心里燃起一股怒火,同时一种无能为力的感觉也在胸中搅扰。我发过誓,要永远尊重生命,但萨米尔的叔叔就值得活着吗?理解这个世界并不简单,我一边思考着,泪水就要夺眶而出了,安卡拉不停地安慰我。

"是我的错,他才会被杀害,"我抽泣着对她说,"我就是个自私的人,我坚持要救他,给他食物,我不想让他贫穷,正是这个让他被摧毁了。"

"我的孩子,是他行为不端呀,他嘲弄他的叔叔,私吞他的钱财,才导致他的悲剧。"

"安卡拉,为什么会有那么多贫穷的人?"

"因为这是神安排的。"她抚摸着我的脑袋。"一些人生来这个世界就会比另一些人受苦更多。"

"要是没有富人,你觉得还会有穷人吗?"

"可是神不是这样安排的。"

"那，有这样的可能吗？"

"或者，所有人都是富人，要么都是穷人呢？我认为就不会是现在这样。"

"我们回到以前是原始人的时期，安卡拉。"

"就像猴子一样吗，我的孩子？"

"是的。有了智慧和教育才使得有富人和穷人。"

"那这也是神的安排。"她给我盖上丝线缝制的被单，这是从荷兰带回给阿达外祖母的。我喜欢它的轻薄和柔软；然而，那晚，我一刻也不能停止想着萨米尔，那个受到伤害和孤独的身躯。

因为我还沉浸在萨米尔的悲伤中，安卡拉决定给我一个惊喜，带我去哈曼（土耳其浴）[1]。而且，那时我已经十一岁了，她之前答应过我，满了十岁就带我去。我穿得像一个犹太女孩一样出门。我们深入麦地那的街巷里，安卡拉给我外面套上一件卡夫坦长衫[2]，用一个头巾遮盖住我金色的头发。

哈曼的浴池里散发着热石灰的味道。笼罩着一层薄薄的蒸汽雾，我感觉自己来到了云雾里。这里是女性的世界，奇妙的世界。

安卡拉的姐妹在等待我们。这是我第一次见阿米娜，她是一个柏柏尔巫师。有着一头黑色及腰的长发。面包色的皮肤，柔韧灵活的身躯。一双炯炯有神、透着灵气的黑眼睛。我藏在安卡拉身后，努力避开那双眼睛。

---

[1] 哈曼，源自土耳其地区的一种在公共浴场进行的洗浴方式，属于蒸汽浴；进行土耳其浴时，浴者首先在暖间内放松休息，利用室内高温使身体发汗；之后用温水或冷水冲洗身体，并搓洗全身（或做全身按摩、修须、修剪指甲等）；最后在温室中擦干身体，结束洗浴。
[2] 卡夫坦，土耳其人或摩尔人的长衫，主要作外套使用，衣长到脚踝处，长袖，宽松，轻便。

"你不要怕她。她刚从沙漠的一座村落来到这个城市,祖母和母亲都是巫师,现在她也会巫术,是个孤儿。她年纪虽然不大,却有着渊博的智慧。她的那些能量和魔力可以通过血液传递,能让死者起死回生。"

那个年轻女孩冲我笑了笑,她把我的一只手抓在她手里,用一双脱离于身体的另一双眼睛仔仔细细地盯着我。随后,她把我的手放在她的腹部,停留了一会,一股沙石的热量吓到了我,我缩回了手。

她没有告诉我那天到底发生了什么。安卡拉也没说。我必须要等很多年才能知道答案,才能理解答案的意义。

阿米娜在一级大理石台阶休憩,劈开双腿,让我坐在她的腿间。她抚摸着我的头发,那纤细的手指伸入我的发丝,给我梳着辫子,嘴里小声地说着一些单词,这是一种非常美丽的语言,但对我而言,却是无法辨认无法听懂的。就算她在对我施着巫术,我也不在意,因为她大腿间的那个角落是如此的温柔。

"你会是一个勇敢的女人,会照顾好她的。"很快她用西班牙语跟我说了这样一句话。

"照顾谁?"我问她。

她只是笑了笑。

过了两个周五,萨米尔出现在了我家里,虽然他看上去饱受摧残,颧骨的地方有一处伤口,一只胳膊悬吊在一块脏手绢上。说话的时候他会不时地遮住一侧面颊咳嗽,他的叔叔打断了他的一根肋骨,他呼吸有些困难。虽然不能夺取另一个人的生命,那祈祷他死去可以被接受吗？我不禁自问。应该对那些做坏事的人存有慈悲吗？慈悲还是惩罚？在我这么小的年纪，宗教的出现就是一种同我们人性的抗争。我想踢打萨米尔的那个叔叔，想让他受伤。愤怒刺痛着我的喉咙。我想让神永远把他带走。然而，萨米尔才是要离开丹吉尔的那个人。他是来道别的。在他快要死于他叔叔的另一次鞭打前，他母亲那边的一位阿姨将照顾他，对他而言，除了穆斯林的这片天空，他没有更多的希望了。那个阿姨住在舍夫沙万，她将带他去那里。

他带来了乞丐叔叔的那个手鼓。

"我来是想请你帮我照顾好我妈妈的。"他向我恳求着。

只是隐约看见那个让我起了个大包的东西，我就不寒而栗。那又是一个在我手上因为爱情的疯狂留下的遗物。我很害怕去触摸它，甚至会去刻意逃避那种摸到裹尸布的触感。

"我只能信赖你了，玛丽娜。我叔叔永远都不会怀疑到是你在保管着她。"

那个一口黑乎乎的牙齿、一身酒精味的男人让我害怕到颤抖。或许这就是生命给予我惩罚他的机会。他将必须搞到一个其他的乐器才能继续他的乞讨，而不可能再有一个这样美丽的声音了。

我恳求那个里夫的厨娘为他准备一包路途上吃的干粮。在垃圾桶里，我看见阿龙外祖父扔弃的一双鞋，因为对他来说太小了；虽然有点旧，可是很结实，鞋底没有一个洞眼。我用抹布擦干净它，和那袋干粮一块交给萨米尔。

"鞋子大了，但是我也会长大，"他跟我说，"谢谢。"

他的小脚在那双黑色的皮船里像跳舞一般。我笑了。

"下次我们见面，我会穿上它，那时将会很合脚的。照顾好我的妈妈，还有我们的愿望。等到我们愿望实现的时候，我也会回来的。"

黄昏里，我看见街巷里的他渐去渐远了。祷告的报时人让他身上流过的空气更加苍凉。他穿着那双皮鞋，努力不弄丢它，也为了不让我的善意轻易在这条路上留下任何"足迹"。他消失在了麦地那街区，黄昏吞没了他的身影，他带着划分人们的贫穷、丑陋离开了。再见了，萨米尔。

最适合存放那个手鼓的地方是那间法式房屋的地窖，从我父母离世后，它一直都是属于我的。它还是那般阴森，跟我和安卡拉在离开前一模一样。阿龙外祖父和阿达外祖母都不喜欢去那里，这会让他们想起母亲那场糟糕的婚礼，想起她改信宗教，想起在生命如此年轻的时候就因结核病逝去的她。再说，我书桌的那个抽屉里也装不下这个手鼓，于是我祈求安卡拉负责照管它，直到我们能有机会把它放去地窖，那个地方栖息着那些不能得到安息的女人们的遗体。

6. 女作家

麦地那街区的黄昏时分。宣礼人（穆安金）唤礼的歌声响起，弗洛拉想起第一次听到它时被深深吸引得着迷。她觉得自己来到了《一千零一夜》的世界。那时她二十岁，和一个没有太多联系的朋友一起去了丹吉尔，后来她有了孩子，搬去北方，她们也就断了联系。那时候的她正在攻读翻译学位的第二年，幻想当一个作家，想翻译一些文学作品，也想创作一些自己的作品。要是有人问她在未来的二十年里她会变成什么样，她或许无法瞬间想象自己的样子。她独自一人在这里，包里装着为寻找那个一夜情人而记录的线索。她欺骗了她的丈夫，一个对她而言无足轻重的丈夫，或者说，至少她没有显露出任何对丈夫的欺骗和无视。

"我要去丹吉尔代替公司同事参加一场关于译者的会议。我觉得这是一趟不错的旅行，我很愿意去，你觉得怎么样？"

"最近我发现你有些郁闷。我觉得换一下环境能够让你重新恢复些活力。"他抚摸着她的头发，朝她微微一笑，换了一个电视频道，电视新闻里正在播放体育节目。

至少，他应该没有那么爽快地答应。他应该感到诧异，他应该说上一句：你骗我，你怎么了？为什么想要离开？因为我要去寻找我爱的人。如果他这样问了，弗洛拉很高兴能够这样回答一句，意大利柏树斑驳的倒影映在我们夫妻的生活里，在这个家里，我快要窒息死了，每一个日夜，就好像只有两方土地在等待着我们。但是他总是沉默，理解，而弗洛拉不想他总是表示理解，她想让他为她争些什么，这样能向她显示，他是在乎她的，或者他是想要孩子的，但他并不明白。想要孩子的愿望被渐渐消磨。她想象着在他们那个年纪应该会有一个孩子或者许多孩子了。她的腹部，有一个标记着母性时刻的时钟，随着忧伤，时钟在慢慢地停滞。我是想和我的丈夫有一个孩子吗？还是我只想成为一个母亲？她心里想着。弗洛拉在街巷里穿梭："你下到地牢来吧。"她听到戴德的声音。她想象着有一扇门在她胸膛为她打开，顺着一个蜗牛形旋梯，她可以走下来，从她的心里走下来，走到一个小房间，这里有一个小女孩在哭泣，这是她第一次听到宣礼的声音。

夜幕降临丹吉尔城，屋顶露台间可以隐约看见四分之一的月亮。弗洛拉打算返回酒店，泪水沿着面颊滑下，她越走越快，看不见任何商铺、广告牌，任何可以帮助指明方向的标记，她陷入在巷子里，这里有一些在织布机上编织风帽外衣的工匠们。"女士，女士，您迷路了吗？"一个路过的男孩问她，"女士，告诉我您要去哪，好的饭店、漂亮的饭店还是便宜的饭店？"他用西班牙语和她说话，我是麦地那的向导，我可以带您去任何地方；弗洛拉用袖口抹干了眼泪，躲避男孩直视的目光，这是一位悲伤的女士，而我却很高兴，她摇了摇头，深深呼吸一口，夜晚的露气从她心房的那扇门流进；猫的尿臭味、香料的气味是麦地那街区的味道；她跌跌撞撞，在好几级台阶上绊倒，她在有青苔的Z字形的脏水坑滑倒，摔倒在了地面，包在一边，她在一边，女士，女士，您摔伤了吗？弗洛拉尝试站起身，她感觉到胸中砰地一声关门，很多人聚集在她身边，她的胫骨、嘴唇都是疼痛的，几只强有力的胳膊在拉她，她抬头，嘴里出血了。第一个来救助她的正是她上午向他询问酒店地址的那个男人。

"您可以走动吗？"

弗洛拉点了点头。

"您扶着我。"

她答应了。扶着他的一只胳膊。他从兜里拿出一块手帕，替她擦干嘴唇的血迹。弗洛拉呻吟一声，她觉得灼痛。

"有一块手帕对于任何紧急情况都是有用的。现在的年轻人都不用了。"他笑了笑，"它对伤口愈合是有好处的。"

弗洛拉突然想起了《乱世佳人》里瑞德·巴特勒对斯佳丽·奥哈拉说的话："在你一生无论哪个危急关头，我从没见过你有一块手帕呢。"泪水汇集在她的眼里，她拿着那个男人的手帕，觉得自己就像斯佳丽。她有些不好意思，将它放在了牛仔裤兜里。

"我会洗干净它的。"她小声说道。

"您可以留着它，"他说话声音很温柔，"您再擦擦嘴唇吧，它还在流血。"

"我的包。"

"在我这里，您不用担心。"他回答她。

她把包挂在了自己肩上。

"您愿意去找一家诊所吗？我知道一家非常好的诊所的地址，虽然可能现在是一家卖地毯的铺子了。"

"谢谢,"弗洛拉小声说道,"我很好。"

"您要我陪您回酒店吗?"

"那拜托了,希望不会打扰到您。如果您要去另一个方向,那您是否有计划……"

"我要去那儿吃晚饭。"

他们走得很慢,弗洛拉一瘸一拐。黑夜渐渐包裹完麦地那街区最后的角落小巷。

"您的小腿青肿了好大一块。"

"您今天救我两次了。非常感谢。"

他又一次笑了笑。

"您还别不相信,第一次是我们俩得救了。我竟然像您一样在这座城市迷失了,"他叹着气,"我可是丹吉尔人。我几乎什么地方都不认识了。"

"这让您感到忧伤吗?"

"这是时间流逝的结果。我的丹吉尔已经是模糊的了,就像青春一样,只能是记忆了。"

"您别这么说。是您一人把我从地上拉起来的。"

"有时一个人会对自己原本以为已经穷尽的力量感到震惊。"

"您说得有道理。"

"阿曼德·科恩。"他看着她的眼睛,弗洛拉想起了一只猫的眼睛,琥珀色,细长的眼睛。

"弗洛拉·林娜迪。"她很惊讶自己脱口而出的竟是这个名字。

"我们互相以'你'相称好吗?我会觉得自己没那么老。"

"我也是这样想。弗洛拉,我得告诉你,虽然我很想成为一个好的向导,但黑夜比起过去的岁月让我对这座城市更加迷茫,我不知道我们在哪里了。"

阿曼德向一个从他身旁路过的年轻人询问了酒店的地址,那人用法语给了他些指示。

弗洛拉的嘴唇已经没有流血了。她再一次愿意挽着那陌生男人的胳膊走路。

"那么,你是丹吉尔人了。"

"是的,我出生的时候丹吉尔还是一个国际都市。在它并入摩洛哥后我的家人就离开这座城市了,许多犹太家庭都是这样。"

"你是塞法迪犹太人?难怪你的西班牙语讲得那么好。"弗洛拉感慨道。

"这是我的母语。"

"我读到一本写这个城市的小说,读了很多遍,女主角是塞法迪犹太人。书名叫《丹吉尔迷雾》,是一个叫贝莉亚·努尔的女作家写的,她也是丹吉尔人。你听过她的名字吗?"

"我不知道她,我对这个国家太茫然了。"

弗洛拉在包里找出那本书,递给阿曼德。书里全是注释和贴满便签纸的重点书页。

"看得出你很喜欢这本书。"

"它已经成了我的床头读物。我来丹吉尔就是为了和贝莉亚·努尔见一面。我准备写一篇文学博客,我想采访她。我非常着迷她的故事。"弗洛拉的脸颊有些泛红。

"那你和她联系上了吗?"

"我还不知道怎么找到她。我想去书店问问,或许她作过一些演讲介绍,能够给我一些有帮助的信息。"

"恰好,殖民书店的经理是我一个大学老同学的孩子,他后来和我一样移居去了马赛。当知道我要来丹吉尔的时候,他让我要过去跟他打个招呼。我得和他约一面。我可以向他打听一下贝莉亚·努尔;如果她是丹吉尔人,他可能会认识。丹吉尔的文学世界应该不大。"

"我真的要好好感谢你。你看,你将第三次帮助我了……"我冲他笑了笑,瘸拐的样子越来越好了。

"殖民书店在这座城市有些名气了,从四十年代末就在那儿了。"他满意地给出字里行间有用的信息。实际上,当保尔·鲍尔斯在丹吉尔的那个时候,其他的作家或者记者想要和他取得联系必须要通过这家书店,它像一个中间人。如果鲍尔斯对这个人有兴趣,他们才会安排见面。

当听到保尔的名字时,弗洛拉颤抖了一下。她仍然没有任何关于他的消息,现在当她拨打那个电话时,操作台会告知她那个电话号码是空号。她是在给一个幽灵打电话吗?

他们到达了酒店。

"让我看看你的嘴唇。"阿曼德小心翼翼地抬起她的下巴。"好多了,但伤口还得持续几天才能痊愈。"

他高高的个子,有着一双硕大的手掌。

"你愿意和我在酒店的餐厅里一起吃晚餐吗?"阿曼德垂下了目光。

"我想休息了。我全身都疼,也没什么胃口。太充实的一天了,我有些累了。我们一起吃早餐怎么样?"

"我会马上给我朋友的孩子打电话,最好我能给你一些信息。你好好休息吧。"

弗洛拉上楼回到她的房间。她脱光衣服洗了个热水澡。她不能去想发生的事情。嘴唇越肿越大,像刚结束了一场拳击。她算是亲身体验过麦地那了。手机响了,是母亲打来的。我现在没有任何精力给她更多地解释我在丹吉尔干什么。她挂断了电话,躺到床上,这是一个双人床,她躺在中间,劈开双腿,张开双臂,试图占满整个大床。她感觉那是一个人的空间,也确实只有她一个人,这让她不自觉地笑了。当身旁有人,却依然感觉是一个人的空间才是恐怖的。当另一个人在睡梦里时,她却在哭泣。

报时人再一次叫醒祷告的时间。弗洛拉蜷缩在被单里,想着年少时的玛丽娜·伊万诺娃在安卡拉《古兰经》的催眠曲里被哄睡着。

"晚安,玛丽娜。"她大声地说着,然后闭上了眼睛。

&

殖民书店坐落在丹吉尔现代区的巴斯德大道。这是一个温馨可爱的地方,出售不同语言的文学作品,包括法语、阿拉伯语、西班牙语和英语。

弗洛拉和阿曼德在利雅得庭院酒店屋顶平台吃早餐。又是一天,和那个男人一起坐在一张漂亮的铁桌前,望着眼前白色的屋顶,无际的蓝色大海,她经历了什么呢?马德里郊外她家的厨房,对她来说很遥远,很不真实。这似乎是很久以前的事了,要么就像从来没有发生过一样。

"我有一个惊喜给你。"他告诉她,一边给一片吐司抹上黄油。

"你朋友的孩子能够帮我找到贝莉亚·努尔吗?"

"他书店里有她的书。摩洛哥是没有出版的,他是从西班牙带过来的。"

"那他个人认识这个作家吗?"

"他可能能够给你作家的联系方式,至少他可以跟她提到你,看看是否能够给你安排一次采访。我觉得你的嘴唇好多了。"他说着,一边用手再次轻轻托起她的下巴检查着她的嘴唇。"腿呢?"

"已经没那么痛了,我也不用瘸着走路了。"

为什么当她和阿曼德在一起的时候她感觉真实了很多?而这只是她用仅仅一天时间加之一堆谎言的世界,比她原本的世界真实太多了。要是戴德能够听到她的心声,一定又会说她是堂吉诃德,"你要知道,亲爱的,小说的结尾是怎么样的,这该死的疯狂着迷不会对他有任何作用和意义,最后他也恢复了神志,醒悟成了一个正常的人。"弗洛拉不认同这样的结局。"是幻想让他生活下去,戴德,让他能够清醒平静地死去。"

他们闲逛着去了书店。蓝色的天空,回荡着海鸥悦耳的鸣叫。这次阿曼德带了一张地图,他说一定能在这座属于他的城市找到回去的方向。他来当弗洛拉的向导,他会一一讲解他们走过的每个地方。有几次,他沉默了好几分钟,盯着前方的视野里像是跳出了某个多年前已经被磨灭的记忆。她仍然不知道阿曼德为什么会回到丹吉尔,或许只是一场怀旧的旅行,一次为了活着的现在,穿梭到过去看看的行程。

"你知道我们在哪里可以买到蜜饼吗?这是小说里出现的东西,我想看看它是否还存在。"弗洛拉说。

他在 1947 年 4 月 9 日广场旁边的巷子里找到一家店铺。她想起了蜜炸果。裹着蜂蜜被炸过的面团，老板给她指了指，您尝尝，女士。蜜炸果用一个圆锥形纸袋装上，她递给阿曼德一张。

"我从来不喜欢吃这个，"他回答道，"从小就不喜欢。这是一个很有年代的广场，叫大集市广场。"

那些玩蛇的人、繁荣的香水和香料市集哪去了？弗洛拉咬着蜜果，心里默念着。还有被那个可怕的乞丐满街追的玛丽娜和萨米尔，驮着货物过往的驼队，卖各种东西的商贩，只要是可以卖的东西都有，还卖可以自己孵化、可以实现愿望的占卜星鸟蛋。

如今的广场十分宽敞，车水马龙。一个圆形小公园的长椅上坐满了行人。阿曼德指给弗洛拉看那幢丹吉尔的电影资料馆大厦，这里以前是里夫电影院，是古代总督的宫殿。宫殿花园里有一棵树龄达八个世纪的榕树。树干盘绕，树根粗壮光洁，他指给她看，要抱住大树至少需要三个人。

"我还是儿时父亲常带我过来。我非常好奇这棵树。我认为它就是《小王子》里的那棵猴面包树。我来确认过它是不是不会再长大。我害怕有一天它长得巨大无比，能够吞没整个城市，整个丹吉尔城被包裹在一棵巨大的榕树里。"他笑了，"我父亲在几个月前去世了。"

"抱歉，"弗洛拉看着他的脸，那神情令人难以捉摸，"阿曼德，你怎么看待生命？它更像一顶大檐帽还是一条能吃下一头大象的蟒蛇？"

"像一顶帽子……丹吉尔此刻又让我觉得它可能更像一条蟒蛇。"他面带笑容。

他们沉默着走上自由街区,在巴斯德大道的拐角处看见了巴黎大咖啡馆。他们坐下来喝了一杯薄荷茶。这是一个男性的世界:像蛇一般长形的桌位坐满了男士,除了游客,除了西方来的女性旅行者,没有更多女性的身影。弗洛拉焦急地要前往书店,要去和贝莉亚·努尔见面。阿曼德觉得直接阻止她有些不礼貌,于是他提议停下来坐会。那天早上弗洛拉反复翻看她的笔记,她坚定地认为作者能够指引她找到保尔,这是谜团的第一块拼图,是所有一切的关键。她脖子上吊着一根皮质挂绳,一个柏柏尔族的护身符。这是为了找到她的归宿,店里的老板告诉她的。弗洛拉能够感觉它在喉咙处的温度,就是那个夜晚,在格兰大街的酒店发生的一切。

殖民书店位于被称作手风琴大厦[1]的一层。

"据说这里曾经是诞生在意大利、活跃在美国的黑手党幸运·卢西安诺[2]的兵营,他在这里做走私的生意。"阿曼德告诉她。

弗洛拉想到了玛丽娜,想到了她贩卖烟草的生意。透过她,弗洛拉看到了这座城市,她幻想着拐过这个街角能和她相遇,看见她俄罗斯金黄的头发和那双为她母亲守灵的蓝眼睛。

书店老板是个大概三十多岁的男人,也会讲西班牙语。在与阿曼德聊了一会儿他父亲之后,他向弗洛拉展示了更多贝莉亚·努尔的小说和几套故事集。大部分是用法语写成的,其中两本是阿拉伯语作品。

"《丹吉尔迷雾》不会在摩洛哥出版,"他告诉她,"虽然就像你看

---

[1] 外形呈手风琴状,因此得名。
[2] 查理·卢西安诺,绰号幸运·卢西安诺(英语:Lucky Luciano),是一名意大利出生的黑帮老大,他主要活跃于美国。卢西安诺因创立了第一个黑手党委员会而被称为"美国现代有组织犯罪之父"。

到的,她在这个国家是个颇具声誉的作家。几年前她很活跃,尤其是为柏柏尔民族争取权利,因为她自己就来自这个民族。直到不久前,摩洛哥禁止给小孩子取柏柏尔族的名字。那是她最后一次冒着危险参与到争权运动中,现在她病得很重,已经不参与文化活动了。我很抱歉地告诉你她不能接受采访。"

"唉,真是!"弗洛拉感慨道。

"你不要泄气,因为你是阿曼德的朋友,我要告诉你一个信息,但是我恳求你不要让其他的记者朋友知道。努尔女士非常喜欢去约瑟芬公寓吃下午茶。她在每天下午五点,同一时间点都会预定一张桌位。她是一个性格十分独特的女人。希望幸运能降临你,她能和你谈谈。"

&

弗洛拉乘出租车沿着名叫老山的山脉一路上行。金银花和百年法国梧桐遍布公路两旁的石墙下,石墙背后隐隐约约可以看见一座座恢宏的房舍,都是怀旧年代的建筑。阿曼德和书店老板坚持要她和他们一起吃午餐,但弗洛拉更愿意回到酒店,为那次可能和贝莉亚·努尔的见面做准备。她笔记本上的信息有了些更新:女作家是柏柏尔人,跟保尔钱包里掉出的饰品一样,在她的喉咙处闪耀着光芒。

"亲爱的,注意细微的发现,"这是在弗洛拉失联几天之后戴德对她说的,"作家们,不管对文字如何修饰,最终都是写他们的生活,写那些让他们痛苦的话题,那些让他们无法摆脱的主题。""戴德,护身符没有出现在小说里,是我的保尔带着的东西。""他不是主人公之一吗?""你不要突然又让我为你担心,要及时给我信息。"弗洛拉愉悦地挂了电话;虽然有时候她并不同意她的看法,很久以来戴德就是她的指南针,是她的支柱,她的朋友。

母亲又来电话了,弗洛拉没有回答。她知道,下午她一定得给母亲还有她的丈夫打个电话,但是现在,她只愿意去想约瑟芬公寓的事。出租车通过开着的铁栅栏门驶进一个庄园。透过视野里的绿植,可以看到远处红色的屋顶。这是一间白色的府邸,几级台阶透着殖民的味道,府邸带有一个围有石栏的阳台。弗洛拉探身看到了海湾,今天天空晴朗,万里无云,可以看见远方的西班牙。她有些颤抖了。"她到底是弗洛拉·加斯康还是弗洛拉·林娜迪呢?"房屋内部是英伦风的格调,尤其是那个图书馆,还有喝下午茶、喝酒的那个区域。实木、皮革、深紫红色的地毯透着优雅的古典气息。硕大的沙发前摆放着几张桌子,银茶壶、青花瓷的杯碟里是精致的甜点,凹凸花纹雕琢的玻璃杯里盛着威士忌酒。到处都洋溢着忧郁的气氛,丹吉尔是属于它们的。

一个身材笔挺的侍者指着一处位置让弗洛拉入座。她向他道谢,轻轻梳理了一下她那桀骜不驯的红色头发,颤抖的双手拿起菜单,环顾了四周;贝莉亚·努尔在哪儿?或许她下午已经走了,或许她生病了。那个护身符加速在她喉咙处跳动。

"茶,和苹果馅蛋糕。"

"好的,女士。"

弗洛拉将《丹吉尔迷雾》放在樱桃木的小圆桌上,管家给她摆上糕点。如果作家就从她面前走过,或者从桌子的某处看着她,她一定会尖叫惊呼的吧。透过厚重的花缎窗帘,阳光变得柔弱了,没有什么能够打破那种往昔的宁静。

"洗手间呢?"弗洛拉问管家。

"女士,直走就是了。"

她需要一个借口去图书馆区走走,去找寻她。她一遍又一遍复习着如果遇见她要说的话,她怎样才能从关于小说概况的问题里渐渐转移到对保尔这个人物的谈话。"您是否赋予了保尔某个真实人物的身份?那个人是谁?他是您认识的人吗?"保尔·丁格尔在哪里?这太直接了吧。比起一个文学博主,这更像是当她知道凶手的身份时,她似乎成了苏格兰场[1]的一名检察官或者是赫尔克里·波洛。而她是一位文学记者,至少这是她想成为的人。她甚至已经想好了博客的名字,这样,她能让她的人物更真实。

她朝着门厅的方向穿过图书馆区。傍晚时分,微弱的阳光沿着一处阳台透进来,她发现了一个老奶奶。弗洛拉偏离了去洗手间的方向,企图更好地观察她。她的项链很突出,围绕着她那瘦弱的脖子,沿着一件绣着花样和各种奇异鸟类的长袍垂下;在她的脸上可以清楚地看出岁月踏过的步伐,但她依然很美丽。眉宇间有一个小小的纹样,究竟画的是什么弗洛拉并不能分辨出来。她的头发包在一块黑色的头布里,那是一块很精致的头巾;上面别着一个银别针装饰。是她。弗洛拉移开了视线,她感觉背后就是贝莉亚·努尔的目光。她回到她的桌位,时刻都在梳理着那被海风吹乱的头发。她拿起书和包,伴着心里跳动的节奏,朝着那个作家走去。

她清了清嗓子。

---

[1] 苏格兰场是英国人对首都伦敦警察厅总部所在地的一个转喻式称呼。苏格兰场负责维持包括整个大伦敦地区的公共治安及交通秩序,但伦敦市除外,该区的警务由伦敦市警察管辖。

"很抱歉打扰您,"她用法语说道,"您是贝莉亚·努尔吗?"

老太太勉强地点了点头,斜眼瞟了一下弗洛拉。她专心地喝了一口杯里的热巧克力。

"我读过您的小说,《丹吉尔迷雾》。我被深深吸引了,里面的人物让我着迷。"

贝莉亚·努尔打开一个放在她身旁扶手椅上的拼图包,找出一支圆珠笔。她那黑色的眼睛背后,可以窥视另一种和这个图书馆区不一样的生活。眼神里透着一种和她这个年龄不相符的光芒,一种没有任何在这般年纪应有的浑浊的晕影。她为这本书签上名,仿佛已经是一个再公式化不过的行为了。弗洛拉咳嗽了一下,作者是第一次抬眼看她,她的嘴唇非常薄。

"您不知道对我来说能够找到您意味着什么。"弗洛拉变得紧张起来,开始用西班牙语跟她讲话。

"你从哪里来?"贝莉亚·努尔也用西班牙语问道。

"马德里。您会讲西班牙语吗?"

"我会讲很多种语言,太多了,有时我脑子都会打结。你靠近一点让我能够看清你。"

弗洛拉朝她靠近。她感觉一双冰冷的眼睛正在审视着她。

"多好的头发啊,年轻人。"

"谢谢。您会知道我对书的热情,所以我准备开始一个文学博客的写作。"弗洛拉无法抑制介绍她准备好的人物。"我一直在阅读,直到上周我还活在您的小说里,我不停地重读它。"

贝莉亚·努尔的目光顺着她的脸颊往下滑,越过脖子,看到了那个护身符。

"你想和我一起喝下午茶吗？"作家贝莉亚·努尔把圆珠笔放在了桌子上，双手颤抖起来，脸颊多了一丝羞涩。

"我太愿意了。我去把我的茶端过来。"

"不用，穆罕默德会负责的。"

贝莉亚·努尔招呼那个笔挺的侍者，示意他去取弗洛拉桌子上的茶。

"我每天这个时候都会喝热巧克力，"她对弗洛拉说，"茶对我来说太英式了。在这里，你必须要尝一下这个小玛德莱娜，我每天都会为它们而来约瑟芬公寓。它在这个精致小盘里会展现其未经触动时的风味。你闻闻，你闻闻，"她端起盘子放到弗洛拉鼻子前，"告诉我你想到了什么。"

弗洛拉紧张到没有闻出任何味道，她的感官都在审视着她的老太太身上，老太太的每一个词，每一个眼神，都在考察着她。

"我想起了童年早餐的食物。"她是为了回答而回答，同时想着如何才能回到她的设定的计划。她坐在作家贝莉亚·努尔之前放拼图包的扶手椅上，现在她把包挂到了她的椅子上。

"这是普鲁斯特笔下的玛德莱娜小蛋糕，"贝莉亚·努尔告诉她。"你尝到的玛德莱娜会把你带回某个你曾经待过的地方。"

弗洛拉有些口干，连喝了好几口茶。

"我在大学里必须得阅读和翻译普鲁斯特的作品。"

她心里想，我很讨厌他，他缓慢的风格让我抓狂。

"你叫什么名字？"

"弗洛拉·林娜迪。"

"很美的姓，是意大利的姓吗？"

081

弗洛拉点头称是。

"是什么让你来到丹吉尔,你是来旅游的吗?"贝莉亚·努尔一边问她,一边侧身,为了更近距离地观察到那个护身符。

"我是为了来看看您小说里出现过的地方。"她的声音有些迟钝,喉咙里有东西在牵绊着。"请您告诉我,那些人物都是真实存在过的吗?他们是基于您认识的人而创作的吗?"

"一个作家所有的人物都是真实存在的。但是我知道你来找我的真实原因是什么:你找到了保尔·丁格尔,是这样吗?"

弗洛拉不知道如何回答,在侦探方面她还是个新手。

"你尝一小口普鲁斯特笔下的玛德莱娜小蛋糕,回味一下它的特色。"贝莉亚·努尔建议道。"你觉得我很愚蠢吗?你戴着他的挂坠呢。"

"您是怎么知道的?这只是南部地区的一个十字架。"弗洛拉将它拿在手指间,她感到它滚烫。"或许它是我的呢。"

这些话刚一出口,她就想起了麦地那老街区卖家的话:"它是一个真正的宝物。从它的加工工艺和端点微曲指向天空的布局,可知它是一件罕见的宝物。"弗洛拉应该在侦探方面多下点功夫了,她被情感完全裹挟,又需要一个冷静的头脑。

"我知道这是南部的十字架。你告诉我你是怎么得到它的?"女作家的声音里带着威权的味道。"是保尔送给你的?"

弗洛拉为又戴上它感到后悔了。她咬着下嘴唇,喝了口茶,手心冒出了汗,飞快地思考怎样回答。有时,给出一个信息,哪怕是假的,只要能证明必须要对此作出解释也是好的。

"它从保尔身上掉下来,丢了,就是说,是在一间酒店里。我是很愿意还给他的,然后我是想还给他的。但是好多天我都没有他的消息了。"

"你从什么时候认识他的?"

"上周五。"

弗洛拉不敢相信,她和保尔在卡美洛酒馆的相遇和她在丹吉尔发生的这一切之间时间相隔竟是这么短暂。

"你是在马德里认识他的还是在这里?"贝莉亚·努尔继续问道,仿佛是审问。

"在马德里。"

"那你怎么会在刚刚一周后就来到我这儿?"

"由于您的小说,保尔当时在阅读这本小说。"

贝莉亚·努尔用异样的眼光看着她,微微一笑。

"就是说,保尔再一次消失了。他给过你他的电话吗?"

"是的,但是从上周天我就联系不上他了。"

"告诉我,那天发生了什么?"

"我们之前相约在马德里的一家咖啡馆见面,但是他没有赴约。"

"马德里城起了风?"

"是的,很大的风……"弗洛拉感到胃里在发热。

"他消失了,就像1951年12月24日的那个夜晚。你读过小说,你应该明白我跟你讲的什么意思。"

弗洛拉点点头。

"1951年的那个晚上,他给一个女人打了电话,她去了,想要带走保尔。于是他就成了很坏的家伙,就像那天晚上你给她打了电话约会一样。"

"那天晚上我没有跟任何人打电话。"弗洛拉想,连母亲都没有。

"或许是没有意识的,因为你不认识她,但是你确实打过电话,你想让他以某种方式消失;于是她又一次带走了他。"

"谁带走了保尔?"

"艾莎·坎迪沙。"

7.《丹吉尔迷雾》
第三章

很多人都想知道1951年12月24日那次保尔·丁格尔的失踪，萨米尔乃其中之一。

"他会让你心碎的。"萨米尔曾经这样提醒过我。

那天清晨破晓时太阳出来了，没有人能预测到随着下午的到来刮得愈来愈烈的狂风。保尔比平常起得更早；十点前的天还没放亮，他说，黎明的寂静让他想起战争的忧伤。我没听见他走出卧室。当我在一个小时后醒来时，被单里就只剩我一个人了。床铺冰凉，似乎保尔已经永远地离开了。

我去了走廊；房子的最后一层是外祖父母的房间，他们的家已经变成了旅舍，提供家庭私人住所。我在楼梯平台遇到了萨米尔。那时，他那只残疾的眼睛蒙着一块补丁布，看起来像个海盗。乱蓬蓬的头发，嘴唇有一道血迹。他刚和保尔打了一架。

"你不要相信他。"这是当时他要告诉我的一切。

他用无助的表情看着我，跟二十五年前在银匠街他准备回舍夫沙万前的表情一模一样。那是1926年的8月。我记得这个日子是因为报纸上关于鲁道夫·瓦伦蒂诺[1]意外死亡的消息让我震动。十七岁时，我成为一个犹太女孩：我会做祷告，遵守安息日的习俗，高兴地庆祝普珥节[2]，和阿达外祖母还有其他女人一起去那洪教堂，通常在楼上参加宗教聚会，这是我家的地方。只有父亲去世的纪念日我才会从他的房间里取出那枚金色的东正教十字架，挂在我的脖子上，藏在衣服里，整整戴上一天，记住他曾经是谁，他现在是谁。我会默默地念《天主经》在我记忆里刻下的每一句经言，以此致敬先辈们天主教的俄国血统。

从小对于救赎的渴望，阿达外祖母早已知道它通过泽达卡[3]、施舍和犹太人的社会福利机构捐款行善来达成。我要和一个犹太男孩完成婚约，把我的子嗣带到这个世界上来，以此延续家族的支脉。阿龙外祖父有意要和本萨洛姆家族联姻。后者是银行世家，有一个和我同龄的儿子，我是在他的犹太教成人礼[4]聚会上认识他的。他还年少，厚厚的下嘴唇，一双透着孤独的眼睛，一想到我余下的生命必须要和他一起度过，在我死亡之前我就会变成一具遗骸，我就害怕。阿达外祖母并不理解一谈到婚姻时我的抗拒，也不明白我为什么不和其他到了应该谈婚论嫁的同龄女孩一样激动地期待着自己的婚礼。对缝制刺绣的

---

1 鲁道夫·瓦伦蒂诺是一位意大利演员，后来前往美国发展。他是20世纪20年代最受欢迎的明星之一，也是默片时代最知名的演员之一。鲁道夫·瓦伦蒂诺也拥有拉丁恋人的昵称。
2 普珥节，也译为普林节，于犹太历阿达尔月的第十四日、十五日为纪念和庆祝古代流落波斯帝国的犹太人从灭种的毁灭中幸存的节日。
3 "tzedakah"，希伯来语，意思是"正义"，但通常用于表示慈善。与现代西方对"慈善"的理解不同，为善意的自发行为和慷慨的标志，是一项道德义务。泽达卡指的是做正义与正义之事的宗教义务，犹太教强调这是精神生活的重要组成部分。
4 犹太教成人礼是指犹太教徒的成人式。在犹太教中，男性在十三岁成人。而犹太教正统派和犹太教保守派认为女性在十二岁之后成人。在成人之前，父母对子女的行为负责。而在成人之后，需要自己承担责任，并可以参与犹太社区生活的所有领域。

热情是早就在我身体里被唤醒的，随着适婚年龄的逼近，我必须慢慢地抑制住这份热情。这样，我才能推迟完成我的嫁衣。已经有一个桃花芯木箱装满了我婚床的被单、毛巾、桌布、衬衫和小礼袋。我已经绣好了我姓氏的首字母，只差当我们知道谁是我未来丈夫时绣上他姓氏的字母了。

我在学校里读过《奥德赛》，我觉得佩涅洛佩是这部神话故事里最富智慧的女人。为了避免选到一个不是她丈夫的追求者，她把嫁衣缝了又拆，拆了又缝，怀着一个女人应有的极大耐心，忍着所有痛苦，等待着那个应该成为她丈夫的人，还有什么比这样一份女红更好的计策呢？我在阿达外祖母面前假装刺绣工艺突然倒退，绣错图案，把它绣得弯弯曲曲，需要重新完成。除此之外，我坚持认为箱子里的嫁衣还不够。

"我想有所有丹吉尔犹太女孩最丰富、最漂亮的嫁衣。"我总是这样对阿达外祖母说。

"你会有的。"她回答说，"你会和一个很好的犹太男孩结婚的。"

我从来没想过多年后我会用到佩涅洛佩的计策在保尔·丁格尔消失的日子里来安抚自己。我在那个表现热带的床罩上，绣上了世界上所有的热带雨林，至少在那段日子里，我知道了有关他的事，知道了是谁把他从我身边带走了。

阿达外祖母对我的计策产生了怀疑。随着我逐渐长大，她对家族美好未来的夭折再一次感到不安，害怕她女儿的悲剧会重现。在这种情况下，她只相信通灵术，没有谁比通灵能更好地告诉她正在发生什么，在可能走上弯路的时候如何将命运引向正路。她教给我如何使用那个诡异的器械，她对于通灵板秘密的热衷让我们之间搭建起一些复杂的强迫性的联系,我们会一起参与某些聚会。

"我外孙女的命运应该是怎么样的?"她向一个死去女人的亡灵提问,那个女人是在世纪之初和我母亲一样生病去世的。

木板上的大指针在阿达外祖母和我的手指肚上被拉动,沿着木板发出一种阴森鬼怪的声音,它指向了这几个字母:C-I-N-E(电影)。

"那么,是和电影有关了。"她气愤地跟我说。

我沉默着。阿达外祖母用指责的目光看着我。我从来不相信那个游戏里的力量,我怀疑她听到了前天下午在缝制房里我和某个大学同学的谈话。我向她坦言,我并不想结婚,我想当演员。我痴迷于电影。只要可以,我会和我的朋友们去看鲁道夫·瓦伦蒂诺、格洛丽亚·斯旺森[1]、查理·卓别林或者维尔玛·班基[2]的影片。我在这些电影里发现了更广阔有趣的世界,超越了那个关进了我所有未来的桃花芯木箱子的界限。

"所以你想成为一名演员。你还是忘了吧。你就要和一个不错的犹太男孩结婚了,你将会有犹太小孩。我不会允许再一次发生像你母亲一样的家庭悲剧。"

阿达外祖母渐渐意识到我和她女儿的某种相似性,这种相似不是外貌,而是内心的反抗。如果她选择了一个天主教男孩,我愿意用我丹吉尔安适的生活去换取能够对这些事情作出解释的魔法。

她禁止我再去电影院。泪水从我眼眶涌出。我恳求她让我去看在库尔萨尔上映的鲁道夫·瓦伦蒂诺的作品《酋长的儿子》,作为和他

---

1 一位美国电影演员,曾经入围过奥斯卡最佳女主角奖,也获得过金球奖,也是默片时期最著名的女演员。
2 一名匈牙利裔美国人的默片女演员。

的告别，也作为对他记忆的致敬，在荧幕前为他哭泣，他是值得的。阿达外祖母很不情愿地答应了我为偶像服丧的仪式，但她让我保证这将是我结婚前最后一次踏入电影院，在她看来，离开电影艺术家放荡的生活才是安全的。

我和四个朋友一起去的电影院，有三个犹太女孩，一个是信仰基督教的。犹太女孩里有一个叫艾斯特·本萨洛姆，她是大家想让我嫁给的厚唇男孩的表妹。所有女孩都来自富裕有声望的家族。从我们在《启示录的四骑士》和《碧血黄沙》里看到他的出演，鲁道夫·瓦伦蒂诺就是我们柏拉图式的情人。他是典型的拉丁男人，像希腊神话一样的人物，最重要的是，他是无法企及的。鲁道夫是那么英俊，那么有男人的魅力，但是他永远不可能和我结婚；永远不会想把他姓氏的首字母和我姓氏的首字母绣在一起，绣在衬衫的荷兜里。我经常会梦见他，无所顾忌地爱上他，现在他离开了，我更爱他了。

我和朋友们一起穿过银匠街时，我听见有人叫我的名字。我听不出这个声音，回头看是谁。只有一只眼睛的形象让他看上去再明显独特不过了。他已经不是那个我想拯救的、瘦瘦弱弱、卖占卜星鸟蛋的小男孩了。那只鸟蛋还放在我写字台的抽屉里，随着时间的流逝，它依然完好无损。现在的他，变成了一个有魅力的高个子男孩，宽厚的嘴唇，一头浓密的黑卷发。萨米尔，他用那只绿色的眼睛看着我。他驻足在街道，包裹着一块布，穿着阿龙外祖父的那双鞋，已经合脚了，还有一件带细条纹的风帽长衫，显得像一个成年人一般。

"你认识他吗？"艾斯特·本萨洛姆问我。

我的心快跳出胸膛了。

"多年前我给过他一些施舍。"我回答。

"太大胆了吧,直接在大街中间这样喊你的名字。"

"如果你要给他一些东西,你就去给吧,我们要迟到了。"另一个犹太女孩朋友对我说道。

"不,我现在没有多余的零钱施舍。"我说,转身继续朝着电影院的方向走去。

我再一次听到了他叫我的名字,我走得更加急促了。"萨米尔回去了。"女孩对我说,或许,他只是路过。他是为了他母亲的那个手鼓来的吗?那个和我母亲的遗骸躺在一起安息的手鼓?

"你还好吗,玛丽娜?"艾斯特·本萨洛姆问我,"你看起来有些脸红。"

我有一团火在内心点燃。

"我钱包丢了,你们继续,我会赶上你们的。"

还没等她们的回答,我拔腿就跑。我沿着银匠街跑到刚刚看到萨米尔的那个地方。他已经不见了。我大声叫他的名字,哭着大喊。我等了几分钟,看看他是否会再次出现,但地面确实已经带走了他。

电影里,鲁道夫·瓦伦蒂诺出演一个阿拉伯酋长儿子的角色,他带走了一个白种女人,把她带到他沙漠里的帐篷,她成了他的女人。她正陷入对他的爱恋。我颤抖了。

这周剩下的日子里,当我同阿达外祖母一起在缝制塔楼里做着刺绣女红时,电影里的场景经常在我脑海里闪现,萨米尔的脸替代了鲁道夫的脸。我想象着他裹着头巾,骑行在沙漠的沙丘上,他有了新的形象,化身为一个不惜一切代价来找到我、无论如何要把我带走的男人。

"干活认真点,你走神了。"这是阿达外祖母常跟我说的话。

我缝制的针脚总是歪歪扭扭。这一次我并非故意而为，而是我手里的针在颤抖。要是没有那枚银质玉石顶针，我的手指早就被针扎破了。

只有安卡拉，她还和我们住在一起，她知道我的心思，从我的保姆变成我的伙伴。阿达外祖母不喜欢我独自上街，所以当我不和她也不和我朋友一起出去时，安卡拉就会陪着我。她老了许多，只有她的眼睛还能透视出生命的活力，在这么多年的工作里，时刻都能看见她眼睛里的光芒。对家乡里夫的乡愁让她茫然，让她难以平静。她对我的爱是唯一支持着她留在丹吉尔的力量。

"我亲爱的孩子，你已经过了和贫穷小男孩一起玩耍的年纪，你们的世界是不同的，幼年时期或许可以接近，当长大之后就要注定保持距离了。"

"我们不会的。"我告诉她，但其实我也不知道为什么。

日子一天天过去，我越来越思绪错乱。我想要尽快找到他，就好像我再也见不到他的那种急切心情烦扰得我不能入眠。深睡之前，我总会梦到他那种像雕刻在岩石上的新声音，显示出的东方人的姿态，有时他变得像个乡下人，有时又像电影里的某个英雄人物，而我不是那么喜欢那样的他。

一年过去了，我每一次从家里的进进出出，似乎都有无数的干柴在加大燃烧我想象的火焰，痛苦地消磨着我，因为我总能隐约看见拖着一条跛腿倚靠在墙上的那个身影，就像他第一次出现带走我的样子。唯一让我感到慰藉的是，我确定萨米尔没有向我这个犹太女孩求婚的意愿，只是拉着我的手跳跃着奔跑，无须带着玫瑰色刺绣或者丝绣荷兜的精致。完成学业后，我在资产阶级贵族的生活里看着日子一天天流逝，针线工日前后塔楼里的安静的阅读，大巴黎百货商场买香水和长袜的日常，和女朋友们在乡村俱乐部里的网球比赛，皮罗糕点铺里喝下午茶，又或者是悄悄去电影院，总会在街上被偶然的意外撞见。我根本不可能和萨米尔结婚，就像要和那个已经长眠地下的鲁道夫·瓦伦蒂诺结婚一样不可能。零可能性的存在总会让事情显得更麻烦：当这个世界越是不可能，我那被厌烦折磨的想象世界反而愈演愈烈。

想当演员的梦想并没有从我脑子里离开过。我买了所有能买的报纸和杂志，只要上面有男女演员们消息和图片的报纸杂志都买，尤其是刊登美国电影消息的。我会用裁缝的剪刀把它们都剪下来，在写字台的那个抽屉里和那只鸟蛋一起都保存起来，安全地躲避阿达外祖母的"艺术审查"。我会在某些凌晨时刻悄悄地将它们取出来，感受它们在监视的狂热中的跳动。好莱坞是我的麦加，是我圣经里的天堂。

1928年3月，还没能从萨米尔带给我的烦扰不安中解脱出来，本萨洛姆一家邀请我们在洲际酒店宴会厅一起吃饭庆祝普珥节，那是丹吉尔城最豪华的酒店之一。很明显，目的是一次性正式定下我和那个厚唇男孩的婚姻，或者是解除我和他的婚约，让他能够选择别个有一定社会地位的女孩。我们去了二十人赴约。虽然普珥节通常只有小孩子们才化装打扮，但像我们这样的年轻人也被邀请装扮，好像是一场化装舞会。阿达外祖母坚持为我找出那件最合适的面具衣，让我成为北部地区最耀眼的美丽女孩，总是那件老气的纯色披风，而我坚持说这样太丑了，男孩子连看都不会看我一眼。最后，我胜利了。阿达外祖母选择了一件牧羊女的装扮衣、一条手杖，还有一只大活鹅。她选的这身装束让我一看到就放声大哭起来。安卡拉是那个可以为她解释那套该死的面具衣唤起我记忆的人。我童年时期最糟糕的片段瞬间涌上心头：母亲胸衣处的血迹，我胸口处的血迹，那个苏联小男孩，他的死亡。阿达外祖母很紧张，似乎一升花草茶[1]都不能让她平静安神，她立刻让一个女仆将衣服放回储藏柜里，并让她们把那只无辜的大鹅煮了分给穷人们吃，也算是完成普珥节前一日需要施善的规矩。我拒绝去吃饭，但在最后时刻，深思熟虑后，我突然发现了让自己永远从那个很久以来侵蚀着我幸福的威胁里解脱出来的机会。我化装成阿根廷高乔人的装扮。当阿达外祖母看到我穿着皮裤、带流苏的外套，脚蹬马靴，头戴可以露出我金色发辫的宽檐帽，以及攥在手里的一条鞭子时，甚至不敢多出一口气，那条鞭子是用来鞭笞任何一个想和一个温顺女孩缔结一个持久婚姻的希望的。阿龙外祖父当时正在吟诵大卫王诗篇里的歌词，突然呵斥。

"你们就没找到更男性化的装扮吗？"他问。

这是我之前所期待的画面，这次的装扮是成功的，尤其是在男性面前。至少看上去大多数是我认识的人，只有一个不认识，我不可能不盯着他看，他吸引着大家的注意力，主要是女人们注视的目光。他刚从美国回来，是艾斯特和那个厚唇男孩的堂弟。他家里的人在三十多年前就移民出去做外国货物的进出口生意，这让他们一家拥有了一笔巨大的财富。他出生在美国，名叫马修·利维，但他改了姓，改成了利维斯通，更有一丝盎格鲁－撒克逊的味道。这是在享用开胃菜时他靠近我、带着他那灿烂的笑容、露着带牙斑的牙齿告诉我的。我不

---

[1] 这里的花草茶具体指椴花茶，是西方国家人们经常消费的饮料。椴树原产于北半球，在亚洲、欧洲、美洲的温带地区都有种植，白色椴花晒干后制成茶叶，具有安神镇定作用。

得不抑制住发笑，因为我脑海里突然跳出当时很火的那句名言，是关于那个在正爆发非洲疟疾的坦干依喀湖被找到的英国探险家："我想，您就是利维斯通博士？"

从见到他的第一刻起，我就直觉他不是那种会在一个带鞭子女人面前低三下四的家伙，结果却是完全相反。

"如果她愿意，她可以用鞭子俘获我。"他跟我说，一边扎了一串蔬菜和肉给我，我则听之任之。"她甚至可以用鞭子抽我。"他像痞子一样冲我笑。

他会说西班牙语，但好像嘴里含着东西发音听起来不太流畅，而且不时地夹杂些英文单词。他会说：这 lunch（午餐）太棒了，或者亲爱的，你靠我坐近点（siéntate close to me, darling）。他有着一头金色的直发，喜欢大笑，给脸颊留下绯红的愠色，还有一双会说话、光芒闪烁的栗色眼睛。他身材魁梧健硕，比所有的宾客高出一个脑袋，他的出现无法不让人注意。

他来丹吉尔是为了认识他的堂妹艾斯特，因为两家有意想在他们之间订立婚约，但订立婚约之前，他要求认识她，也是带着这个目标他才跨越大西洋而来的。这是我在聚会上才知道的。聚会上他不停地与我调情、嬉皮笑脸，坐在桌子另一端的女朋友艾斯特气得脸都通红，因为他已经破坏了联姻里约定俗成的规矩，在午餐时坐到了我的身边。如果和马修作个对比，那个厚唇男孩就像一块僵硬的纸板。他没有反击，而是陷入在沉默中，承认了这一场失败，这只是我的猜测，我也没有太多的感觉。阿达外祖母不断用严厉的目光看我，轻轻梳理她盘卷的发髻，调整着珍珠镶嵌的别发针，举止间透着紧张的气息。

"这不是属于你的男人。"在间歇时刻她悄悄告诉我,那时,那男孩去了洗手间。

马修·利维斯通并不这样认为,他很快意识到他并不是那样的男人,他不认可在他的生命中他是个不容自己作出选择的男人。他的谈吐很风趣,和我之前同那个厚唇男孩或者其他犹太男孩陈腐古板的谈话都不一样。我了解到马修三十二岁,这般年纪的差异,再加上他外向开朗的性格让他成为这片土地的胜利者。他的父亲在一年多前去世了,现在由他负责打理家族的生意。他只有一个妹妹,已经和一个美国人结婚了,住在纽约。

"我刚刚搬到洛杉矶。"他告诉我。

我强咽下一块被烤焦的苹果。

"你喜欢看电影吗?"我恢复了冷静时,向他问道。

"亲爱的,我太喜欢了。"

我摘下高乔装扮的宽檐帽,把鞭子挂在椅子上,我们聊到了我们最喜欢的男女演员。直到那一刻,我还只和我的姐妹朋友们聊过电影。

午餐后是舞会。一个摇摆舞的乐队,播放着一首我完全不熟悉的新音乐。马修出生在美国,他很喜欢。本萨洛姆一家花费了不少钱将乐队请到丹吉尔,他们不遗余力地找到它,以此来欢迎这个美国远道而来的堂兄。第一首曲子,那个厚唇男孩就来拉我去跳舞,马修在聚会前教过他一些东西。马修和艾斯特一起跳舞。我幻想着那些"不错的"的计划能够回归正道,而就在几分钟后,幻想变成了现实。我踩到了那个男孩,他也多次踩到了我,我们像石蜡一般僵硬地相互苦笑。第二首曲子,马修拉住我的一只手,他就没再放开了。我记不起我是有多开心了，印象里记得看着他那宽大魁梧的身躯在舞蹈，有那么一刻只有我们俩合着乐队疯狂的节奏舞蹈。一个转身，我看见阿达外祖母和阿龙外祖父正盯着我，眼神里透出想要杀死我的凶光，而我的朋友艾斯特气得嘴巴都歪了。我感到内疚，紧张到肠绞痛。但马修把我朝他拉近，用他那盎格鲁－撒克逊的声线轻轻在我耳边说：

"只有你和我，只有我们。"

离别的时候，他还在回味着我的名字，和我之前看到他品尝回味着加冰的威士忌的样子一般。

"玛丽娜·伊万诺娃，你是我认识的最美最有趣的苏联女孩。"

我笑了。

"你会说英语吗？"

我摇了摇头。

"那你应该去学学。"

马修不喜欢浪费时间，当想要某个东西时，他就会努力去争取。他从小到大都执着于这种坚毅：如果一个人用足够的努力去争取，任何事情都是可能的，就这样，他了解到我的住处，第二天的下午就出现了。他邀请我一起去看电影，当时正在上映查理·卓别林的一部影片。他来时我还被幽禁在缝制塔楼里，被阿达外祖母数落我缝制的嫁衣缺乏目标，因为和本萨洛姆一家缔结的姻亲关系可能会在普珥节过后以失败告终，这可是外祖父母一直的希望。安卡拉上楼来告知我。她把门微微打开，告诉我说：

"那个美国人来了。我亲爱的孩子，我不知道怎么会有这么高大魁梧的男人，我害怕他会吃掉你。"

我沿着塔楼楼梯下去，听见客厅里有人在谈话，正是他在同阿龙外祖父聊大卫王，聊他赞美诗里的问题和美妙之处。马修很擅长和人打交道，理解他们的兴趣爱好。他真是天生的卖家。谈话开始了二十分钟，阿龙外祖父同意他带我去电影院。阿达外祖母严厉地看着我，马修也知道，阿达外祖母是他必须要"拿下"的人。我上楼去收拾，去看电影而不用遮遮掩掩的感觉让我非常开心。当我们俩单独一起的时候，虽然阿达外祖母也让安卡拉在附近跟踪我们，我还是对他表达了感谢。

"我想当演员。"我向马修坦言。

"和我在一起，你会成为你想成为的任何人。"他对我说。"我们将住在离好莱坞非常近的地方（夹杂着英语的西语表达 viviremos very close to Hollywood）。这是你的归宿，正是它把我带到你的身边。"

他坚信我会嫁给他。

"我还没说愿意呢。"我突然高傲地回答他。

他笑了。

"但你会说愿意的。"

"首先你得向我求婚。"

"亲爱的，我不会让你等太久的，时间就是金钱。（夹杂着英语的西语表达 el tiempo is gold）。"

两天后，他派了一个男孩给家里送来消息，邀请我们周日在洲际酒店吃午餐，他就住在那里。那天是星期四，阿达外祖母拒绝赴约。向我请求让他们单独前往后，阿龙外祖父劝她再认真考虑，我在门后

听到了他们的谈话:

"他信仰犹太教,是有钱有势家庭的孩子。他是本萨洛姆家族在美国的血脉,而且他喜欢玛丽娜。亲爱的,我们不要去挑战命运,我们已经做过一次了,你看,发生了什么,我们的女儿改信基督教。后来死亡让事情重回正道,但我们已经失去了一切。玛丽娜是有梦想的女孩,她很像她妈妈。"

"她会去很远的地方。"

"这就是生活,亲爱的,应该顺其潮流。玛丽娜已经长大了,你不可能永远让她待在塔楼里,永远在那里缝补刺绣。"

随着这几日马修给我生活带来的震动,萨米尔的形象已经从我记忆里慢慢抹去了。几年的时间已经足够弱化我的梦,我几乎不再梦见他了。周五早上,我起床后情绪甚好,阿达外祖母允许我和安卡拉一起去参加她家那边的一场婚礼。阿米娜就是那个我在哈曼(土耳其浴)认识的柏柏尔巫师女孩,她是新娘,是她邀请我的。从那次见面以后,我很少见到她,每次她总是对我重复同样的动作:把我的手放在她的腹部,直到我感觉有一种来自沙漠的热量灼烤着我,她满意地笑着。她从来不想对我说什么。安卡拉说,那是魔法,阿米娜不会伤害你的,我也不会允许她伤害你的。

婚礼是在新郎家里举行的,那是一处再普通不过的住所了,这个区域是大部分里夫人居住的地方。根据传统,婚礼要持续两天。周五是最后一天,那时新郎新娘的所有宾客都会到来参加。我们找到了阿米娜,她坐在一把特制的椅子上,裹在一件白长衫里,头戴一顶红风帽。她的手上装饰着指甲花,一串黄色珠子的项链缠绕在她颈项。新郎也是一身白衣衫,只能看见他的眼睛。女人们在阿米娜身边围成一个半圆圈,拨弄手鼓歌唱,只有当我看见那件乐器时,才会感觉胃里翻江倒海。

  大家喝茶,吃库斯库斯(也叫做古斯米)[1]、糕点、杏仁和蜂蜜做的甜点还有一盘盘的椰枣。桌上有一个小盆,里面盛着涂成橙色的煮鸡蛋,鸡蛋上也会画上指甲花。安卡拉给我解释,这是为了祝愿新娘多生孩子。我们和那些女人们坐在一起。我的头上包着一块头巾,身穿一条碎花长衣、一件外套。没过多久,阿米娜脸上的布就被掀开,让宾客看到她真实的面容。我觉得她有些忧伤,就好像唯有那双黑色的眼睛充满生气。看见我时,她冲我微笑,挥手向我打招呼。相反,新郎露出一脸胜利者的神色。几位乐师开始弹奏达布卡,这是一种鼓,是用牛角和一种芦苇秆合成制作的乐器。婚礼的气氛热烈起来,女人们每隔一会儿就用一种从喉咙里发出的特别的声音伴着鼓声歌唱。

  突然进来一群男人,在他们中间我一下认出了一个跛脚的男孩,是萨米尔。我之前想象过我会在麦地那街区或者大集市广场的某个角落和他相遇,但我从未想过会在这里看见他,就是在突然间,没有任何的预兆,比他进来时我看到的鼓和那盆鸡蛋更能激起我多年来的恐

---

[1] 或译作古斯古斯,源自马格里布柏柏尔人的食物,由粗面粉制作,形状和颜色像小米,所以也被称作北非小米,在马格里布、阿尔及利亚、摩洛哥东北部、突尼斯和利比亚被作为主食。库斯库斯是北非国家最常见的菜肴,我们以摩洛哥最有特色的羊肉库斯库斯为代表举例:其做法是先将麦粒蒸熟,然后放上羊肉、胡萝卜、鹰嘴豆等配菜和水果,再一同上锅蒸。摩洛哥的库斯库斯口味可能都不一样。库斯库斯口感松软,混合了蔬菜、水果和羊肉的鲜香,深受摩洛哥人的喜爱,据说每周五人们都会吃库斯库斯,很多人家甚至一周吃上两到三次。

惧和期待。我很难不被注意到。我是唯一西化穿着打扮的女人。他的那只绿眼睛从我身上扫过。他已经长大了,看起来更像一个成熟的男人。他和上一次一样穿着风帽长衫,不同的是穿着一双拖鞋,而不是阿龙外祖父的那双鞋子。音乐停止了一刻,萨米尔去了弹奏达布卡的那个人的位置,然后他们再一次开始弹奏。屋子里散发着麝香、汗水和香料的气味。萨米尔的目光和手击鼓的每一声都仿佛刺进我的太阳穴里。他一直看着我。我感到头晕,紧紧握住安卡拉的手。我看见了他,安卡拉悄悄跟我说;我要出去呼吸一下空气;我和你一起;不,你留在这儿。

麦地那的街道像沙漠一般空空荡荡。现在是下午一点,3月的天气已经很炎热了。我感觉到了他在我背后的出现。我害怕转身。我听见了他叫我的名字,他的嗓音成熟了不少。

"你妈妈的手鼓还在我这里。"在我转身看他之前,我就说出了这句话。

我心里的惶恐让我的双腿发抖。

"我知道你会保管得很好的。"

"安卡拉告诉我,你给我讲的那个故事是一个里夫地区的故事。"

"这是一个能让富人家的女孩留下印象的不错的故事。"他笑了。

"你叔叔呢?"

"被关进监狱了。他喝醉了,杀了另外一个乞丐。"

"你什么时候回来的?"

"几个月前。几年前我一个人路过时看见过你。现在我在富恩特斯咖啡馆工作。你呢?你结婚了吗?"

"还没有。"

安卡拉出来了,她对他说:

"你已经长大了,独眼孩儿。"她冲他微笑了一下,"玛丽娜,新娘在问我你在哪。"

我们重新回到屋里,这里的热气越变越高。我去找到阿米娜,向她表示祝贺。她把我的手攥在她手里,感谢我能来参加她的婚礼。

"你要记住你的心将会永远在丹吉尔。"她说,然后拥抱了我。

之后我再也没见过她。我确信她知道了我的事,那些话是她对我的临别赠言。

生活的步子变快了,让我焦虑了那么多年的事情就在短短的几天内完结了。周日在洲际酒店的午餐上,马修放出他的最后一击。他在阿龙外祖父的一家珠宝店买了一枚戒指,后者是他的共谋。他带着这枚戒指,在用饭后点心的时刻,在松软的地毯上单膝跪下,当着其他宾客的面求我嫁给他。这是一枚金戒,一颗红花菜豆大小的钻石闪着光芒。

第二天我去了小广场集市,这一次没有安卡拉的陪伴,因为我已经是一个有婚约在身的女人了。我绕着富恩特斯咖啡馆转悠了一会才决定进去。我要了一杯柠檬水,因为没有见到萨米尔,我向他的一个同事打听他的消息。他告诉我说萨米尔刚刚结束轮班,已经离开了。我沿着银匠街赶上了他。这条街是对命运的戏弄,它总是循环往复。

我们在银匠街分支街巷的迷宫里静静地走着。我告诉他我来是向他告别的,因为我要结婚了。他抓起我的一绺头发,在他的手指间停留了一会,我们相互对视着。

"还是你保存着那只鸟蛋吧。"他跟我说。

我同意了。

"你的愿望实现了吗?"

"我觉得实现了。"

"我的愿望永远也不会实现了。"

他轻轻地吻了我的嘴唇,并为他的唐突请求了原谅。

"我一直知道是不可能实现的。"他跟我说。然后朝着卡斯巴街区的方向走去。

很多年后,我回到丹吉尔城,我了解到那天他喝得酩酊大醉,因为气恼,一直喝到倒下。后来他离开了富恩特斯咖啡馆,成了一个走私贩。

婚约是在一间律师事务所签订的,那时还保留着用卡斯蒂利亚杜罗做嫁妆的习俗。我们在大巴黎百货商场买了婚纱,雇用了十个女仆来做婚礼前夕需要的甜品和各种食物。因为忙于婚礼的筹备,已经没有时间在嫁衣上绣上马修姓氏的首字母,于是我们将衣服保存着,想着我一到美国安定下来就来完成那一件绣品。没有绣上我丈夫的姓氏就结婚让我觉得这是一个标志未来幸福的信号,加上他的姓氏利维斯通,会从一开始给这份婚约添加一抹我从没想过的如此冒险的愠色。我会住在洛杉矶,离影星们很近的地方。

我记得我婚礼的那天带着远方的味道。典礼是在银匠街举行的,马修穿着黑色亚麻套装,富有《妥拉》[1]古老的味道。还有安卡拉的泪水。

---

[1] 《妥拉》,又译为托辣、托拉,为犹太教的核心典籍。

那个摇摆舞乐队被请到家里的厅堂，家具被移开了，我们跳舞，享受美食一直到下午。萨米尔的面容会不时地在我记忆里穿梭，想着他会在我婚礼那天来拉走我，在我嘴唇上留下一丝香料的味道。当婚礼的队伍路过麦地那的一条街巷时，我其实看到了他。当时我的心猛烈地一震，我也不知道为什么。阿达外祖母向亡灵们询问我是否会幸福，它们给了她肯定的回答。

剩下的只是道别了。随着我从家里出嫁，安卡拉也要启程回到她里夫的家乡，门后放着她的行李箱。没有她，我不可能从童年那么多的不幸里走过来；我们之间聚集了太多的记忆，什么也说不出来。阿达外祖母悄悄地将她的通灵板送给我，怕我孤单。对亡灵的信仰，针线，还有我的朋友们都会让这个女孩免于婚姻里的枯燥。阿龙外祖父给了我一本《撒母耳记》，还有他写的初稿，让我在去往美洲的旅途中阅读消磨时光。

登上了一艘大船，汽笛鸣响的声音可以让世界听见，我成了利维斯通太太，朝着那个电影之城起航。当我们驶向大海时，我走上了甲板。海平面蒙上了一层灰色。我在云雾间看见了萨米尔，他缠着头巾，睁着那只翡翠色的眼睛，正在骑马向我飞驰而来。

8. 艾莎·坎迪沙[1]

保尔,我那该死的保尔,就像一片枯叶被风卷走,从一个地方刮到另一个地方,可他并非愿意受到这样的惩罚……弗洛拉一边这样想着,另一边阿曼德给她盘子里放了些沙拉。他们正在酒店的餐厅用晚餐。弗洛拉刚回到约瑟芬酒店,就在靠窗的一张独桌上遇到了他。阿曼德用眼神向她示意,并挥手招呼,举止间透着一种对她的好感。

"艾莎·坎迪沙,"阿曼德重复着这个名字,笑了笑,"我当然听说过这个女人。她在丹吉尔的犹太民间文化上可是相当出名的。"

"我想,你是在这里长大的吧。"

"我和家人在1963年时移居到马赛,但所有在丹吉尔居住过的人,不管他当时多年幼,对这座城市总是了解的。我还记得母亲常常跟我和兄弟讲,说在这座城市里,没有任何人是完完全全的犹太人,也没有完完全全的基督徒和穆斯林,我们都是任风随意吹散、被风随意组合的。母亲有一些穆斯林的女朋友,她们为寻求一段姻缘,会不

---

[1] 这是在撒哈拉沙漠和北非盛行的一种民间传说,艾莎·坎迪沙的故事:这种幽灵在男人眼里是一个美丽失落的女人,她会乞求他们将她带到她指定的地方,然后变身成为一个长着长胳膊、山羊腿的怪物,并迅速吞噬这些男人。

停地向圣安东尼[1]祈祷；犹太裔女性朋友会向圣母玛利亚祈求让她赐子，而如果信仰基督教的女人们她们也会找艾莎·坎迪沙寻求帮助，让她带走她们的那些男人。母亲还说，当你们以后有女朋友了，一定要规规矩矩做人，好好表现。我对艾莎·坎迪沙还是十分敬畏的，因为她只会带走男人。"

"是在有风的夜晚，对吗？"弗洛拉问道，她似乎已经对那盘沙拉没胃口了。

"是的。女人们是可以向她祈求帮助的。艾莎·坎迪沙是一个夜间生物，长着山羊似的腿，却有着女人的躯干。有人说她是世间绝无仅有、独一无二的美女，一头长长的披肩黑发，肌肤蜜一样柔滑；然而也有人确信说，当她露出真实面目时，是十分恐怖的。有时候她会去敲各家各户的门，也有时候不留痕迹地直接带走男人。她会对我仁慈一点吗？"阿曼德一边笑着，一边盯着弗洛拉。

弗洛拉对这个玩笑感到吃惊。她心里暗想，他是否结婚了呢？她看了一眼他的右手，手上戴着一枚戒指。然而，让弗洛拉直觉感受到的是，他是一个孤独的人。他的举止行为间流露着忧伤的气息，讲话慢腾腾，那双黄色的眼睛除了在盯着她看的时候会闪出光芒，其他时刻都是呆滞无神的。

"那要看你怎么表现了。"弗洛拉回答说。

一头红发的弗洛拉现在是文学博客撰稿人。

阿曼德给她倒了一点红酒，她端起杯一饮而尽。弗洛拉想当晚整理一下记事本的笔记，把发生过的事情联系起来，并且决定接下来应

---

[1] 圣安东尼是天主教著名的圣媒，姻缘之神，其雕像在葡萄牙、巴西、意大利、法国南部随处可见。6月12日刚好是圣安东尼日。

该如何安排。对于和作家贝莉亚·努尔的会面,她要保持清醒的头脑去思考,因为作为一名优秀的女侦探家,她应该万分仔细地对待这件事。所以她说,她只喝这一小杯,吃完甜点之后就要告辞上楼回房了。

"你要在丹吉尔待到什么时候?"阿曼德问道:"你不是已经找到了贝莉亚·努尔女士,并且会见了她?"

"事情是我想再和她谈谈。关于写作,我还有些疑问。我买了23日的票。"

"我,一天后就要离开。"

"你是怎么回事?你来丹吉尔干什么了?"

"我告诉过你我父亲几个月前已经去世了。他以前夏天经常来这里,第一次是和我母亲来的,自从母亲几年前突然抱病去世后,他就一个人来这里了,来看看最后留在这里的三十二个犹太人,父亲和他们都很熟。其中年纪最大的是我的姨奶奶,现在已经九十六岁了。父亲过去还留下一笔财富。"阿曼德突然停止了他的故事,声音有些哽咽,接着喝了一口红酒。"我呢,不得不负责处理父亲之前住的那栋公寓,那是我们的家。我出生在那里,我和兄弟都决定卖掉它,但他现在在加拿大,所以只能我来处理这些程序。"

弗洛拉又一次在心里产生了疑问,既然阿曼德在丹吉尔有公寓,为什么还要住酒店呢?

"那你是从什么时候就没有回过丹吉尔?"

"从十六岁起。"

"那是挺长的时间。"

"我从来都觉得不应该说这件事,即使现在也很唐突。小时候,我在马赛有许多好朋友,并不想和家人来到这里,我更愿意待在那边。之后结婚了,我的妻子承受不了炎热的天气,后来我们的孩子出生了,我也在一家保险公司继续着我的工作……日子就这样无声无息地过去了。今年夏天,父亲跟我说要我陪他来这边,他知道这或许是他的最后一个夏天了,尽管如此,但我有工作,实在无法脱身。"阿曼德垂下了目光。"如果一个人以这种方式去结束他的一生,确实会令人毛骨悚然。我心想,难道就不能再做点什么了吗?"阿曼德喝完杯中的红酒,准备给弗洛拉再加点,但她用手势拒绝了。

"你有几个孩子?"弗洛拉很羡慕这种有许多小孩的家庭,他们可以一起逛超市,推着装满粮食和酸奶的小推车。

"两个孩子,都二十来岁。他们都各自过自己的生活,我很少见他们。你呢?几个孩子?"

弗洛拉的胃里像是被刺了一刀。

"我结婚了,但还没孩子。"

阿曼德审视般的目光里含着一点儿对刚才问题的抱歉。他觉得她已经有一定年纪了,有些可怜,但还是保留着对未来的期望。这时,氛围突然安静下来。

"明天我要和律师交谈,开始处理卖房子的事情,这件事是越早越好呀。"

"我也要开始和贝莉亚·努尔的新一轮交流。就在今晚,我要开始写我的文章,已经迫不及待了。"

晚餐结束后,她上到屋顶露台去吸一支烟,阿曼德也去了,他向她也要了一支陪她。他已经很久没抽烟了,烟雾呛了嗓子,他们一同笑起来。从卡斯巴的最高点看去,这座城市是海边唯一的一处堡垒要塞了。

                                                                         &

  她打开房间里的台灯，穿着睡衣，盘着腿坐在床上。她知道她必须要打几个电话，做一次几个小时的弗洛拉·加斯康。

  "妈妈。"

  "上帝保佑，你终于来电话了！我还以为你在那些国家里被拐骗，或者被看成白种女人了！……其他地方不能开会吗？"

  "不，妈妈。我没有选择其他地方。我很好，会议非常有意思。"

  "你丈夫好像很担心。"

  "担心？我不知道有什么。再说，你不需要跟他说，我会和你保持联系的。"

  "你吃得好吗？"

  "你知道我是非常喜欢阿拉伯食物的。"

  "那你告诉我，你完成你该做的事了吗？我指的是孩子的事，因为那时你做了检测……有可能性吗？"

  "每个月都在做测试，等着吧。"

  "那我带着希望等着吧。"

  "我明天再给你电话，妈妈，我累了。你向爸爸问好。"

  弗洛拉挂断电话，在床上蜷缩成一团。那个月的卵细胞没有成功。它没有被利用，失去了机会。她的肚子没有派上用场，可是我为什么要欺骗母亲？弗洛拉感觉她还是一个胆小的小女孩，在和母亲说话时，胸中就会产生一股想要远离、想要躲藏起来的不适。她的童年都是在和她逝去的姐姐的竞争中度过的，这让她很累。跟母亲的每一次谈话都让她感到失望，甚至不能忍受。逝去的人是有好处的，他们再也不会有好坏之分，只剩下一种时间留下的记忆，伤害渐渐变淡，让我们能更好地活着。要不是因为这些书籍、故事和神话可以让她安身躲藏，她不知道她会怎么面对关于她姐姐的一切。"亲爱的，我们会给自己的生活设限，也可能被他人设限，不管我们生活的圈子是舒适还是不适，界限以外就是未知的世界，越过它们是需要勇气的。"戴德的话在她脑子里涌现。戴德，我亲爱的戴德，我到底是谁？

"亲爱的，你想成为谁？我觉得你已经成为神秘主义者苏菲，是因为这片北非土地的影响吗？"

弗洛拉把手提电脑放在腿上，拨通了戴德的电话，因为她想再大哭一场。

"我感觉我不是一个女人。"

"又来了，快别这么说，亲爱的。"

"我现在用的是我祖母的名字。我喜欢扮演成她，不管怎样，拥有了她的力量，会让我跟自己的生活更紧密。"

"你为什么躲进别人的壳里，弗洛拉，难道你是一只寄居蟹？"

戴德·斯皮内利穿着一套礼服，画上口红。

"你要出门？"

"去参加一个聚会缓解一下绝经期的烦躁。"

弗洛拉笑了，接着咳嗽了两声。她的肺部需要空气，窒息得脸都涨红了。

"亲爱的，虚拟的死亡一点也不好玩，你别开始那该死的计划。"

戴德担心地望着她。

"你又开始抽烟了吗？你根本回答不上这个问题，这个该死的困住你的计划。幻想对你而言是行不通的，我不准你这样做，亲爱的，你小的时候奇迹般地没有死去，看看你现在会不会因为玩这些侦探游戏而死。你不要再躲进任何人的壳里了，你是弗洛拉·加斯康，你必须要找到属于你自己的壳。"

弗洛拉努力地笑了笑。七岁时，她在家里露台上度过了一个11月的夜晚，等待着彼得·潘来找她，和她像同温蒂一样玩耍。她想去那个从来没存在过的国家，这是彼得许诺她的。她得了肺炎，这是代价，住院三个月，让她母亲经历了一场差点看见命运试图夺走她另一个女儿的精神危机。

弗洛拉起身去拿了瓶矿泉水，喝了几口，咳嗽缓解了些许。

"已经过去了。"她回到了电脑屏幕前。

"亲爱的，你知道弗洛伊德是怎么说沉迷性上瘾的吗？"

"是失望的结果？"

"不，它是自慰的替代品。结束的方式是一样的，但是并不是一回事。你自己看看他是怎样说的。他说无休止地抽雪茄烟会死于口腔癌。所以，你就是在自慰，亲爱的，这你已经知道了。你不要再自杀了。那样你将会看到你是否还是一个女人。你看看你的双腿内侧，尤其是往里看。沿着你心里的楼梯走下来吧，一直走到城堡底部。"

"你总是能让我开心。"弗洛拉笑了笑。

"现在你告诉我关于你的保尔的消息吧。有一个小孩正在下面的车上等着我。"

"我找到了那个作家。这一切都要感谢我认识的一个男人，他是塞法迪犹太人。"

"你感觉自己不是一个女人,所以最近就不停地和男人泡在一起。这个人至少不是小说里的一个人物了吧?告诉我不是,我亲爱的弗洛拉,你怜悯一下我这绝经期的可怜女人吧……"

"根本不是你想的那样。他年纪挺大,已经结婚了。"

"比起那些男人们,你更需要你自己,亲爱的。"

弗洛拉大致地跟她讲了和贝莉亚·努尔在约瑟芬公寓的交谈。

"就像你们西班牙说的那样,那个女人把保尔劫掠走了。所以你的调查已经结束了。"

"戴德,那个坠饰还在。这是一个柏柏尔人的护身符。贝莉亚·努尔认出了它。她知道这是保尔的,但它没有出现在小说里,这是她告诉我的。它是属于真实的保尔的,属于那个她认识的保尔的,她写作这本书就是关于他的事,我很确定。就是那个和我一起睡觉的保尔。她还有好多关于他的事没有讲述,还有很多的。这是我的推断。"

"所以,就像你跟我说他是在1951年消失的,你的保尔就像王尔德笔下的道林·格雷,是不会变老的,他绕着世界游荡,俘获女人。"

"戴德,我告诉你,就像道林·格雷。他可坏了。"

&

被笼罩在蒸汽浴里的丹吉尔在清晨的云雾里放亮。天空被一条条烟气似的云层遮挡,不再透明。这是弗洛拉这几天里最微妙的日子之一。那层重新包裹着她皮肤的隐形外壳已经消失了,她只要一想起,或者触碰到,对它的感知就会超乎寻常的强烈,因此她常常自我安慰。弗洛拉，今天你是活在两个现实世界里的。她不能感受日常世界的全部，而是骑着马匹穿梭于这个日常的世界和那个由她感觉还有想象构成的世界之间。从她身旁路过的行人、车辆、店铺的玻璃橱窗、麦地那的猫咪们，她觉得它们都很柔软、遥远；她几乎没有真实存在过，不是有形、有血有肉的，她漂浮着，有时她甚至怀疑别人是否能看见她，能听见她说话。然而，当她早餐后从前台路过时，酒店接待员却努力地将她从全神贯注的沉思中拉出来。

"我这里有一个留给一位客人的便签：是给弗洛拉·林娜迪的。我告诉带来便签的那位女士酒店里没有一位叫这个名字的旅客入住。她坚持说自己是一位西班牙女士，因此我就突然想到来问问您，虽然您叫弗洛拉·加斯康。"

"弗洛拉·林娜迪是我的笔名。"她结结巴巴盯着那个人审视她的目光回答。"我是一名作家，我会在我的文章里使用这个名字。"她的声音里多了一丝镇定，而刚才的她就像是躲在一只新壳里进来的。

接待员将便条交给了她。一个淡蓝色的信封，哑光的纸张。

亲爱的弗洛拉：
　　我想再次享有你的陪伴，昨天的相遇对我而言非常愉悦。
　　如果你可以下午四点来我家，我们可以一起品尝一杯热巧克力，配上普鲁斯特的玛德莱娜小蛋糕。
　　　　　　　　　　　　　　　　　　　　　　贝莉亚·努尔

在一张单独的小卡片上，也是蓝色的，上面写着她家的地址。

弗洛拉被这份不是通过电话也不是通过电邮传来而是以书信方式

递来的邀请吸引住了,这是一种已经衰落沉默许久的传信方式了。贝莉亚·努尔在约瑟芬公寓的辞别非常亲切有礼。她想知道弗洛拉住在哪,而弗洛拉觉得只是简单的好奇或者礼貌,她并没有提到过想再次见面。

弗洛拉向这个接待员打听是否可以给城市里的某一处地址寄送一个信息,但酒店是不提供这项服务的,于是她只能决定赴约,她没有其他能够接受她邀请的方式,这将是她的理由。

她打算走遍《丹吉尔迷雾》里出现的那些地点。她从位于小广场集市的富恩特斯咖啡馆开始,在那儿她选了一张宽大露台上的桌子坐下,可以看着来往的丹吉尔人和旅客们。现实让她感觉这是一部有生命的小说,而她就是一名从里面阅读它的读者。小说带着她穿越,她跨过了门槛,想象着那个服务员只有一只眼,轻微地跛着脚,萨米尔正给她端上一杯薄荷茶,用那只翡翠绿的眼睛打量着她。她同他讲话时,已经吸过一支烟了。我在哪里可以找到保尔?那些坏男人都会回到他们第一次消失的地方吗?萨米尔,我这里有属于你的东西。弗洛拉摸了摸那个她一直挂在脖子上的护身符。"虽然你不知道问题的答案,但是快了。"他回答道。"你跟贝莉亚·努尔交谈吧,她会告诉你什么时候,她知道所有的一切,因为是她创作的。"

离开富恩特斯咖啡馆之后,弗洛拉去了洲际酒店,这里据说是世界大战前英国间谍聚集的地方。然而弗洛拉却沿着大厅闲逛,想要寻觅小说里讲述的关于普珥节聚会场景的记忆。玛丽娜与马修随着摇摆舞的旋律起舞。对她而言,游客和酒店的工作人员都是不存在的。玛丽娜,我应该像你一样学习针线活等待他的出现吗?我在学校里和修女们一起学习过,虽然我连一针的缝制都已经记不起了。我应该成为另一个佩涅洛佩吗?

现在她要去哈曼。她不知道在这座城市里的哪一家哈曼才是玛丽娜和安卡拉一起去过的,因此她向接待员打听了最古老的那一家。后者给了她一张标有指示的地图。弗洛拉想到了阿曼德,那天早晨她在用早餐时并没有看见他。她猜想他已经早早出去和律师碰面处理房子售卖的问题了。看上去他并不急着处理它,或许也是没有太多的热情了。

弗洛拉要到达那家哈曼需要询问多次,因为地图上并没有标注所有街巷的名字;幸运的是总是有些小孩给她带路。她小心翼翼地行走,避免滑倒在小水洼堆积的青苔上。她的嘴唇还有一点点肿胀,胫骨处还有余留的青斑。当拐过街角时,弗洛拉觉得有人跟随着她,但她已经不知道是小说里的场景还是现实的世界了。她停下来,听了听,是猫咪的喵喵叫声。一个和邻居说着阿拉伯语的男人,也或许是里夫语吧。海鸥。空气里是寒冷的味道,是清洁的海雾的味道。

一个穿着破旧的摩尔人长衫的女人在哈曼门口接待她。弗洛拉沿着一条走廊跟在她的身后进去,她很快就闻到了玛丽娜讲过的那股热石灰的气味。

"您知道这家哈曼是哪年建的吗?是从哪年开业的?"她用法语问那个女人。

她回答说不知道。

"您觉得1920年它就在运营了吗?"

她告诉弗洛拉说她不能确定。

"一个身材圆润丰满的里夫女人和一个一头金发的苏联女孩在那个时代来过。"

这个女人惊讶地看着她，耸了耸肩，给她指了更衣室的入口，然后朝着大门急促地走去。

弗洛拉赤裸着身子，将自己裹进一条毛巾里。一个木质的破旧格子架，存放着她的衣服和包。她取下保尔的坠饰塞进包里的一处分格，和祖母的照片放在一起。她打开门，踏进雾气里，犹如倾倒在城市上空云雾的延伸。白日间，从港口飘来的大海的味道沿着麦地那的街巷散开。有许多女人坐在石椅上，看着她的头发像散发红色光芒的太阳，她们都冲她微笑。而她选择了远处的位置坐下。有一处冷水管和一个桶是用于热水浴后冲洗身子的。弗洛拉将身子沉浸在水柱的咕咕声里，埋进这片热气里。水流冲刷着她的胳膊、大腿，任由时间流逝。她感到发热，像是几团篝火在烘烤着这里，某种和炭火一样的东西正熊熊燃烧。她在那里待了一个多小时。她夹杂在女人们的窃窃私语声、水流声，还有那些声音背后隐藏了几个世纪的沉默之中。

当她回到更衣室时，觉得有些发晕。她患有低血压。她慢慢穿好衣服，擦干还贴在身体上的水蒸气。她打开包里那个存放着她的坠饰的夹层，发现坠饰不见了。

弗洛拉取出包里的所有东西：祖母的照片，烟盒，打火机，一些零钱。坠饰不见了。她重新检查了一遍钱包。借记卡、西班牙身份证、护照都不见了，她忘记把它们搁在酒店了，还有一些她在刚到时换的迪拉姆。她坐在一个小板凳上，非常伤心。她的手像一只蜘蛛一样爬遍了整个包。空空荡荡。它不见了。保尔的那个护身符和她继续在丹吉尔待下去的可能性一同消失了。她没有钱，也没有证件。她想，是谁能偷盗了她呢。那些她刚来时在大厅里的女人们几分钟前还在。没有其他人进来过。她应该怎么办呢？她开始出汗，觉得自己快要昏过去了。他们除了拿走了她的卡,还拿走了保尔给她留下的东西,这是他曾经在格兰大街酒店里待过的证据,是这个人物存在于书页之外的证据。在卡被使用前,她必须将它冻结。她吸了一口气,深深地呼吸一口,站起身朝出口走去。那个接待她的女人还在那里。

"您享受得怎么样?"她带着微笑问她。

弗洛拉脸色苍白。

"我在更衣室被偷了。"她回答道。

那个女人的脸色阴沉下来。

"信用卡、证件、钱,还有一个坠饰,这是一个柏柏尔人古老的珠宝。有可能有人进来,您没看见吗?"

"我很抱歉。在您之后,没有人进来过哈曼。我没离开过门口。"

"所有的东西肯定还在包里,我向您保证。"

那个女人毫不迟疑地回答道。

"有一个后门,"她说,"虽然它一直是关着的。"

"我们可以去验证一下吗?"

她点了点头,做出一个手势让弗洛拉跟着她。她们穿过几条回廊,走廊上放着一些堆积着脏毛巾的桶。门朝向一条小巷,它是开着的。

"有人撬开了它,"那女人说,"门破损了。"

弗洛拉证实了门锁非常脆弱,任何人都可以用一把普通的折刀拨开它。而且,街巷早已空无一人。她必须得报告护照和身份证的丢失。在丹吉尔还会有什么事情发生在她身上呢?先是摔倒,现在是被盗。命运在和她针锋相对。

她向那个女人打听到附近的警察局,在去那里之前,向她要了一杯水。那层看不见的外壳再一次覆盖在她的皮肤上,弗洛拉瞬间回到了这个独有的现实。

&

负责接待弗洛拉的是检察员拉希德·阿布德兰。他三十多岁,浓密的黑发,栗色细长的眼睛。穿着一件海蓝色的外衣,白色衬衫,没有一丝褶皱。他在一间小型办公室接待弗洛拉,可以闻到一股油炸鱼肉的味道,这是从警察局旁边的餐馆飘来的,但检察员身上的香水味掩过了部分的鱼味,这是一种散发着男性味道的木质香水味。桌上,是整齐堆放成一排排的文件,按照日常色彩归置的圆珠笔,还有一台旧电脑。

阿布德兰检察员用优雅的法语询问弗洛拉的一些个人信息,没有丝毫厌烦地敲击着电脑。之后,她跟他讲述了被偷盗的过程,并列述了被盗的东西。

"您说,一个柏柏尔族的护身符。"阿布德兰检察员用好奇的目光盯着她。

"是的,有些年份了,是一个罕见的物件,银质的。"

"镶嵌着某种宝石吗?"

"没有。这是一个南方的十字架。挺奇怪的,尖端朝上。"

"您有照片吗?"

"没有。"弗洛拉想至少可以留下关于它的记忆,可以证明它的存在。证明保尔存在过。

"您是旅行期间在丹吉尔买的吗?如果是,您告诉我地址。"

在那一刻，她后悔提到了这个东西。

"这是一个朋友的，他忘记落下的，我要还给他的。"这样说着，她变得更不耐烦了。

"您朋友叫什么名字，加斯康小姐？"

弗洛拉的胃颤抖了一下。她本应该只告诉他丢了护照和信用卡，就是又一次对旅客的偷盗。她应该欺骗这个摩洛哥警察吗？

"保尔·丁格尔。"

当看见检察员敲下保尔的名字时，她颤抖了。

"我们在哪里可以找到他？或许您可以给我们更多的信息，给一张照片帮助我们识别是您的物件，当然，是在我们找到的情况下。我们正在调查相似的关于盗窃柏柏尔族传统器物的案件，和您描述的类似。您的朋友或许能提供给我们一些有用的信息。"

"嗯，我不认为它能对如此繁杂的工作有贡献力量。"

"您告发的是一件罕见的柏柏尔族物件被窃案，这是您告诉我的。"

检察员好奇地看着弗洛拉。她的后颈开始流汗了。

"您看，我也正在试图找到我的朋友。他没有回电话。"她的声音在发抖。

"他住在丹吉尔吗？"

保尔住在哪？她应该提及贝莉亚·努尔吗？她应该告诉这个检察员这个作家知道保尔是谁，她可以给他更多关于这个护身符的信息吗？他应该建议他去阅读那本小说，更好地了解发生的事吗？

"没有。"她感觉自己被困在一个她不知道如何才能逃脱的蜘蛛网里。她撒谎吗？要隐瞒一些信息吗？"就像我告诉您的那样，现在我也找不到他，他电话关机了。"

"那他住在哪儿？"

弗洛拉意识到，她越是努力逃避这个话题，就越会引起检察员更大的兴趣。她需要得到侦探一般的训练，必须要重读大侦探波洛的小说，看探案的马普尔小姐，马普尔小姐是如此的机灵。

"他会来丹吉尔的，至少，这是我理解的。"

"您找不到他。您想说他消失了吗？"

弗洛拉觉得检察员的木质香水味在包裹着她，将她围绕，压制着她的喉咙，让她不能呼吸。

"我没有那样说。"

怎么向他解释保尔是在1951年12月24日第一次消失的，然后2015年在马德里第二次消失呢？怎么向他解释他是一个该死的坏家伙，游荡在世界各地，去勾引女人，然后被风卷走了？她应该跟他提到艾莎·坎迪沙吗？他肯定知道，很可能他也害怕她，就像发生在阿曼德身上的事情一样。

"您可以给我您朋友的电话吗？"

"保尔的吗？"

"是的。"

弗洛拉从包里摸出手机。

"您的手机没有被偷？"阿布德兰问。

"您看，没有呢，它也不是什么稀奇的东西。"她一边回答一边让他看手机。

她在联系人里寻找保尔的电话，动作缓慢，想要假装平静，但心里已经掀起几米高的浪涛，如暴风雨，雷鸣般地汹涌。她把电话号码给了检察员。如果他能找到保尔呢？是她拿走了那个护身符。不，她对自己说，你是在酒店房间地上捡到的，你之前是准备在中央咖啡馆还给他的，是他没有给你这个机会。要是他出现了，她就不会出现在丹吉尔，就不会待在这个充斥着油炸鱼味和木质香水味的警察局。

"这个电话号码是哪个国家的？"

"西班牙的。"

"所以您的朋友是住在那里的。"

"他经常旅行。"

弗洛拉的心都快跳出来了。海水的泡沫浸湿她的衬衫，湿润了她的腹部，顺着大腿流下来。

"您什么时候回西班牙，加斯康女士？"

"我是23日的航班，下周三。"

"您应该去西班牙领事馆，让他们给您临时证件，没有护照是不能乘飞机的。您需要带上这份告发的复印件。"检察员复印了一份，并交给了她。"我有您的电话和酒店住址；如果有关于您被偷窃的消息，我会和您联系。在您离开丹吉尔之前，请告知我一声。"

然后他打开抽屉，给了她一张名片。

"这里有我的电话号码。是警察局的电话和手机号。如果您的朋友出现了，给了您更多关于护身符的信息，也请电话告知我。"

弗洛拉用一只湿润的手拿过名片。向他道了谢。她拿起包离开了拉希德·阿布德兰，离开了鱼腥的恶臭，离开了男性的味道，但大海的印记是随着她留下的。

9.《丹吉尔迷雾》
第四章

如果有什么事是保尔·丁格尔不能容忍的，那就是别人叫他胆小鬼。我是有一天晚上在酒店酒吧里发现的。当时一个醉汉扑倒在他身上，也试图向他请求原谅。保尔向他投去一道厌烦的目光，轻轻地将他从身边推开，走回床上。这个醉汉却想开始一场打斗，保尔笑了笑，然后向门口走去。"胆小鬼！"这个几乎不能站稳的男人朝他吼道。保尔顿时燃起一脸的怒火，就像可怜的恶魔点燃了一根老式导火线一样，他一拳便将那个家伙打翻在地。

他消失的那天早晨，我同萨米尔在楼梯平台交谈之后，在楼道遇到其中一个打扫房间的阿拉伯女仆，我问她是否听见了保尔和萨米尔之间的争吵。我注意到她很不安。我不得不说我相信她不想做一个偷窥者，如果她能告诉我点什么，我会给她一些补偿。

"我当时正在收拾一个床铺，因为突然听见打击声，才走出房间。"她给我讲述的同时手里拧着一块抹布。"那个眼睛上戴着补丁布的人不停地对另一个人说，就是对那个法国人，说他是个胆小鬼。他坚持说，如果你敢，就把这事告诉玛丽娜，你告诉她吧，如果她不杀了你，就算你幸运，如果她求我，我也会亲手杀了你。女士，这就是他对另一个男人说的话，我被吓坏了，所以我再一次躲进了房间，不让他们看见我。"

直到和那个醉汉吵架，我都没看见保尔有过暴力行为。时间已经有些久远了，那天晚上，我们一起上楼去我的房间，我给了他一杯威士忌。他的手在颤抖，一口喝完了它。我又给了他一杯，他坐在床上。他抱住我的腰，把头埋在我的腹部。之后，他从皮夹里拿出一张黑白照片，照片上是一个穿着军装的男人，头戴一顶帽子，外套上别着多枚勋章。

"这是我父亲，"他告诉我说，"他是大战期间的英雄。"

保尔和他一点都不像。他有着一种弗兰克·辛纳特拉[1]的风度，瘦瘦的，黑眼睛，一副自豪的神情，他的自豪来源于身份，或者是他打算成为的人。

于是，保尔给我讲述了他在巴黎一所房子里度过的他的童年的故事，在巴黎的玛莱区，那里有一处宽敞明亮的院子，长满攀缘植物，守门人养了几只猫。有一天，其中一只猫从他们住的楼层窗前穿过，房间在底层。那只猫从一个沙发跳上另一个沙发，拖着他母亲壁毯的丝线，保尔对我说。"把它从这儿赶走，让我看看你的勇敢劲儿。"父亲对他说。但每一次保尔试图抓住那只猫，它都会朝他发怒，扑向他用爪挠他。最后，是父亲抓住了那只猫，再次把他驱逐到院子里去。"你什么事都做不成，"他对保尔说话时带着一种蔑视的目光，"你就

---

[1] 绰号瘦皮猴，著名美国男歌手和奥斯卡奖得奖演员。常被公认为20世纪最优秀的美国流行男歌手之一。其音乐生涯始于摇摆乐时代，在20世纪40年代初便转而成为独唱歌手，并因此取得了极大的成就。

是一个胆小鬼。"那时他只有十岁。

"他总是不停地对我说这样的话,我受到很大的伤害。我没有时间向他展示我不是这样的,我也想成为他眼中的英雄。"保尔向我坦言,话语里透着他整个童年时期的无助。"几个月后他死了,死于战斗给胸口留下的伤口,这也是保尔永远无法抚平的伤口,这个伤口让他疼痛得疯狂,让他失眠。当我埋葬父亲后回到学校,我和班里最强壮的男孩子们打架。他们一拳把我眼睛打得淤青,我在一周多的时间里都不能很好地看清东西。那些男孩子们从来没有对我找碴打架,那一次只是证实了我的男子汉气概,但是它到得太晚了。"

保尔的父亲曾是一个天性敏感的人,是战争改变了他,于是他经常向保尔道歉。他有一间小型的出版社,在他去世后,就只能随风而为了。保尔打算在达到足够的年纪时,担起经营它的责任。我理解了为什么每一次我看见他他都会带着一本他正在增添注释的书,这是他养成的一个修改的癖好,感觉像是编辑手稿。母亲是一个钢琴家,来自西班牙,她在保尔很小的时候就发现了儿子的音乐才能。保尔通过听觉,只需要听几次,就能够弹出她正在练习的曲子。十二岁时,他就在小型音乐厅开过几次钢琴音乐会,十五岁时就获得了德累斯顿音乐学院[1]颁发他继续深造的奖学金,因此他是会讲德语的。

那个阿拉伯女仆给我讲了1951年12月24日那天早晨她听到的事情后,我快速地穿好衣服,下楼去提供早餐的餐厅。我向她做了一个手势,示意她靠近,问她是否看见了保尔。

---

[1] 德累斯顿卡尔·玛丽亚·冯·韦伯高等音乐学院,创建于1856年,是德国一所知名的公立音乐学院,由经验丰富和事业成功的教育家在此授课。他们当中有许多著名的和得到国际承认的艺术家和学者。大约30%的学生来自国外。

"是的，女士。"她回答道。

他在差不多一个小时之前用过早餐。他右手的指节在流血，我不得不给他拿来一块手帕，让他包扎好伤口。他吃得很少，然后匆匆出去了。

"我感觉他是晚赴了一场约会，女士。"

"他告诉你要去哪里了吗？"

"没有，女士。他只问了我伊本·白图泰[1]的墓地在哪里。先生，如果不是这里的人，是没人能够找到它的地址的，我是这样告诉他的。您必须要有人带路。"

我只喝了一杯薄荷茶，就朝着墓地的方向出发。我进入到麦地那最狭窄的街巷里。我已经不能像当时和安卡拉一起逛街时找到方向了。我是在1946年4月从美国回来的，那时刚好是二战结束后的一年。我离婚了，没有孩子只有一次流产。一开始，我还轻松，因为这或许让我在电影界的头几步落空，后来，就觉得是一种罪过，虽然我没有做任何导致流产的事情，但很长一段时间里，它会让我惊醒，感到一种切肤的内疚。

我和马修还是相处得很好，离婚是我们两个人的想法，因为近几年我们离多聚少。马修加入了空军部队，参加了太平洋前线作战。他会给我发一些他飞机的照片以及海岛上那些土著居民的图片。那些居民生活在天堂般的海岛上，感受着浪花的飞溅。尽管在他身边的很长时间里我都是幸福的，但他爱喝酒，也一直是一个好色之徒。我一直

---

[1] 伊本·白图泰，全名阿布·阿布杜拉·穆罕默德·伊本·阿布杜拉·伊本·穆罕默德·伊本·伊布拉欣·赖瓦蒂·团智·伊本·白图泰，摩洛哥的穆斯林学者，公认是世界上最伟大的旅行家之一。1304年2月24日，白图泰出生于摩洛哥丹吉尔的一个柏柏尔人家庭。

没做的事情是，没有将他姓氏的任何一个字母和我名字的字母绣在一起。这件事以前一直是我青春期反抗的记号，而最后成了和我婚姻幸福有关的一种迷信。那天，对好莱坞发生的变化感到疲惫的我，开始拿起阿达外祖母给我的那枚顶针在衬衫的荷兜里绣上利维斯通的首字母 L，我知道我们已经永远地结束了。他走了。

我带着一种英文口音回到丹吉尔。我已经多次参加过默片电影的拍摄，甚至还作为巴斯特·基顿的配角拍摄过一部电影。我的经纪人非常喜欢我的名字：玛丽娜·伊万诺娃，他让我保留这个名字，因为他说，这个名字有一种异域的色彩。我出演过各种类型的爱情片，忧伤的爱情，也有被愚弄欺骗的爱情。我金黄色的头发、雪白的面容和一双蓝眼睛正是浪漫忧郁的标准范例。只有一次，我演了一个不幸的女人，非常享受这次为了那般遭遇报仇的情节，编剧直接让我通过。那个世界让我着迷了几十年；然而，当有声电影出现时，尤其是染印的彩色影片到来时，我意识到了这是一个时代的结束。我已经不想再去争取一个好的角色了，我感到疲劳。每天晚上我都会伴着对丹吉尔的思念醒来，这份想念让我不能呼吸，在好莱坞的山丘上，我看见了那些悬飘在海平面上的白色房子，那是海市蜃楼的幻影。后面，是我喜爱的鲁道夫，他出现在一张黑白照片上，散发着永不褪色的魅力。我保留着我电影的海报和宣传照，这里面都是我以丹吉尔血脉出现的，梳着那里的头饰，蒙着那里的头巾。"融入一个女人的东方和西方世界"，这是其中一张海报上的宣传词，我将它们嵌入框里装裱，挂在了卡斯巴家里的客厅。阿龙外祖父在战争的第二年就去世了。我不能够前去参加他的葬礼。那时刚发生了珍珠港的灾难事件，世界一片混乱，由于某种原因，似乎世界上的一切都在围绕着那个灾难事件转。我没有办法去奔丧。直到离开时他也不知道自己关于大卫王的诗篇是否能够出版；尽管如此，对他而言也是值得的，同金银珠宝的经营一样，他投入了半生的精力。但我是赶上了和阿达外祖母的告别。医生告诉我说她是由要和我见面的愿望支撑着的。我看见她躺在那张双人床上，还是那张她躺了五十多年的床。

"我唯一希望的就是对一个外孙的幻觉不要把我带进坟墓，"她对我说，眼里满是泪水，"我要跟那些亡灵说的，他们会知道的。"

她紧紧握住我的手，到另一个世界去了。

伊本·白图泰的墓地建在一级狭窄的阶梯顶端，是一个小型的建筑，除了是一座坟墓，没有人会相信这个丹吉尔的探索者、旅行家是被埋葬在这里的，它应该是一座陵墓的样子。街道杂乱地分布在它的周围。我只发现了一个小男孩，他有时会倚靠在那个破旧的门前，乞求前来祷告的人给一些施舍。

"你今天看见过这个男人吗？"我向他打听，同时给他展示一张上一次普珥节和保尔一起拍的照片。

他点头表示肯定，然后就沉默不语。我给了他几个零钱。

"他在这里出现过。"

"他一个人吗？"

他以同样沉默的方式拒绝回答。我又给了他一些零钱。

"他和一个缺了一只胳膊、头戴一顶白色大檐帽的男人交谈过。"

这是我能获得的所有信息。

麦地那街区总能让我回想起安卡拉戴着彩色帽缨装饰的麦秸大檐帽的样子，还有她身上富裕人家保姆的制服。我回去不久后，便前往她的家乡里夫去看她。就像大家所说的那样，那里几乎连一个村庄或者卡拜尔（柏柏尔人的部落）都算不上，几栋房子和大地的颜色混合在了一起。最大、最漂亮的房子就是安卡拉的家。她没有结过婚，也没有过孩子，以前我就是她的孩子，她把最好的年华都投入到照顾我的生活里。她是我童年的奠基石，见证了我的身份历程，见证了他们想让我变成什么样的人，也见证了我真实是一个什么样子。我发现她躺在一间王后的床榻上，这可是家里唯一值钱的家具，旁边放着一个坚实的桌子，这是阿达外祖母送给她的。这张床占据了主厅的一半空间，床上装着一个防蚊虫的薄纱蚊帐。

"我的孩子，"看见我进来，安卡拉冲我说道，"美国人没有把你吃掉。那里的人应该都很高大，只需要看看你丈夫就足以想象了。"

我能感觉到我手臂间她的哆嗦。她看上去像一只被吓坏的小鸟。她的头发是垂下的：几乎没有剩下几根黄色的发丝了，那些在头颅上留下的，是面对死亡的尊严。安卡拉的眼睛已经闭上了，丰满的安卡拉已经只存在于记忆里了。

"我去请医生来，"我坐在床上，"我去找最好的医生。"

"我只有一件未完成的事情，就可以告别这个弥留之际了。"

"我回来就不会走了。我要带你去家里，我会照顾你的。"

"我没法从这里离开了。"她在最后的清醒时刻跟我说话。

门开了，我看见一个高高瘦瘦的女孩走进来，她正处在快要迈进青春期的时候。

"她就是我不能平静离开的原因。她是阿米娜的女儿,你还记得她吗?在你结婚前不久,我们去参加过她的婚礼。"

安卡拉朝她做了一个手势,小女孩向我们走近。

"你叫什么名字呀?"我问她。

她一言不发地盯着我。有着一双和她妈妈一样灵动的眼睛。同样的黑头发。我颤抖了一下。

"她叫莱拉。[1]你去看一下井里,给我们盛一点水来。"安卡拉安排她去打水。

她等了片刻照做了。

"她会讲西班牙语吗?"

"她讲得非常好,她很聪明。她还会讲法语、里夫语,还有她妈妈的语言。但自从阿米娜一个多月前去世后,她就一个字不说,也几乎不怎么吃饭。"

"我之前看见过她,那是像一个有生命的骷髅。阿米娜怎么啦?"

"患上了结核病。"

"和我母亲一样。"

"是的。从某种程度上说,你们的命运是有联系的啊,我的孩子。"

"她父亲呢?"

"他是一个坏男人。他让阿米娜过着非人的生活。他打她,让她去集市上累死累活地摆摊做生意,而他自己天天喝得酩酊大醉。有一天,她再也无法忍受了,她进行自卫,杀死了那个男人。因为他的

---

[1] 莱拉作为女孩子的名字,有着阿拉伯语的起源,是"夜美丽"的意思,通常用来是指黑发或深色肤色。

死,阿米娜被关进了监狱。她在那里生病了,没有待多久。"

"太恐怖了。那你的表姐妹们呢?"

"她们要负担儿子和孙子,而且都十分贫困。这个小家伙是值得活得更好点儿。当你了解她后你就明白了。我的孩子,我从来没有请求过你任何事。之前是我在照顾她,但你已经看见了,我没有多少时间了。神在召唤我,他已经等到了你回来。你有孩子吗?"

我摇了摇头。

"我也没有丈夫了,我离婚了。"

安卡拉摸了摸我的手。

"你替我照顾她吧。你们会成为好伴侣的。你接受我这个老人的请求吧,我全心全意地爱着你。你不会后悔的。"

尽管我有些迟疑,但我没有办法拒绝。

"我向你保证,我会照顾好她的,就像对待我从未有过的女儿一样。"

"谢谢你,我的孩子。神真的很伟大,我实现了所有的愿望。"

我靠着她躺下,把头放进她的怀抱里。我闻到了童年的味道,闻到了大集市广场的香料味、奶酪的味道,还有那个蜂蜜酥皮蜜饼的味道。终于,我回到家了。她抚摸着我的头发,给我哼唱《古兰经》的经文,那是哄我入睡的摇篮曲。

我看过她的几周后,安卡拉去世了,我第一次觉得自己像是一个孤儿。我爱的人已经没有活着的了,只有那个闯入我生命里的小女孩,她和我一样无依无靠。

莱拉有十二岁了，好似一匹未经驯服的小马。我们到家的那天，我并不知道要和她做什么。麦地那街巷里的穿梭行走，我一直牵着她的手，那只冰冷湿润的小手，像一条没有气息的鱼。我让她睡在一间客房里，那是一间蓝色的房子，我让仆人给她收拾好床铺，铺上阿达外祖母的荷兰丝麻床单，是我从小睡过的床单，我觉得摸上去没有任何不舒适感。半夜，我突然醒来去看看她，她没有在房间。我找遍整个房子，发现她像一个线团似的坐在厨房地面一张满是油污的席子上，还有炉灶上炭火燃烧的热气。我猜，这是能够给她安全感的地方。我重新把她带回床上，给她盖好被子，轻轻地抚摸着她的头发。她的头发又黑又长，和可怜的阿米娜的一样。她把头挪开了，不让碰。几乎伴着声音入睡的我，睡得一点也不踏实，看看她是不是又一次起来了。醒来的时候我的头昏昏沉沉。我吃了三片胃药，因为在好莱坞的那些聚会上我喝了香槟后，总是会有反胃的不适。

两天后，她从我家里消失了。那是早上十点。我在厨房里也没找到她，我沿着麦地那街区寻找了几个小时后，乘了辆出租车，去了安卡拉的村庄。在那里，我和安卡拉的一个姐妹说了事情的原委，她问我是否去过布拉基亚，那是丹吉尔的穆斯林墓园，她的妈妈就葬在那里。是安卡拉的姐妹陪我一同去的。在我们寻找莱拉的所有时间里，我的皮肤都被寒热折磨着。莱拉趴在一座小山包上，睡着了。

"这是阿米娜的墓地。"那个女人告诉我说。

我弯下腰靠近那个女孩，小心翼翼地把她翻过身来。她还是没醒。我轻轻地叫她的名字，她开始说着一种我完全听不懂的语言，但还是沉睡的状态。

"莱拉在和她说话，"那个女人跟我解释说，"会巫术的她们就是这样同亡者交流的。她们会趴在死者的坟墓上，在梦里同它们讲话。"

我发抖得更厉害了。

"这个小女孩也会巫术？"

"是的。即使她到年纪非常老了，还会保持这头黑发，不会有一根白发。"

"那，我们怎么办呢？"

"等她醒来。"

我们在那里看着小山包上趴着的莱拉，等了半个多小时。

"她讲的什么语言？"我问她。

"这是一种柏柏尔族方言。"

莱拉醒来以后，我把她带回了家。她听话地由我拉着回去。

"我要给你妈妈的坟墓立一块石碑，"我告诉她说，"这块石碑将是最美丽的，你亲自来选。"

她没有回答我。

那天晚上，我已非常疲惫，支撑不了再次去厨房里的炉灶旁看看，因此，我让她睡在我的床上。躺在床上的她是僵硬的，她躺在床边侧，生怕我碰到她。她的身上有墓地的味道，是一种穆斯林墓地常有的香桃木树枝的味道。我让一个女仆给她洗澡，但没有用，她不配合。我睡着了。半夜里，我感觉她离开了，我让她去厨房里躲着。我想，明天去找一个里夫的保姆，我在荷兰丝麻被单里蜷缩成一团。我梦想成为母亲的尝试已经过去许多年，我没有能力拯救任何人了。

一到天亮，我就改变了主意。我告诉自己，在雇用保姆之前，我必须和她相处，至少要让她用一种文明的方式睡觉。

我继续让她和我一起睡，只要我睡着了，她时不时就会逃走。直到有一天夜里,我开始给她哼唱安卡拉以前哄我入睡的《古兰经》经文,给她讲里夫女人的故事,尽管她已经熟知这些故事。她没有去炉灶边,远远地在我身边躺着,在我不间断哼唱着我的小夜曲时,她并没有看我。用尽我的各种招数后,有一天晚上,我跟她说:"我要给你讲讲我是谁。"她用那双灵动的黑眼睛望着我,耸了耸肩。然后我开始了我的讲述。我跟她讲了我父母之间被禁止的爱情,讲了那栋法式的房子,讲了我父母的死。我注意到她在渐渐向我靠近,她的手快要触碰到我的手了。我想,她意识到了我也是独自一人吧。第二天晚上,我给她讲了那个雪地里的苏联男孩。我早晨醒来时,她蜷缩在我的怀里。我的腹部能感受到,阿米娜的手散发出的沙漠般的热量,我可以理解她想告诉我的话。

慢慢地,莱拉开始吃饭,说话,而我,时不时地早晨会亲自给她做美式松饼,加上黄油、蜂蜜和阿达外祖母的热巧克力,她像个犹太人一样,很喜欢。有一天下午在缝制的塔楼上,她的嘴唇边留着一抹巧克力的印记,一边把一块从皮罗蛋糕店买回的牛角面包蘸着杯子里的巧克力,她跟我说:

"我一直都想当个穆斯林,我给你说清楚,所以你不要试图让我皈依你的宗教。这一生我不能向父亲报仇,但到另一生我会找到他报仇的,尽管为此我必须下地狱找他。你也离得不远了,你会是剩下的异教徒之一被烧死的。"

她的话让我感到恐惧,不仅仅因为她心里埋藏的对她父亲的憎恶和怨恨,也因为她说我是"异教徒",还有她这么个小小年纪所表现出的冷酷和刚毅。莱拉父亲去世时她是在场的。我知道这件事是因为安卡拉跟我讲过,而这个小女孩是直到这一刻才告诉我的,我之前不敢跟她提起这件事,是希望那个恐怖的画面能够从她记忆里抹去。

"他只要一身酒气地回到家,总是会打我妈妈。他会把她的头压在炉灶上。"她一边咬着牛角面包,舔着顺着嘴边流出的热巧克力,一边跟我讲述。"那天,他朝我走来,在那之前,他没有碰过我。妈妈保护我,而他却一把推开她,于是她拿起一把刀,用力刺进了他的胃里。他倒在了地上,卷曲成一团,尖叫着,把邻居们都招来了。他知道伤得很厉害,后来,警察来了,带走了妈妈。我紧紧抱住她的腿,让他们把我一起带走,但是他们没有带走我。后来我再也没看见她了。你能再给我一个牛角面包吗?"

我把托盘端给她,她兴奋地拿了一个。她继续像一个小女孩一样享受着她的点心,而我,却一动不动地盯着她。

"你不吃吗?"

我抚摸着她黑色的头发,亲吻了一下她的额头,耸了耸肩表示拒绝。

那天晚上,因为我仍然被她给我讲述的事情触动着,我同意她来我床上睡觉。尽管很多时候,她早上是在我旁边醒来的,但她已经能够独自睡觉了。她养成了那种习惯,很多年都是这样,直到保尔·丁格尔占据了她在我床上的位置,她就再也没在我床上待过了。

我们一起住在家里:有厨师,两名女仆,一个我雇来照顾莱拉的保姆(她是安卡拉的一个姐妹,一个在里夫当地小有名气的女人),还有我和她。很快,我开始想念我在美国的那些活动,所有的那些我和马修经常一同前往的聚会、夜间俱乐部,我们在那里跳舞、喝酒,直到天亮。我从他的身上获得了经营生意的热情、赚钱的热情,然后将它投资到另外一个项目里,哪怕是冒更大风险。我不得不承认,我身上已经变成了部分的美国人。在丹吉尔的日子让我感到无聊。我的朋友们也都已经结婚,有了她们的孩子,过着和阿达外祖母曾经期望我能过的那样的生活。另外,在我背叛了艾斯特·本萨洛姆,以及我在好莱坞待过以后,我在学校的那个团体里不太受欢迎。

我享受着宽裕的经济条件,因为我从外祖父母那里继承了珠宝店、卡斯巴的房子,还有在和马修离婚分得的财产中获得的应有份额的现金。除此之外,还有那栋从我父母去世后就属于我的法式房屋。因此,一天早晨我告诉莱拉:"我们把房子变成丹吉尔最漂亮的旅店吧。一层的大厅用作宴会厅。我们将会有一间餐厅,音乐的话,直接请摇摆乐和爵士乐队,或者传统音乐,然后留出一个空间可以跳舞。这样那些想要跳舞的人都可以来参加。这里将是城市里最快乐的地方。你想和我一起做吗?"她笑了笑。我还有另外一个好消息:莱拉妈妈墓地的石碑已经做好了。我们到墓地,去看看它是什么样子。那是一块狭长的、嵌着灰色纹理的白色大理石面的石碑,是布拉基亚最美丽的石碑。

"这样的话,不管时间过多久,你都能很容易找到它。"

"谢谢。"她跟我说。"看看她觉得怎么样。"

她躺在那个小山包上。我想制止她,因为她穿着一件我刚给她买的蓝色亚麻衣服。但我又想,你必须要尊重她们的传统。我让她一个人待在那儿睡着,和她妈妈在梦里说话。

"妈妈也对你说谢谢。"她醒来时悄悄地告诉我。她鼓励我们去做这个旅店，她说，"会成功的。"

几周后，我们就开启改造房子的工作。在缝纫间的塔楼上，我设置了一间经营生意的办公室，在窗户旁，我还保存着一个小小的角落，纪念我曾经对那些针脚的热情，和那些童年里与阿达外祖母一起度过的下午时光。大厅是接待台、酒吧、厨房和一个朝向院子的微型阅读室，伴着喷泉忧郁凄凉的咕咕声，品味书籍。二楼是宴会厅；三层是客房，一共有七间；再上一层是我的卧室，还有莱拉的卧室、保姆的卧室，以及余出的两间给宾客和熟客准备的房间。屋顶平台像是一座沿着广袤的直布罗陀海峡垂下的堡垒，这里有加利福尼亚式的帆布椅，享受阳光的沐浴，还有摩尔人的桌子和几张皮凳，在日落时，品尝薄荷茶的清香和酒精的味道。

这是一个完美的举办聚会的地方，而对于那天晚上我们筹办的聚会也是完美的，由于命运的任性，那艘"冒险号"轮船停靠在了丹吉尔港口。

1949年3月9日那天，我雇了一个布鲁斯蓝调乐队，和一个透着慵懒气息的女歌手，她唱着美国流行的抒情叙事歌谣，为欢迎美国新任领事的晚会添加更宜人的氛围。我和保尔在港口相遇后，就回到家收拾打扮。马蒂亚斯·索泰罗的酒醉耽搁了我的时间，当我气喘吁吁地跑到院子里时，头几首乐曲的音调已经沿着厅门溜走了，我的记忆里印刻着保尔的样子，从此，他再也没从我的记忆里离开了。

莱拉在我的房间里等着我。她有个习惯，我穿衣服的时候她得看着我,和我与妈妈在那座法式房屋里的那段幸福时光一模一样。她已经十五岁了,高高的个子,青涩还未到成熟的美,但是从她苗条的身材和圆圆的脸蛋中,可以隐约看见她完全有着一副美人坯子的样子。浓密的黑色头发垂到她的腰间,嵌入眼眶的眼睛好像来自另一个世界,三角形的颧骨,还有一双厚嘴唇,这是阿拉伯人的模样。

"所有人都等着你呢。"她对我说,同时在我脸颊亲吻了一下。"我已经给你选好了衣服。"

床上放着我在好莱坞时的一件拉梅面料[1]的礼服,这是她最喜欢的,长款、收臀、露背的样式。莱拉经常自己试穿它,然后沿着走廊的套间走来走去,扮演着一个著名影星的角色。她帮我理好衣服,让我坐到梳妆台前帮我梳头。每晚睡觉前,她都喜欢帮我梳头。

"今天你会很晚睡觉了。"她告诉我说。

有时候,这是我们唯一待在一起的时光。穿着睡衣,莱拉给我梳理头发,我的头发是金黄色的,直垂下来,她被这完全不一样的头发吸引住了,她会给我讲她在学校里做了什么。在学习上她很有天赋,比一般人都要聪明。在去法语学校注册报到前,她就已经跟着一位我请来的老师学习了读写几个月。当她去学校时,适应学校的学习日常对她而言一点都不难,但是,她和小伙伴的相处却有些问题。她们有些同学会嘲笑莱拉,叫她"文盲"。她从来不在意别人是怎么想她的,而在那个年龄,我们通常是需要得到他人认可,获得自身安全感的,然而,她却没有。莱拉是个坚强的孩子,她的意志和恒心都让人赞

---

[1] Lamé,拉梅是一种由金属纤维和天然或合成纤维合成的织物或针织物制成的材料。具有高光泽的表面能捕捉到最小的光线,作为引人注目的服装的基础,拉梅在戏剧服装中的应用最为广泛,经常用于晚礼服的设计制作。

赏。我觉得她是在幼年时期经历得足够多，因此，来自那些富家小女孩的嘲讽并没有让她觉得是一个问题。但不管怎样，她都懂得如何能让她们闭嘴。在不到两年的时间里，她进步了很多，足够赶上同龄的那些女孩子，因此，那些与她不和的女孩子们也得咽下叫她"文盲"的羞辱称呼。

"你真漂亮。"她对我说，拖着我的下巴让我看看镜子里的自己。她束起我右侧的一缕头发，插上一根宝石簪子，让左边的发丝自然垂着。"现在的这个发型是我在杂志上看见的。你只剩下嘴唇了。"

我选了一个洋红色唇膏，和我白皙的皮肤形成对比。

"你会让我探身出去看一小会晚会吗？"

在通往二楼的楼梯有一处平台，那里有一扇朝向大厅的小窗。

"只能看一会儿，很快就得去睡觉。"

我从来没想到那天晚上莱拉没听我的话给我生活带来的后果。

当我终于下去的时候，领事已经到了，我只好向他表示抱歉。由于乐队的演奏非常精彩，他没有把我的迟到当成一种不礼貌的行为。他向我完美举办这次聚会表示祝贺，并邀请我入座。我和他妻子喝下了第一杯香槟，我们为美国而干杯。当我看见马蒂亚斯·索泰罗和保尔·丁格尔一起进入大厅时，那个无精打采的女歌手正在唱着弗兰克·辛纳特拉的一首歌曲。保尔·丁格尔已经脱下了海上穿的那些衣服，看上去似乎是另一个人了。我不知道他从哪里弄来的那件白色外套，干干净净的衬衫，蝶形领结，还有一条黑色的裤子和一双油光锃亮的皮鞋。很难相信他们平时是穿水手衣服的人，她就是在保尔·丁格尔穿着水手衣服时认识他的。他看起来比在港口更高了，换个环境，他就更帅气了。我想他可能是好莱坞的成功者，是一个完美的演员，一个带着法式优雅的鲁道夫·瓦伦蒂诺。他旁边的马蒂亚斯·索泰罗，扮演着一个善良和蔼的朋友角色，没有他那般的魅力。此人身材矮小一些，因为过度地贪食和饮酒，有些发胖，小小的眼睛有些发红，尽管才四十出头，已经开始秃顶了。我向服务员示意，让他给他们安排到一个合适的位置就座。大厅里所有的桌子都是圆形的，铺上了白色丝质的桌布，一盏小台灯微弱的亮光渲染着一种幽静的氛围。这是对洛杉矶俱乐部的复制，是我在美国的那些晚上看见的样子。我向领事和他的夫人请求原谅，我离开他们，和保尔他们坐在了一起。

"欢迎到我家来。"我对保尔说。

"很高兴能够再次见到您，您真漂亮。您曾经是演员？"

他之前盯着装饰大厅的一张海报看了许久，那张海报上我是作为一名具有东方和西方混合气质的女性出现的，缠着头巾，穿着山鲁佐德的服装。这是一种宿命女人的外貌留给我的对美国的记忆。

"这是好莱坞的商业噱头。"我笑着为自己解释说，因为他的眼睛死死盯着我，一刻也没移开过，甚至在我保持沉默的时候也是如此。我感到一阵湿润的冷风穿透我的指缝。淡定，我对自己说，他不是第一个现在或者将来当面诱惑你的人，在你这个年纪，凭你的经历，你可以对付得了的。

我错了。他的出现让我感到不安，他那坚忍的目光带有一种幻想的晕影，与我已经失控的愤怒同时愈来愈强烈。直到那天晚上，我才对马蒂亚斯·索泰罗过分的言辞感谢，他依旧醉醺醺的。

"我们是在伦敦认识的。"他一边讲述，仍旧端着手里的香槟。

"在勒克莱尔将军[1]的训练场上,为法国自由而斗争时认识的。维希政府[2]的军队正散发着法西斯的臭味,对吗,保尔?我和他,我们都不想再待在那支军队里。"

马蒂亚斯曾经是众多西班牙内战后逃亡到法国的共和军中的一员。他在集中营里待了好几个月,直到他可以选择回到西班牙,那将意味着死亡,或者选择加入法国军队。"就算没有枪毙屠杀等着我,我也会做出第二个选项,我一直都是一个实干的人。"他经常这样说。当法国同希特勒签署了停战协定后,他就参加了法国抵抗运动。再后来,他就参加了"第九兵团",这个兵团大多数是由以前为支持共和国而战斗过的西班牙人组成。

"伦敦是一个勇者聚集的巢穴。保尔参与跳伞员的训练,最后他成了最好的伞兵之一。"

保尔喝下一口香槟,试图转移谈话,想去谈及我在电影界的那些历程。但他没有成功,马蒂亚斯已经准备好讲述他的故事,庆祝他们的重聚。

"我们曾经一起在诺曼底的地狱里战斗过;任何一个在那里待过的男人都值得我尊重,不管之后发生了什么,也不会影响我对他的评价。"他斜视了一下保尔。"我们幸存下来了,我们为此干杯。"

我们一起碰了杯。保尔沉浸在一个谜一样费解的沉默里,这让我更加不安。他从来没有分享过马蒂亚斯的英雄故事。我和他都不知道说什么,只能互相凝视。

---

1 菲利普·勒克莱尔·德·奥特克洛克,法国著名将领,1952 年追晋为法国元帅。
2 法语:Régime de Vichy,正式国名为法兰西国,是第二次世界大战期间纳粹德国控制下的法国政府,又称维希政权。

"玛丽娜是一个和平主义者,你知道吗,保尔?她认为是没有理由去杀害另一个人的,甚至是纳粹分子也不行。你应该在那片海滩上待一下的,我亲爱的玛丽娜,在那里,生命比海水还轻,它像在一个过滤器里轻轻地就溜走了。太容易了。"

"您对战争怎么看?"保尔问我,"您没有为了自由、为了保卫您的国家而战斗过吗?"

"在世界上发生了那么多风风雨雨之后,我担心我的思想对这个问题会是太浪漫了。不过表达这个观点比保持它要简单得多。我们所有人都是权力的牺牲者,是那些操纵权力的人的受害者。"她感觉嘴巴有些干涩。"他们总是向我们兜售手段服务于目的,他们的命令只能无条件服从。这样的话,他们所犯的罪行怎么能得不到解释呢?"

"我谅解呢,我的朋友,因为除了是犹太人,你也是一名无政府主义者。一个天主教徒,和一个像我这样说宗教不好的人,我们是不会和睦相处的。"马蒂亚斯大声喘息着,哼了一声。

"士兵是不应该拥有意识的,这样可能更简单些。"保尔说。

他的眼睛扰乱了我的思维。

"你连出于自卫目的都不会去杀人的,对吗,玛丽娜?你应该是有过那样经历的。"马蒂亚斯又说道。

"我希望我永远都不会被迫去剥夺另一个人的生命。我们为一切都结束了干杯吧,今天我们是在聚会。"说着,我举起了酒杯。

我们再一次干了杯。

"我和保尔是 1944 年 8 月 24 日再次相遇的,当时我们巴黎一举粉碎了纳粹分子。"马蒂亚斯点了一支烟,也顺手给了我一支。

我是在美国开始吸烟的，经常在晚间聚会的时候抽。保尔递给我火，当收回打火机的时候他碰到了我的手。

马蒂亚斯无数次地给我讲述了他是如何乘着履带装甲车从凯旋门到达无名战士墓[1]的过程。他和他的战友们给这部装甲车命名为"卡尼西班牙"号。他穿着美国军人的制服，巴黎市民向他们欢呼。

"他们认为我们是美国佬，"马蒂亚斯笑着说，"但我们在手臂刺上了共和国的国旗，我们声嘶力竭地唱着'万岁，卡美拉'。我在晚上就已经遇见了保尔，在一个我们去庆祝胜利的歌舞酒吧。我唱起我的民谣，虽然连我说的一个词都不懂，所有人还是为我鼓掌。你还记得吗，保尔？"马蒂亚斯并没有给他时间回答。然后他开始他的表演，弹钢琴。他弹唱了一首《马赛曲》。在那间歌舞酒吧里，带着醉意和满眼的泪水，没有人不会醉生梦死。保尔，你为什么不弹奏一首呢？让玛丽娜听听，你那么优秀。

乐队处于半小时的休息时间。

"来吧，"我向他请求，"我很高兴听你弹琴。"

"只要您答应我以后演给我看您的某个角色。"

"那会儿是默片，无声电影。"我回答道。

我把一只手放在前额，将头发甩在脑后，这是被戏弄的爱情里的女人会做出的举动。我一点都没想到这意味着任何的预兆。

保尔笑了笑。

"您答应了。"他说，一边站起身径直走向钢琴。

保尔·丁格尔是何许人也。他的双手被阳光晒黑了，被水手的职

---

[1] 无名冢是为在战事死亡而身份无法被确认的军人所立的墓碑。历史上很多军人在战事中牺牲后身份无法被辨认，现代的国家为这种军人设立无名冢。

业劳作磨出了老茧,当触摸熟悉的琴键的那一刻,它们重新从麻木中苏醒来了。他周围突然变得一片寂静。在整个夜晚,他的一举一动都透出一种神秘的忧伤,重新变成了诱惑的魅力。

"晚上好,这首歌是献给我们的主人玛丽娜·伊万诺娃的,感谢她邀请我来她家参加聚会。"

他向我投来一道目光,让我内心波澜起伏,我屏着呼吸喝下一大口香槟,汗湿透了我后颈的头发。马蒂亚斯·索泰罗朝我挤了挤眼睛,他像是保尔的同谋。

大厅里的窃窃私语声伴着香烟弥漫的烟雾。保尔演奏了一支法国女歌手的曲子,这是她最近的成名曲,她就是艾迪特·皮雅芙,我后来才知道,保尔在那些青年时期的夜晚,在巴黎最热闹的歌舞厅里,是靠她而活的。《玫瑰人生》[1],从她的喉咙里唱出来,是一种享受。她有着能勾起回忆的声音,那撕裂的嗓音能穿透皮肤。

我看见墙面窗户上的莱拉被保尔深深吸引,他那精巧的双手、艺术家的姿态,无一不散发着诱人的魅力。我看见了萨米尔,他穿着几周前我给他买的白色短外衣,倚靠在一根柱子上,望着他,也望着我,还是那双翡翠绿的眼睛;他嗅闻到了我们生活的味道。

"您留在丹吉尔吧。"当他回到桌上时,我向他提出了这个邀请。"我雇用您为酒店演奏,我觉得有一个固定的乐师非常好。"

我不假思索地说出了这番话。我只有一个想法:第二天他乘着"冒险号"离开,我会无法接受。虽然那时大厅里还响彻着掌声。

---

[1] 法国著名女歌手艾迪特·皮雅芙的代表作,也是一首世界名曲。《玫瑰人生》的歌词由皮雅芙亲自填写。1998年,《玫瑰人生》登上"格莱美名人殿堂",同年一部关于皮雅芙的纪录片就叫做《玫瑰人生》。2007年,由玛丽昂·歌迪亚主演的电影《玫瑰人生》就讲述了皮雅芙的一生,歌迪亚还因此荣获奥斯卡最佳女主角奖。

"你给大家留下了深刻的印象。"我坚持说道。

"我很感谢您为我提供这个机会。我已经对从一个地方跑到另一个地方感到疲惫了。我这样奔波了四年,身上的海水比血液还多,没完没了地在海上晕船让我难以享受到陆地的快乐。"

"所以,您就留下吧。您的手是为钢琴而生的,不是为了船只的缆索而存在。"

"您让我想想吧。"

保尔·丁格尔会因为什么而逃走呢?

10. 相片

弗洛拉朝贝莉亚·努尔家里走去。从警察局出来后，她回到酒店，冲了一个热水澡，洗掉身上那些冰冷的汗珠。她没有吃饭，一点儿胃口都没有。解决她的经济问题是首要的。她身上没有一个迪拉姆，也没有一个欧元。她通过电话暂停了信用卡；没人能够试图用它们去买东西，因为卡被及时冻结了。酒店的住宿和早餐是已经付过费的，这是在西班牙预订时就已经完成的，但是她还要支付午餐和晚餐费，她需要钱才能勉强支撑到离开。她通过电话告诉了她丈夫，尽管她已经忘记和警察局检察员的见面，但她也没有其他办法。她的丈夫，一如既往地温和。

"你不要担心，我会把我的信用卡给酒店，让他们从我这里支付你所有的花费，你就在酒店吃饭。我还没有想到怎么才能给你现金。"

弗洛拉想到了阿曼德。丈夫可以转钱到他的账户，然后他用信用卡取出来。但他们还没遇到；如果她在晚餐时还没看见他，她就给他打电话。前一天晚上，当他们在屋顶平台吸烟时，阿曼德要了她的手机号，然后给她呼叫了一个未接电话，她就存下了阿曼德的号码。

"你觉得那个男人会同意吗？阿曼德，你告诉我的那个人的名字。"

"我是会议上认识他的,我们成了朋友,他人很好的。如果今天下午在会议上遇见他的话,我会去问问他,我们四点有一个会。"

弗洛拉迷上了谎言。或者说,她已经撒谎很久了。

"除此之外,你还好吗?你想我跟我那个魔鬼上司说一声,让他同意我去丹吉尔吗?"

"不用了,谢谢你。我们现在这样就能解决好这些事情。你不要向你的上司作任何请求,否则之后他会让你还的。周一我会立刻去领事馆,让他们给我解决护照问题,我已经在网上找到了领事馆的位置。还有,再过几天,我就会回家过圣诞节了。"

仅仅是想到她要返回马德里的行程,弗洛拉就感觉到棺材的盖子已经为她打开,等着她躺进去。

"我想你。"丈夫说。

"你有你的电视可以消遣,很快,我就回去了。"

她觉得,自己很坏,应该不那么做的。

"那我在这里等你。"

他没有作任何反应。

弗洛拉向酒店接待员打听到了贝莉亚·努尔的地址。接待员告诉她,走路大概二十或二十五分钟,一边说着一边在地图上指给她看。你朝着大海一直走,它离港口很近。

天空还是被云层遮盖,没有丹吉尔太阳的一丝痕迹,湿润的空气透进了骨头缝里。弗洛拉沿着一条陡峭的街道下行,街道的终点就是贝莉亚·努尔的家，这是一个男孩子告诉她的路，但她没有一分钱可以给他，只能给了一支烟。她也点燃了另一支，然后想到了戴德。她笑了笑。或许应该给戴德一点讯息，她对自己说。她咳嗽了一声。当听到手机铃声响起时，她正准备再吸一口。她不认识这个号码，尽管她在酒店的电话上看见过这个地区代码。

"喂？"她是用法语回答的。

她的手十分僵紧，肺里正吞吸着烟雾。

"我是阿布德兰检察员，今天早晨为您的被盗窃案件接待过您。"

木质香调的古龙水的味道再一次追赶着弗洛拉。

"那家哈曼的负责人找到了您的护照和西班牙国籍的身份证。"

"真是好消息。在哪里？"她试图让她的声音听起来是坚定有力的。

"它们被扔在了哈曼的过道上，靠近后门的位置，盗贼就是从那里进来的。证件现在在警察局。其他的东西，您的信用卡和那个护身符都还没找到。您有您朋友的消息吗？"

"没有。"

"我也在试图尝试与他联系，但现在我不可能完成。您给我的西班牙号码是一张电话卡的号码。如果他去了另一个国家，到了摩洛哥，在这种情况下，他或许已经换上了一个那里的卡，他就会有一个新的号码。这是我觉得最符合逻辑的可能性了。所以，他的电话一直是关机状态。"

"我之前没有想到过，"弗洛拉回答，"那他会和我联系的，会给我新的号码。"

"如果他联系您，请您告知我。无论怎样，请您明天来拿回您的证件,我会在警察局待到六点。"

弗洛拉向他表示过感谢后,挂断了电话。她必须得和那个男人再次碰面,他向弗洛拉询问过许多关于保尔的事情,让她厌烦。我在丹吉尔是做什么呢?她问自己。为什么我要去贝莉亚·努尔的家?

她在脑海里重新过了一遍在格兰大街酒店里的那个晚上的片段。保尔轻抚着她的乳房、她的大腿,性爱,他是渴望她的。他叫她"红头发",他的声音带着神秘的气息,他抓住她的头发,把她朝他那里拽去,亲吻了她。她已经没有了思维,只有保尔的嘴唇,他那紧绷的手臂,还有当她触摸他时,他那半眯着的眼睛,那种别无渴望的享受。当想到原则的时候,她没有了希望也没有失望。弗洛拉停步在街道上,看着浅灰色天空里迷失方向的海鸥。如果现在她放弃寻找,那还有什么能留给她?等待保尔和她联系?回家?去做搅拌器的说明书翻译?去看电视?回到那些流着冰冷泪水的夜晚,还是回归每天塑料试纸检测尿液的早晨?她灰蒙蒙的眼睛湿润了。她都不能。除此之外,她还想知道。她直觉保尔的故事还没有结束。护身符的丢失,那个唯一能够证明他真实存在过的可以触摸到的证据丢失了,但并没有让她泄气。她没有它的照片,但她记得它突起的每一处尖端、银质的浮雕,还有背面写下的名字:阿丽莎。阿丽莎是谁呢?

贝莉亚·努尔家的大门有一处黑色铁栅栏门。弗洛拉打通了挂在墙上的电话,一个女人的声音用法语回应。

"我是弗洛拉·林娜迪。努尔女士约我四点来。"

一阵吱吱呀呀的声响后,栅栏门打开了。一条蜿蜒向上的石阶绕过绣球花盆,通向一处远离丹吉尔城市喧闹的乐土。硕大的榕树,金银花,一排排盛开着橙色、深紫色花朵的盆花,法国梧桐,金合欢,水仙，还有攀缘的蔷薇，这是一处肥沃的乐土；乐土里有一座两层的楼房，叶子花攀缘在浅灰色的墙面。一个身穿棉质长衫的女人正在一扇软木玻璃门前等待着弗洛拉。

"欢迎。"她用西班牙语跟弗洛拉打招呼。

"这是一座很漂亮的花园。"

"它有很多年历史了，女士，大概两百年了。"

"一个人无法想象在离喧哗的街道如此近的地方还有一处这样的地方。"

"上个世纪这里还是丹吉尔的郊区，这里除了犹太人的墓地什么都没有。城市发展得太快了……您跟我来，太太在等您。"

那个女人将弗洛拉领到一个有着一扇非常漂亮玻璃窗的大厅，透过玻璃窗可以看到花园。在一张圆形柳条靠背扶手椅上，坐着贝莉亚·努尔。她的对面是另一张相同的扶手椅，一张小桌上放着一个银质的巧克力壶，两个陶瓷杯，每个杯子都配有一个小碟子，一个装有玛德莱娜小点心的托盘，几张丝绸的餐巾布，还有一个小铃铛。

"亲爱的弗洛拉，请原谅我无法起身，我身体不是很舒服。"贝莉亚·努尔示意弗洛拉坐在她对面。"这些天最让我安慰的就是我觉得自己像是我笔下的一个人物，于是我可以忘掉我自己，忘掉我的痛楚。我向你保证，创作是能让人改变的。"

弗洛拉和她握手后，坐在了另一张椅子上。她记得殖民书店的老板跟她说过，贝莉亚·努尔病得不轻，已经退出了写作的生活。今天，她的面容比前一天更憔悴了，被太阳晒过后的面色也无法减弱她脸颊的苍白。而她的眼睛再一次让人觉得是远离了疾病、疲惫和衰老的一切。她注视着弗洛拉的那双黑眼睛，和那天在约瑟芬公寓一样有神。

弗洛拉直觉，贝莉亚·努尔可能是想伪装；她的行为让弗洛拉感觉有些不自然，尽管她们才刚刚认识，但她的眼睛是不会骗人的。对于一个赫赫有名的作家而言，弗洛拉身上到底有趣的是什么呢？她的文学博客刚刚开始，而事实上还根本不存在呀？还是她戴在脖子上的保尔的护身符坠饰令她感兴趣？她在马德里认识了他，这个想法似乎是最合乎逻辑的，她是对保尔感兴趣。

贝莉亚·努尔的头发包裹在一块黑色头巾里，没有任何装饰。鸟一样纤细的脖子支撑着唯一一串珊瑚珠项链，垂挂在一件和头巾相配的、别着一朵枯萎玫瑰的长衫上。房间里像温室一般暖和。贝莉亚·努尔的身旁有一个散发着火焰热气的铁制火盆。

"您住的地方太美丽了，"弗洛拉对她说，"参天大树，叶子花，还有朝向花园的玻璃窗。您告诉我，这是我的想象还是这就是玛丽娜那所法式房子？"

"太棒了，你认出来了。没错，是她和她父亲之前住过的那所房子。"

"那这个房间，是他们当时存放她母亲尸体的那个房间吧，摆满了水仙和玫瑰。"

"我觉得你是认真读过小说的。"

戴德的话突然涌现在弗洛拉的脑海里："作家们，不管对他们的文字如何修饰，归根结底都是写作他们的生活，写那些让他们痛楚的话题，写那些让他们无法摆脱的主题。"

"在这间房子里，我找到了玛丽娜的日记。它们藏在她的卧室里，在木质地板下面的一个秘密隔间里。我仅仅只是作了些修改，赋予它们一种小说的形式；但是，我可以说，她才是每个单词后面的那个人，就像塞万提斯在他的《堂吉诃德》里描写关于阿拉伯历史学家熙德·阿默德·贝南黑利的那部分那样。"

弗洛拉想，这仅仅是塞万提斯曾经使用过的一种叙述方式，在他那个时代，这种方式用得是非常多的。贝莉亚·努尔在和我开玩笑吗？她在使用作家的那套手法吗？

"我非常想了解玛丽娜……"现在轮到她回答了。

"要是她今天还在的话，应该都百岁了吧，她出生在1909年。"

"您知道她是什么时候去世的吗？"

"不知道，尽管我已经是个老太太了。她整个一生都在等待保尔。"她笑了笑。"你今天没有戴上那个护身符。"她的目光盯在了弗洛拉喉咙处的凹陷处。

"我得很伤心地告诉您，今天早晨我在哈曼洗浴的时候，它被偷走了。"

"那真是太可惜了！幸好你没有在街上被抢走，他们会狠狠恐吓你的。一个陌生人就这样偷走了保尔的护身符，天哪。"

"有一名检察员正在试图找他，想询问他是在哪里获得这个护身符的，因为有过一起抢劫柏柏尔人物品的案件，他们正在调查中。我没有跟他讲关于艾莎·坎迪沙的故事，像您会希望的，我也没有告诉他保尔也是在1951年就消失了。"

"你也别提这个。"

"或许您可以和这位检察员谈谈，给他提供一些保尔下落的信息，或者是关于护身符的信息。我相信对他来说会是极大的帮助。"

"那位检察员叫什么？"

"拉希德·阿布德兰。"弗洛拉从包里拿出检察员的名片，放在了桌上。"您留着它吧,我记下了他的电话。"

"如果我身体有些力气,我会找他的。"贝莉亚·努尔做出一个疼痛的姿势,她的声音更加无力柔弱。"我给你倒点热巧克力?"

"谢谢。"

作家贝莉亚·努尔拿起那个银质巧克力壶,她的手腕在颤抖,面部肌肉收紧。

"让我来吧,我自己来。"弗洛拉给贝莉亚·努尔的茶杯里倒满后,再加满自己的杯子。

"你得尝一块玛德莱娜,虽然不像是约瑟芬公寓里普鲁斯特笔下的那种点心。这些是我厨娘做的,至少还是软和的。"

"过一会吧,现在我还不饿,谢谢。我一直都在想您昨天给我讲述的那个可怕的女人艾莎·坎迪沙。"

"如果不是她,怎么去解释保尔的消失呢。那个夜晚是合适的时间,也不缺让她带走保尔的理由。"

"您认识保尔。"

贝莉亚·努尔的眼睛亮了起来。

"我对他的认识和你一样。"她说。

贝莉亚·努尔也是保尔的情人?弗洛拉在心中暗想。

"什么时候认识的?"

"很多年前,我已经是一个老太太了。除此之外,我对我的人物都非常了解。"

"保尔也是一个真实有血有肉的人物。"

"是我小说里的一个人物。奥斯卡·王尔德有一本非常棒的书,《谎言的衰落》,你知道吗?"

"我听过，但我没有读过。"

"好吧，王尔德说的话，我很赞同，艺术，写作不应该去模仿生活，生活模仿艺术远甚于艺术模仿生活。王尔德经常说，在他那个时代，写不出什么好东西，因为作家们的谎言太少。谎言在艺术中已经跌落成为一种耻辱。像左拉这样的作家，将现实抓得太紧，他们没有一丝想象地刻画现实，所写的不是想象的现实。然而，巴尔扎克笔下的人物拥有梦境里五彩缤纷的颜色。艺术，如果是真实的，那么它是把生活作为她的部分原材料保留下来，对她进行再创造，以全新的形式翻改它。艺术对事实全无兴趣，她创造、想象和梦想，这是王尔德说的话。艺术家应该创造生活，而不是复制生活。"

"那您在《丹吉尔迷雾》里也有过谎言？"

"你没有理解，亲爱的弗洛拉，我没有欺骗，我是创造生活。我希望你能明白。"

贝莉亚·努尔喝下一大口巧克力，然后用一张丝绸餐巾布擦拭干净嘴角。弗洛拉注视着餐巾布上绣着的一个数字11，又或许是一个罗马数字里的 II，她不能很好地区分。

"你现在尝一块点心吧。"作家贝莉亚·努尔坚持说道。

弗洛拉拿起一块咬了一口。然后端起巧克力杯，碰了碰嘴唇，巧克力还有些烫。她发现自己开始晕沉，从早餐过后，除了这块玛格莱娜，她就没吃过任何东西了，房间里的火炉让人感到窒息的困倦。

"我可以去趟洗手间吗？"

贝莉亚·努尔摇响桌上的铃铛，立刻出现了一个穿着卡夫坦长衫的女人。

"她会带你去洗手间的。"

而弗洛拉却非常愿意迷失在这座屋子里，下到地下室，去看看装有玛丽娜妈妈的尸体和萨米尔手鼓的那个盒子是否还在那里。但是她不知道怎么摆脱掉这个冲她微笑、径直带她去洗手间的女人。一到洗手间，她就将头发束起发辫，打开窗户，呼吸一口从花园里飘来的新鲜空气，她用一股清水将后颈和手腕拍湿。为什么贝莉亚·努尔不清楚地告诉她？她不知道她在想什么。

她走出洗手间，走过一条铺着细砖的走廊，地上的细瓷砖有些年代了，雕饰着回纹图案。有好几扇镶嵌白色窗格的门，都是紧闭着的。那个穿着长衫的女人没有在。弗洛拉小心翼翼地沿着走廊前行，停下来听听是否有脚步声靠近。周围一片寂静。她随意选择了一扇门，转动金色的把手。她的嘴唇、喉咙都在跳动着。她看见一张被罩在薄纱网下的双人床，床上的床单绣着世界各类的森林植物。一听见了脚步声，弗洛拉就关上了房门。

"我走错方向了。"她笑着对那个穿长衫的女人解释说。

"女士身体不适，今天天气不好，她很痛，心情有些烦躁。"

"她得了什么病？"

"是一种骨头上的病痛，我从来都记不住名字。您知道的，就是那些医学生僻字。"

贝莉亚·努尔站着，在等着她。她倚靠着一个象牙把柄的木制拐杖。她的眼睛极力透着光，撑着她那一脸的倦容。

"我很抱歉必须得中止我们的聊天了，我得去睡一会儿了，我累了。"

"当然。谢谢您的下午茶。我希望哪天还能见到您。"

"你什么时候离开丹吉尔？"

"我还不确定。"

"你最好忘了所有的一切,回到家去吧。"贝莉亚·努尔的面容收紧了,一副痛苦的表情,开始转过身去。"那现在你就离开吧。"她对弗洛拉说。

弗洛拉看到她拄着拐杖,靠着那个长衫女人走在长廊里。尽管她每一步都是艰难痛苦的,但仍然坚实地走着。她走进花园,云层中透进了那一天的第一缕阳光。

&

弗洛拉走上酒店顶层平台去吸烟,看见了坐在一个皮制小圆凳上的阿曼德。他盘绕着腿,腿间放着一个便签本。手上拿着一支铅笔,他正在画下屋顶的那片景色:电视天线,晾晒的衣服,猫咪;天空在云层中打开了一条缝隙;远处的地平线,直布罗陀海峡,像是一块钢板。

"你在这儿画画啊。"弗洛拉对他说。

阿曼德吃了一惊。把画本和铅笔放在了小矮桌上,那里还有一杯薄荷茶和一个装着用来画炭笔画的其他铅笔的盒子,以及各种颜料。

"我刚才在画画。"他冲她笑了笑,眼睛里闪着金色的光亮。"小时候我就非常喜欢画画,经常会画上一天,画看到的东西、想象的东西。当我不得不和家人一起离开丹吉尔时,我就发誓再也不画画了。我就是这样跟我父亲说的。如果你带我远离了丹吉尔,我的心和我的画笔一起就留在这里了。"

"对于一个还没有多大年龄的孩子来说,这是很悲惨的。当时你多大?"弗洛拉坐在他身边,有一刻,她把手放在阿曼德的一个膝盖上,吞云吐雾,脸上挂着微笑。

"十二岁。是很悲惨,但是我没有做到。我记得开始的时候,对我来说很难,我很痛苦。在马赛,我会经常用指肚在桌上、在门上、在餐巾纸上、在任何一个地方作画。我父亲送给我一盒专业的画笔,那是我在丹吉尔时向他要的,但是当时他没有买给我,因为很贵。我从来没有打开过。我把它留在了他的办公桌上,还留着封印。他再也没有还给我。它还在那个家里等着,直到他去世。"

"这就是那盒画笔?"弗洛拉指着桌上那个盒子问他。

阿曼德点了点头。

"我是在他去世后在他办公桌上的盒子里找到的。它在那里放了半个世纪,没有被打开过,一直等待着我。但是我的父亲已经进了坟墓。我带走了它,到今天才开启了这个封印。"

"如果你想重新开始画画,最好的地方就是丹吉尔,你不觉得吗?就像你已经回到了这座城市,恢复了所有你曾经留在这里的东西。圆圈已经闭合了。你已经从誓言中解脱了。"

"我感觉你是作家。"

"我没有写出我喜欢的东西:像小说、故事。二十年前我曾经在这里待过,我觉得自己在不远的将来会是一名作家。但我在这条路上迷失了,还有很多事情我都迷失了方向。"

"我也是。或许我们应该回到丹吉尔,在这里重新开始。在路上停下脚步,重新考虑。我们已经作出了改变。"

"但你不是十二岁,我也不是二十岁了。"

"有些方面我们还在继续梦想着和过去一样。你注意到了吗?"

"确实是。"

弗洛拉递给他一支烟。在几分钟的时间里，他们都静静地抽着烟，看向直布罗陀海峡的远方。

"我想请你帮两个忙。"阿曼德对她说。

"刚好两个，我也要请你帮一个忙。"刚才的谈话让她分心了，她没有和他提到钱的事情。

"谁先开始？"

"你吧，你有两个请求。"

"第一个就是我想给你画一幅肖像。我没有太多实践经验，但我会用我的想象去弥补。"

"我是你的试验品，不管怎样，因为你要重新开始绘画了。我们开始第二个吧。"

"第二个忙是想请你明天早晨陪我一起去家里的房子，就是那个我必须出售的房子。从我来到这里，我就一直拖延着没去。律师会在中午等着我处理文件，还有其他一些人也会在那里。我觉得自己没有力量独自进去。它就像一座陵墓，几代人的所有记忆都在那里。"

弗洛拉有些迟疑。

"如果你感觉不方便，我也会理解的。"

"所以你会回酒店住？"

"我在那里不能入睡，你不用问我为什么，我已经十六年没有踏进那个房子了。"

"我陪你一起去。"

阿曼德向她表示了感谢。

"现在轮到你的请求了。"

弗洛拉讲述了她在哈曼发生的事情和她的计划,她的丈夫会转钱到阿曼德的银行账户,而他需要用信用卡将它们取出来。

"当然。当我回房间的时候,我就发信息给你账号,现在我可以给你一些我身上的迪拉姆,你放些在兜里。"

"不用了。"

阿曼德坚持,弗洛拉只好接受。

丹吉尔的黄昏时分,他们再次抽上了烟,从一旁传来宣礼人祷告的声音。时间似乎停滞了,阿曼德开始为弗洛拉的画像打草稿。当阳光渐渐消散在地平线上时,他们一起去餐厅吃晚餐。

那晚,弗洛拉喝了三杯红酒,倒床就睡着了。

&

阿曼德·科恩的家在麦地那街区中心。那是一幢没有电梯的大公寓,在三楼,只有一道宽敞的灰色木楼梯。从弗洛拉起床开始,她的脑子里都是她在贝莉亚·努尔家里的卧室所看见的那床绣着森林植物的被单的影像。因为酒精的原因,她的头有些痛,思绪也慢了下来。阿曼德在他们走上这些陈旧的阶梯时一直是沉默的。当到达那个两扇带拱形梁柱的房门前时,阿曼德停下了脚步。他在外套的衣兜里找寻钥匙,把它塞入门锁,在转动钥匙前,他看了一眼弗洛拉,叹了口气。

房间里是密闭的味道。房子沉浸在昏暗的阴影里,在静止的思念里。阿曼德眯着眼睛看了一会,跨过了门槛,弗洛拉紧随其后。铺着水泥细砖的一个宽阔门厅直通客厅。一个充满阳光的清晨,太阳光束会透过没有完全合拢的百叶帘缝隙射进来。阿曼德拉开百叶帘，丹吉尔的阳光占领着整个客厅。屋内的装修是很有年代感的，弗洛拉不是很懂家具，尽管如此，她还是认出了其中一种叫做装饰艺术[1]的风格。扶手软椅前的小圆桌都用帘幔罩上了。

"你觉得怎么样？"阿曼德问她。

"很漂亮，这是我刚进来时的感觉。"

"卖掉它是一种遗憾，对吗？我和我兄弟出生在这里，但是他需要钱。而我妻子也坚持认为我们应该卖掉它，因为再也没有踏进过这所房子。"

弗洛拉冲他笑了笑。

"我去办公桌取文件，现在我带你看看。"

"我留在这里就好。"

弗洛拉看见一处角落里的一架三角钢琴，被一块镶嵌着花边的大披巾遮盖着，钢琴上面有许多相框。那些老照片让她非常着迷。她觉得每一张照片里都包裹着一个在流逝的时间里被捕捉住的故事。她弯腰下去，为了能更清楚地看看它们。所有照片都是黑白的。一个波浪长发的女人，戴着一顶黑色的宽边礼帽，身旁是一位穿着皮衣套装神情严肃的男士，看上去像是一场婚礼。还有家庭聚会的照片，巴咪兹霸成人礼[2]的照片，男孩们身着带有军刀和肩章的军装。

有一张相片吸引了她。弗洛拉拿起相框，仔仔细细地看。许多化

1　Art Deco 演变自十九世纪末的 Art Nouveau（新艺术）运动，新艺术是当时欧美（主要是欧洲）中产阶级追求的一种艺术风格，它的主要特点是感性的自然界的优美线条，称为有机线条，比如花草动物的形体，尤其喜欢用藤蔓植物的茎条以及东方文化图案，如日本浮世绘。

2　犹太人的成人典礼，男孩子的成人礼叫 Bar mitzvah，指犹太男孩年至十三岁即承担宗教义务，也叫做受戒礼。

装好的小孩和少男少女们,按照身高依次排着队,在一个大厅壁炉的前面,弗洛拉发现了其中的一个女孩,高高瘦瘦的,金黄色直垂的头发,隐约露出一双明亮的眼睛。她一身阿根廷高乔人的装扮。

11.《丹吉尔迷雾》
   第五章

1951年12月24日，中午十二点，明亮的天空下阳光灿烂地闪烁，漂浮着片片白色的扇形云朵。没有任何征兆让人会想到下午将狂风大作。尽管巴斯德大道和周围的一切早已抢占了它的光芒，这个时刻小广场集市上依然人潮涌动。在这阳光明媚的日子里，游客们在那儿悠闲地漫步，在屋顶平台上品尝薄荷茶的香味。丹吉尔的当地人为了那些正忙碌筹备平安夜的小吃摊而来，穆斯林和犹太人已经习惯和他们的基督徒朋友一起庆祝这个节日。只剩下一个角落里有个以便宜的价格兑换外币的小摊和一个正吟唱一首悲伤小调、一边敲打着达拉布卡鼓的年迈乞丐。我想到了萨米尔。那天阿米娜的婚礼上在他手里的就是这个鼓，他的手和保尔在琴键上的手是完全不一样的。萨米尔的手更大、更粗糙，是来源于在那片土地上种族与生俱来的粗糙。有时候，我会想到我们之间的情爱，一份早在幼年期就埋下种子的沉寂的爱。那只装在写字台小盒子里的鸟蛋，多年来一直在秘密地跳动，等待着我们。

周五我总会带着莱拉去她妈妈的墓地，给她放上一些香桃木枝，擦拭墓碑，在布拉基亚墓地那里遇见了萨米尔。他背对一个小山包，被风无情吹碾的土堆有些年月了。他穿着西式：黑裤子和白衬衫。这是我第一次见到他装束和穿着戴风帽外衣的男性不一样的形象。我远远地离开莱拉，让她一个人独自和她妈妈待在一起，我向萨米尔靠近，保留着足够的距离试图不要冒犯到他。坟墓里会是谁呢？我心中暗想，或许是他逝去的妻子？我觉得缺失了点什么，缺失的正是：当他意识到有人转过身来时，那种曾经在门厅飘散的香料的味道，和让我胃感不适而似一股水流的反感就产生了。那只残疾的眼睛上依然盖着海盗一样的黑补丁布。另外一只宝石绿的眼睛已经深邃了不少，但依然是清澈的，由于每年的愿望而透着希望的光亮。脚上还是阿龙外祖父的那双鞋。

"今天我是有事才来的，我们注定要遇见。"他微笑着对我说。

我的膝盖在颤抖，无法移动。他的太阳穴间露出最初的白发。萨米尔向我靠近。靠着意志，忍着骨头的疼痛，他已经将跛脚的状态修正成了几乎看不出来的样子。

"我知道我会再见到你。"我告诉他说。

"我也是，只是等待的问题，在这片土地上我们有足够的耐心。"

"你在向谁祷告？"

"向我母亲，她的尸骨埋葬在这里。"

"萨米尔，这些年你在做什么？"

"我只看到了时间的流逝……直到今天。"

他身上有着集市的香水味，散发着他那个世界里男人的气息。我抓住他一只胳膊，就好像是这一生我习惯的动作，我和他讲述了我在美国的婚姻，讲述了我在电影界的工作，我的离婚，还有我在卡斯巴街区那所房子里开设了旅店的事情，那是他熟悉的房子。还有我的柏柏尔族女儿，就是那个正在墓地用巫术和她妈妈说话的女孩。我继续和他聊着，直到莱拉已经在她梦中的谈话里感到疲惫，她发现了挽着我手臂的萨米尔，和他有着一样的里夫的味道，萨米尔宽厚的嘴唇就是那个地方出生的印记。我继续和他聊天，那天晚上，我邀请他来缝衣塔楼里吃晚餐，布置好一个小矮桌和一些椅垫，悄悄准备好摩尔人的食物，因为那时我已经是房子的主人了，已经足够成熟，可以做我想做的事了，因为阿达外祖母已经去世了。

萨米尔身上散发出麝香的香水味，他想让服服帖帖的波浪发卷在香味下闪烁着光泽。在我的想象深处，期望他像电影《酋长的儿子》那样，裹着缠头布、穿着阿拉伯人的服装出现，一副高傲狂妄的样子立刻将我引诱走，但是他是穿着我在墓地看见的衣服出现的，除了那件他曾经在富恩特斯咖啡馆当服务员时穿的白色外套，因为已经修剪过，显得有些瘦小了。一杯红酒下肚，他说话有些含糊了，他不习惯喝酒，双手因紧张而有些颤抖，他给了我一条被涂上紫红色制成标本的壁虎尾巴，以此纪念我们儿时的游戏。"让我给你的又一段新生期带来魔法。"他告诉我说。晚餐后，我们斜靠在绸缎的椅垫上，抽了一支小管基夫[1]，他那假充的西式气派越来越淡，一点一点地恢复了本质的模样。他抓住我一只手，一边将我的手指像蠕虫一般在他的手掌手背上来回地磨蹭着，一边给我讲述他贩运走私货物时期的经历。他熟悉海滩边可以上岸的最荒无人烟的地方，清楚何时没有月亮的黑夜

---

1 摩洛哥当地人称大麻为基夫，基本上是一种加工大麻，看上去像一块粘棕色黏土，其颜色根据大麻类型和质量变化。大麻通常被粉碎，与烟草混合，然后卷成关节（香烟）或在烟斗中熏制。摩洛哥周围大多数市场有售卖小管（文中出现的 sebsis）或水管（水烟袋）。几个世纪以来，里夫山脉地区是吸食基夫的主要地方。"kif"一词来源于阿拉伯语，意为"快乐"。

可以帮助他们交货，也清楚什么时候有月光会暴露他们交货的勾当。之后他在工厂里工作过，是一个在深海中央的钻井平台上，白天，他就懒洋洋地泡在那里，夜晚，为想起在丹吉尔小街巷里对我的一次偷吻而感到痛苦。那是在我婚礼的前几日。此刻他感到疲惫，几乎就要崩溃了。他的那段记忆已经消磨得差不多了，他在回忆里徒劳无果地竭力寻找，"因为记忆已经收缩成很小的一团，留下的是我内心的不安。"他告诉我说，一边扑倒在我身上，脱掉那件阻碍着他的外套，向我展示了那个他在孤独的夜间渴望已久的亲吻，宽厚的嘴唇完完整整地裹住了我的嘴巴，他脱下我的衣服，我狂热的身子也在急切地等待着和他拥为一体。

从那天晚上起，萨米尔就进入了我的生活。莱拉从第一次见面时就仰慕他。他们会用里夫的语言谈论我，互相讲述我听不懂的秘密让我抓狂。当知道萨米尔不识字时，莱拉坚持要教他用法语和阿拉伯语读书写字，就像她学习那样，在老师的帮助下，萨米尔逐渐在课程上取得进步。莱拉让他发现了语言的神秘，可以读报纸，了解发生在世界上的那些事情。萨米尔在莱拉面前是一个听话的好学生，他同意她说的一切。当在莱拉给他布置的作业里犯了错时，他不会抱怨，而是忍受着他不去小摊卖蔬菜、罐头和香料的时间里无休止的学习日常。他无法掌握两种语言，莱拉让他选择，他选了阿拉伯语。晚上他筋疲力尽地回到我房间。在欢愉之后，他希望等我睡着后能够坐在一张几乎放不下腿的小凳上、一张矮小的桌子前再学习一会儿。有时，我会突然醒来，迷恋地看着一盏小灯下他那被灯光照亮的裸露身躯，他练习着阿拉伯书法，着迷于这个语言线条的美丽，痴迷于那个民族的故事，即使直到那个时候，他还是一无所知。世界对萨米尔而言被分成了两份。首先，他秘密地和我保持着关系，只有莱拉和一些亲密的朋友像马蒂亚斯·索泰罗知道此事。我坦言说，我会在意我宴会厅里的客人们对这件事可能的看法。如果有人知道我跨过了一条隐形线，和一个贫穷的穆斯林男子有着暧昧关系，而我是一个社会地位比较高的的犹太人，那就不太好意思了。因此我建议萨米尔放弃他的小摊，加入经营旅店的成员里，他可以和这里的工作者一起打理事务，他们大部分都来自里夫，他可以监管一下所有的一切是否正常运营，旅店是否干净，迎客的状态是否热情。再往后，当他学习上有所进步时，还可以负责供货的事务。他拒绝成为我的员工，但是最终接受了放弃摊铺那糟糕的作息时间，我们有了更多在一起的时间。他拿着他的薪水，在富恩特斯咖啡馆租了一个房间，尽管大部分晚上他是和我一起度过的。我会给他买合体的衣服，让他参与到一些聚会中，然而，很快就开始听到了关于我们的流言蜚语。由于我曾经有在好莱坞的经历，而好莱坞是个一切皆有可能的地方，而我曾经当过演员，我和萨米尔的恋情被认为是一种偏离中心轨道的怪诞超凡，这件事给旅店蒙上了一层放荡不羁的晕影和魅力，吸引着那些在丹吉尔住下寻求自由的旅客和西方国家的来者，这里似乎是一个比他们来源国拥有更放纵条律的地方。我成了现代、独立、自由女性的典型，换句话说，所有那些东西都不是阿达外祖母曾经想要教育我的。

  桃花芯木的盒子成了阁楼里一块布满灰尘的棺木，亚麻制品的嫁衣还留存着属于它的光泽，只有我名字的首字母，它们被存放在旅店最好的房间里，这些是为高级宾客准备的房间。一天晚上，我用阿达外祖母的通灵板向亡灵请教，阿达外祖母自己从坟墓里爬起来说，她还会重新再死一次的。

我和莱拉畅饮了热巧克力，随着时间的流逝，她也慢慢地爱上了这种饮品。我想不出用什么别的方法去补偿这些天我心中对阿达外祖母的愧疚，正想和莱拉准备在缝衣塔楼开始刺绣的工作。还好，旅店的生意让我重新振作起来，我却推迟了进一步大力开拓它的想法。

萨米尔在我和马蒂亚斯·索泰罗已经开始的烟草走私生意上也助了我一臂之力。他年轻时的经历能够帮助我们选择最适合上岸卸货的地点。有时候，他也负责运货的工作，甚至就在海滩检查运作流程。虽然我并不喜欢他为此这般冒险，但他能获得不错的收益。他或许可以说，鸟蛋的愿望已经实现了。萨米尔把贫穷抛得越来越远，他开始穿得比较讲究，也已经不再吃食犹太人的残羹剩饭。此外，我觉得他很快活，即使不完全像田园诗般的恋爱。

我和他的第一次激烈争吵发生在1947年4月9日，在大广场集市参加了苏丹王穆罕默德五世和他两个儿子关于摩洛哥独立和领土完整的演说过后。语言的学习已经改变了萨米尔许多，或者说他心里已经唤醒了一种感知，是直到那一刻才被发现的感知。我记得莱拉有一次跟我说过的话："我妈妈被带进监狱，是因为她除了贫穷，也是一个无知的人，我不想在我身上重演。"萨米尔加入了独立党——阿尔法西党，所以，他成了独立主义者。

"你是摩洛哥人，"他激动地对我说，"是丹吉尔人。摩洛哥应该是一个独立的国家，不受任何外国人的统治。我们仿佛是法国人和西班牙人手中的孩子。"

"但我不是丹吉尔人，萨米尔，我们生活在一个独特的城市，这是从未有过、将来也不会再存在的城市。丹吉尔因为它独特的法律而存在，没有这些法律，它就是一个虚无缥缈的幻影。"

"它会成为一个属于自由团结的摩洛哥城市。"

"你会为此而杀人吗？你会仅仅因为一种理想而去结束一个人的生命吗？维护一个理想比起另一个人的生命更神圣吗？"

"我会为了这个理想而杀人，是的，我会让理想实现。难道同盟军不是为了收复落入纳粹手中的土地，为了拯救你们集中营里处于毁灭的犹太人而去战斗的吗？你是一个理想主义者，玛丽娜，你太天真单纯了，你说的话永远都不会成为现实，因为它是和我们人性背道而驰的。我们应该学习如何组建一个社会、一个国家。"

"那仅仅是和那些有权势并且能够操纵傀儡者的人性相悖，他们依仗诸如自由、荣誉、身份甚至是宗教的一系列浮夸的想法而任意为之。如果他们触犯的是高尚的东西，也就是对别人生命的尊重，那这些想法还有什么用？你别搞错了，这是藏在背后对权力的贪婪，它会让一切腐化。"

在那之后，他在富恩特斯咖啡馆的房间里睡了好几个晚上，直到他来到我的床上，我们才和好，重修旧好的热情让我们只打了个盹，就见到黎明的光亮了。从那时起，作为他坚定信念的标志，每次上街，他总会穿着在集市裁缝那儿定做的一件手工缝制的风帽外衣。

1949年3月9日，我们之间的一切都发生了改变。保尔·丁格尔是一场摧毁我那逐渐习惯了的平静日常的地震。萨米尔不是愚蠢的，更不是一个面对这种威胁会保持沉默的男人。他看见过我和其他人调情的样子，大部分想要勾引我的是那些宾客们，我默许自己和他们之间有些亲密的举止，但是在保尔·丁格尔身上，萨米尔明白那是突然降临到他身上的不幸。

"你喜欢那个法国人,玛丽娜?"那天晚上萨米尔对我说,用那只宝石绿的眼睛带着责备的目光看着我。

"你不要吃醋,"我回答说,"你看见他弹奏钢琴和唱歌的完美表演了吗?"

"我看见了你是如何盯着他看的。"

他停止了拥抱。

"我等了那么久才能站在你的身旁,"他凑近我的耳边小声说道,"现在,我不会允许一个外国人来抢走我的所爱。他们已经占领了我的国家,还想从我这里夺走什么呢?"

他迅速将我脱光,和我做爱,就像是我的身体是他一直渴望攻下的领地,那片仅仅有了外国人出现就会被玷污的土地。而我的肌肤深处却遍是保尔·丁格尔的眼神,保尔的声息,保尔的沉默。随着日子一天天过去,萨米尔渐渐意识到了。保尔每周会来旅店演出四个晚上,很快,丹吉尔城的一些圈子里有人开始议论他了。那个用撕裂的嗓音演奏艾迪特·皮雅芙歌曲的法国人是我晚会上不可或缺的完美的元素和调味品。不消说,晚会上还摆着丰富的香槟、红酒、香烟,也有关于政治或文学的谈话,当然这些也都是具有诱惑力的。而保尔是诱惑力的完美体现。在他的举止间闪耀着一个浪漫的光环,而这光环来自一个遭受过秘密折磨、受过苦、曾沉浸在欢愉中忘掉一切同时也让别人忘掉自己的男人。

在保尔到来不足一个月的某个晚上,保尔结束表演后,邀请我和他跳舞。一首加德尔的曲子。我聘用了一个拉丁乐队,演出几周,然后表演结束。保尔的手臂紧紧搂住我的腰肢,将我的身体朝他的胸前拉近。我感觉到他在亲吻我的头发，抚摸着我那条好莱坞白色连衣裙袒露的背部。我像在一部电影里。在一个转身中，我发现了萨米尔在烟雾里一脸阴沉的样子。那条跛腿紧靠着墙壁，交叉抱着手臂，宝石绿的眼睛在窥探着我们。有那么一刻我想用被单捂裹自己，就像回到童年时期那样。他的目光穿透我的肌肤、骨头。自从保尔到来，我就预感他会待在我的身后，无休止地窥探着我的情感。他终于等到了晚会结束。他眼睛上的那块补丁布从来没有露出如此这般恶狠狠的气息。保尔回到了他的旅馆，我回到卧室，萨米尔跟着我。

"我想让他滚开。他在我面前引诱你，你却允许他。"他抓住了我一只手腕。

"只是跳跳舞。"我一边说，一边从他的手里摆脱出来。

"如果我弄疼了你，请你原谅，但是你知道我没有弄疼你。我们相识很久了，我能记住你每一个举动，明白你的每一个眼神意味着什么。如果他不离开，我们就结束了。"

"这是你说的。"我回答，直视着他那只绿色的眼睛。

他扑到我身上，紧紧地抱住我。

"玛丽娜……"

我抱住他的腰，发现他的背部有个硬东西。我放开他，将他的外衣掀起：一把手枪的把柄从他的裤子露出来。

"你带了武器？"

他远离我好几米，一言不发。

"你为什么要带武器？你参加了什么？你和独立战争有关系？"

"这不关你的事，玛丽娜，你最好别掺和这种事。你已经清楚表明你的立场了。"

"我不想和一个像带着枪的土匪一样的男人有关系。"

"难道你认为你的法国人在战争中没有杀过任何人?"

"这是另一回事。"

"呃,是吗?因为是他,他有权利自卫。"

"萨米尔,你不要对这件事吃醋妒忌。"

"你在找一个理由放弃我,你已经有了。如果是这样,我会对他开枪,对那些占领这座城市的其余所有法国人开枪,如果这样能够让我的国家获得自由的话。玛丽娜,这也是你的国家。你是摩洛哥人。你信仰犹太教,但你是摩洛哥人。"

"我不想看见你带着武器出现在酒店里。这是我的家,我可以制定规矩。我讨厌武器。当你不在这里的时候,别的地方你可以按照你的意愿行事。"

"好吧,那我离开是最好的了。"

他用力地甩门而出,离开了房间。我想他第二天应该不会再来工作了。然而,一大清早他就出现在了他的岗位上,他那自然狂野的黑发朝向脑后,唯一的那只眼睛下留着一道失眠的痕迹。

"我很高兴见到你。"我对他说,一边伸手到他的腰部,没有发现任何武器。

"我来就是为了向你表明我对武器正式放弃,就像你刚刚核实过的。"

"你留下吧,萨米尔,我需要你在这里指导其他的工作者,你做得很好。"我笑了笑。

萨米尔接受了我的提议。在那段时间里,虽然有些困难,但他已经会写字、读书。他没有试图和我一起回来。他总是准时到达工作岗位,迅速地完成任务,然后就回到富恩特斯咖啡馆去睡觉。我们很少说话,有时候我们会一起吃午餐,在涉及酒店管理的话题上,他会问我是不是快乐,一边用他那只绿色的眼睛盯着我,瞬间让我回到了我们之前一起度过的安静的时光。有时他也会跟我说,那种情况是暂时的,他会去别的地方寻找符合他经历的新工作,但事实上他却一直在饭店里待到保尔离开的那个晚上。除此之外,他还负责监督在他选择的海滩上卸货黄金。

1951年的那个早晨,我费了很大工夫找到那条下行的街巷,蜿蜒曲折,和其他街巷混合在一起,从伊本·白图泰的墓地一直通往小广场集市。我向富恩特斯咖啡馆走去。马蒂亚斯·索泰罗也住在那里,他是一个优秀的共和党人。富恩特斯咖啡馆的对面是中央咖啡馆,是战争期间追随佛朗哥的国民自卫队成员和意大利法西斯经常光顾的场所。有一次,一艘挂着意大利旗帜船只的船员弄错了咖啡厅,引起了一场激烈的打斗。在丹吉尔,所有人都有容身之处,每个人都各得其所,各行其是。

尽管眼睛都还是睡意蒙眬状态,我还是去找了马蒂亚斯。

"我正在找保尔,"我激动地跟他说道,"虽然我明白他没有和你在一起。"

"今天他必须出现。"马蒂亚斯说道,一边忙着扶了扶鼻梁上那副镀金的眼镜。

他穿着睡衣,坐在工作台前,给我拿出酒店的账单、数据单和烟草走私的一系列文件,那是为了瞒过海关,将其装船运往西班牙和一些法国的港口。我在马蒂亚斯的帮助下,已经参与到这桩生意四年了，在冒险之下我获得了不菲的收益，而对于这份风险我已经习惯了。我喜欢金钱。在一桩以成功告终的新生意之后，赚得的收益是能让人兴奋的。保尔的加入，我们已经更进了一步。他在刚果认识一位参与走私黄金生意的家伙。因为信任，他肯定地告诉过我们。风险越大，收益也就越大。如果原材料能够更便宜一些，我或许会在外祖父母的珠宝铺里获得很好的收益，这是一批巨大数量的珠宝，拿到黑市售卖将会有非常可观的进账。可以预测，船只在那晚就会带着货物抵达丹吉尔，到达海滩一个隐秘的地方。被选择的那个日子是很完美的：平安夜，海边的监管会松懈许多。我正在冒险获得一大笔收益；然而，那时候最让我关心的是要找到保尔。

"有时我会等他出现了才到，可能让他有些烦恼。"我向马蒂亚斯坦言。

他的目光从我身上移开了，喝下了一杯桌上酒瓶里的威士忌。他是一口喝光的。

"在我认识他的时候，他的姓不是丁格尔，而是文森特。"他一边说着，摘下了眼镜。"而是法国伞兵轻骑兵团中尉保尔·文森特。他很确定地告诉我说他已经改变职业了，因为他想在战后开始新的生活，忘记他曾经的身份，找一个远离法国的地方。我知道他为自己保留着一点什么，我想他需要时间慢慢地去分享。"

"马蒂亚斯，为什么你到现在才跟我说这些？"

"我亲爱的朋友，这是士兵之间、战友之间的秘密。每个人都需要以自己的方式去消化恐惧。我没有介入别人的生活里，我无法评判，就像我也不希望别人评判我一样。"他又喝下一口威士忌。"如果有人想改名换姓，那他们就去做好了。如果有人再给我一把助力，我才更有勇气去做。在伦敦,他几次在我醉醺醺的时候帮助我从警察手里逃脱。那是我的软肋……保尔也有软肋:女人,但是这点你或许已经注意到了。"

我隐约感觉到保尔在和女宾客们调情的那些夜晚让人发疯地为他着迷。他用唱歌的声音和她们交谈;在现实世界和梦幻世界之间,他那电影般花花公子的样子会让你销魂。他们喝着香槟,在被深深吸引的泥淖里欢声笑语。他给她们讲述他跨过的那些深海,讲述那些一望无际、闪着光亮的星空夜晚,谈论遥远国度的那些部落,那里的人们相互都不把对方看作人类,他们就像是地球上唯一真正的生物体,直到看见他的出现。或者,至少我是可以想象这个场景的,像青春年少时的妒忌,在激情的等待中窥视着他,希望他能为我转身,因为他总是这样。很多个夜晚里,醉意满满的他在我耳边呢喃:我爱你,只爱你,我为此会停下在世界的遨游,无论如何,你就是我的指南针;他亲吻我的嘴唇,我是他的方向,我不知道我为什么会这样做,他会解开我的衣服,每个晚上我都对自己说,这将是最后一次,他和我做爱,一边唱给我听艾迪特·皮雅芙的曲子,我不知道为什么在他无休止地划过我身体时,我会打破对我最重要的东西,不是性爱能平静饥饿,而是对他的渴望,尽管随着时间的过去,他的出现开始让人不安;没有你,我就没有一切,玛丽娜,他赤裸着身子颤抖着,头倚靠在那件只有我名字首字母的衬衫荷兜上;当睡意来袭时,就像有一个幽灵般的冰块包裹着他,他会寻找我的怀抱,缩成一团,他的嘴唇像白雪一般,苍白的面色,容易惊醒的睡眠无休止地让他痛苦着,保尔,你究竟有什么,你梦见了什么,我把他抱紧,紧挨着我欢愉后的汗水,冰冷的保尔,冰冻的保尔,保尔,是那个我在记忆里用小时候那件苏联披风包裹着的人。

"保尔刚刚跟一个缺一只手臂的人见过面,他们争吵过。你知道这件事吗?"我问马蒂亚斯。

"和你知道的一样。你去找到他,今天为了到手的生意,不能失去控制。"

"我们晚上见。你喝酒别过量,拜托了。"我一边向他恳求,一边离开了房间。

萨米尔不仅仅遭遇了我们情感的破裂,也忍受着莱拉带着超乎寻常的热情接受保尔。如果说萨米尔曾经是她的学生,那可以说她把保尔变成了她的老师。保尔在索邦大学学习过三年文学,想要接手他父亲的出版社。他母亲和那个曾经管理过出版社的男人结婚了,当保尔准备掌管父亲的企业时,他发现那里已经没有他的位置了。他离开了大学,放弃了古典钢琴的学习,离开了母亲的家,陷身于巴黎红灯区的酒吧之间,以及那些无休止的夜晚。

有些下午,我会看见保尔和莱拉在阅读室谈论书籍。保尔教她如何读懂这些书籍,如何解剖它们其中的奥秘。他帮她打开作者置放的秘密之门,帮她分析以何种方式能得到阅读效果。他们在一起度过几个小时,用一支铅笔在书页上标记,讨论作者是否写作有误,怎样描写对人物更适宜。保尔倾向于虚构生活情节,为故事增添独特的魅力,就像是只有通过这样的故事,我们才能真正理解生活的意义。就像是唯有这些故事的存在,我们才能承受生活。或许是因为他从小就在书堆和手稿里成长,他在模仿他的父亲,或者模仿他母亲传递给他的回忆。保尔在小说、诗集和乐谱中长大。这是一个感性的世界，在这里，美好远远超出了真实的世界。

我经常从门角旁看着他们俩，他们完全无视我的存在，一心沉迷于他们的交谈里。已到成熟年纪的莱拉陷入热恋之中，她的长发垂落在耳后，她时不时地将它们从他们正讨论的书页上撩开。看着她，我又回到了我这般成熟年纪时的形象，当时我四十二岁，保尔三十九岁。这是我一生中第一次和阿达外祖母有着共同的意愿：我渴望有一个保尔的孩子，一个犹太母亲和信仰基督教父亲的结晶，就跟我一样。但是体质拒绝了我，月复一月，我的希望合着无生育能力慢慢消散，撕裂着我的心。为什么当我已经没有时间去孕育我的孩子时，爱情才到来？我感到阁楼里被封锁的桃花芯木盒子在嘲笑我，它里面空空如也，除了蛀虫什么都没有。

莱拉疯狂地吞噬着保尔推荐给她的一切。在保尔消失的那段时间里，她正在阅读普鲁斯特《追忆似水年华》第一卷：《*在斯万家那边*》，莱拉永远深陷在了阅读里。

从富恩特斯咖啡馆出来，我走上通往卡斯巴街区的银匠街。还没有走几米，命运就安排了一个裹着风雨衣的断臂男子和我相遇。那时，总是有很多的伤残者，这是战争的烙印，是他们会引以为傲的一枚奖章，又或者是其一生的苦难。这名男子还戴着一顶白色大檐帽，正是伊本·白图泰墓地处那个小男孩给我指示的那顶帽子。于是我跟随着他。他走得很快，午后的那个时刻街上已经没有太多的人了，一旦我懈怠了，就根本不可能跟上他的步伐。他拐进一条通往那洪教堂的街道，我等待着他一点点深入，然后开始跟在他身后的冒险之旅。我有过多次的同样经历，我行走的街巷在变得越来越窄、越来越偏僻。在一个转弯处，他从我的视线里消失了。我被留在了街道中央，一动不动，不知道该朝哪里走去。这些年来，我一次又一次地分析那个不幸的日子里发生的事情，我仍然不能明白这一系列命运的安排与巧遇。

我没看见这个男人是从哪儿出现的，他猛地向我扑过来，把我推挤到墙壁上，将一只手臂压住我的喉咙，用一口标准的法语问我：

"您为什么一直跟着我？"我闻到了他身上的酒气和烟味。

"您想知道保尔的什么？"我回答，一边试图摆脱他。一股冰冷的感觉顺着我的脊背弥漫下来。

那个男人拧曲了一下邪恶的嘴巴，冲我笑了笑：

"请您告诉他，我对他借用女人来自卫并不感到奇怪。我希望他今天下午不要带着一个孩子来赴约，只有懦夫才这样。"

他撤走压在我喉咙处的胳膊，消失在一条小巷里。

保尔已经回到了旅店，我在我的卧室里见到了他，他在这个卧室里已经住下一年多了，床上放着一个行李箱和衣服。他目光恍惚，那种独特的蓝色深不可测。

"你在干什么？"我问他。

因急急忙忙赶回家，我的腹部还流淌着汗水。

"我得离开了。"

我没有说话，只是开始收拾床上的衣服，将它们放进衣柜：为他的演出在丹吉尔购买的精心浆洗熨烫过的白色棉布衬衫,还有天使条纹的黑裤子。我的手在颤抖,就像是保尔的噩梦,我触到了衣服下面冰凉的金属物,那是一把手枪。

我从来没有拿过枪。马修倒是喜欢枪,有一段时间,他坚持要教我用枪,以防小偷入室偷窃;而我却直到那时一直都拒绝触摸枪。

保尔重新取出我放进衣柜的衣物。我感到气愤,也感到一种将我变得无奈的悲凉。我拿枪指着他。

"玛丽娜,你不要动枪,给我。枪是子弹上了膛的。"

我把枪放下,太阳穴像火烤似的滚烫。我把枪放进了外套的口袋里。

"你告诉我为什么要走。"

"因为我从来就不应该留下这么长时间。"

"是因为那个断臂的男人。"

"你怎么知道这事?"他惊讶地问我。

"我知道他约定今天下午再和你碰面,你不叫保尔·丁格尔,而叫保尔·文森特,你想再次逃走。"

他神情痛苦地坐到床上,一遍又一遍地叫着我的名字,玛丽娜,玛丽娜,重复了许多次。

"他们在寻找我,要把我交由军事法庭审判,因此我改了姓氏。我留在你身边无疑等于自杀,迟早这件事都会发生。那个男人认出了我,向我索要钱财,不给就告发我。"

"他向你要多少?"

"远远超出我能给予的数目。但是我一个法郎都不会给这个敲诈犯。要是当时我带着枪,我就把他杀死了。"

"告诉我是多少,我去银行筹钱。"

他告诉了我数目,当然是一笔不菲的数额,很明显,我也不明白我们买来的是什么,那时我也不在乎。因为一想到失去保尔,我的心都碎了。

"你在这里等我,我去银行。我认为还不算太晚,你定好几点和他见面?"

"五点在墓地。"

我带着兜里的那把手枪走出房间,把它存放在酒店的保险箱里,然后朝银行走去。

那天的回忆一直交织在我的脑海里,现在我想把它们写出来,就像莱拉和保尔对普鲁斯特那样将它们解析。丹吉尔变成了一幅幻景,街巷随着我的步伐变得被云雾笼罩般模糊,白色的房屋变得歪歪扭扭,行人也只留下身影。

银行至少花费了两个小时才为我准备好那笔款项,我坐在一张粗木椅上,不停地想着保尔的那些话:他是一个逃犯。

我带着钱回到酒店已经三点多了。保尔已经不在了。莱拉在她的卧室里,一副睡意蒙眬的样子,满脸憔悴,眼睛里带着泪痕。

"保尔呢?"我问她。

"我不知道。"她粗暴地回答我。"我必须要跟你谈一谈,事情很重要。"

"你得等一等。"

我关上了房门。

"你喜欢上他了。"我听见了她这样说。

我将钱装进一个皮箱里。取出保险箱里的那把手枪,将它藏进我的包里。我让管家给我弄了点儿午餐。紧张唤起了我的饥饿感,在面对那个断臂男人的约会之前,我需要吃点东西让自己镇定下来。

保尔没有出现在饭店里,我不知道这两个小时里他去了哪儿。四点四十五分,我朝伊本·白图泰的墓地走去。他已经在那里了,断臂男人也在。门口的那个小男孩不见了。狭窄的街巷空荡荡的,一片沉寂。平素12月方才到来的那股冰冷冰冷寒气侵袭到人的骨头缝里。

"我知道你的女人会带着钱来的,你自己没有能力独自完成。这就是懦夫的本性,说得更糟糕一点,是逃兵的本性。"

保尔从外套的内兜里掏出一把手枪。后来我知道是萨米尔在黑市给买来的,前提是保尔得离开。他瞄准那个男人,那个男人淡然一笑,从雨衣里掏出另一把手枪。

"你觉得我会不带任何武器就来和一个像你这样的人见面吗?女士,请把钱给我。"他对我说。

我把钱扔给了他。但是他没有空余的手去接住它,继续用枪指着我们两个人。

"您做点好事,替我把箱子挂在胳膊上。"

"玛丽娜,你不要这么做,不要把钱给这个敲诈勒索的家伙。"

"我是个敲诈勒索的人,而你是个逃兵。这件事他给您讲过吗,女士?当需要他攻占一座桥头的时候,他把他的整个队伍扔在了雪地上。你会讲德语,所以他们选择你去骗过守卫;谁知道你就是一个叛徒。在这座城市里,受害者,刽子手,所有人都聚在了一起。"

保尔给了他一拳,那个男人用摇摆不定的手腕向他开了枪。子弹刺破了保尔的胳膊，开了一道口子。他惨叫了一声，用萨米尔给他的手枪朝对方射击。

"我们离开这里，玛丽娜。枪声会惊动附近的居民。"

他提起装钱的皮箱，抓住我的一只手。

"他罪有应得，"保尔嘟囔着道，"你会理解的，对吗，玛丽娜？"

那个男人倒在了地上，我看见他挪动，嘴里吐出一句咒骂。我们逃走了。那个莫斯科的小男孩，我的天使，涌入我的记忆里，强烈的涌现甚至引起我的呕吐。

回到旅店，我替保尔清洗了伤口，伤口不算深，很快就会痊愈。他一言不发，陷入沉思，我感到他的皮肤冰冷。我刚刚替保尔包扎完伤口，莱拉就进入了我的房间。看到地上的纱布和血迹，她跪下来一头栽进保尔的怀里哭泣起来。保尔那时坐在床上，他抚摸着她黑色的头发，被那忧伤的面容打败了。

"我还好，只是被抓伤了，不会有生命危险的。"

"莱拉，你现在让他安静地待一会，拜托了，你先出去吧。"

"我不想离开。"

我被她那双黑眼睛里的怒火吓到了。

"莱拉，拜托了，你出去一会吧，"保尔对她说，"我要和你妈妈谈论生意上的事情。"

"我也必须和她谈谈。"

我感觉到莱拉在威胁他。

"等一下吧，莱拉，现在我要走了，我向你保证我很快就回来。"

他抬起她的下颚,替她擦干了泪水。

"你去完成普鲁斯特的阅读。"

莱拉站起身,十七岁的她比我还高很多,她很不情愿地离开了房间。

"玛丽娜,我想告诉你发生的事。我厌恶有那么多的死亡,不想看见我的那些伙伴们被屠杀,我忍受不了。战争的末期,我经历了很多次梦游症。在比利时冬天的寒冷刺骨中,我们正在进行最后一场战役的搏斗,那恰是圣诞节的时候,和现在一样。一天早晨我在一个荒无人烟的地方醒来,冻得身体冰冷。我在行走时一直处于睡眠状态,已经远离了我的队伍。我去寻找他们时,发现他们全都死了。我现在都不能从脑子里抹掉那个场景,那些人的面容,其中有一些是我的朋友。我厌恶死亡,厌恶残暴,厌恶战争。我再也不能承受更多了。"

"保尔……"我轻抚着他的头发。

他看了看他的手表。

"我该走了,萨米尔在等着我卸船。"

"你不要走,保尔,你受伤了。我们聊聊你刚刚跟我讲的故事。"

"我更宁愿忘记它,一心地想着一切都会顺利。我不会放弃生意待在家里。我得去监督交货。此外,我的朋友还在等我,他只相信我。一旦我们安全地在海边拿到黄金,我就会乘坐一艘小船到大船那儿和他会面,然后我们再一起在港口靠岸。咱们会在那里见面,然后交谈。玛丽娜,是你让我感到那么平静……我爱你。"他亲吻了我的嘴唇。

随后他朝着门口走去。

"你今天为什么和萨米尔争吵?"我突然想起来了。保尔的目光里透着暗影。"一个女佣告诉我说他叫你懦夫，因为你不想告诉我一些可能会让我产生冲动杀死你的事情。保尔，还发生了什么？"

他没有回答我的问题。反而指责道：

"你的萨米尔，你是如此地信任他，他借用你走私的途径，利用你的组织，为阿尔法西党的独立分子弄到武器。我想你是不知道的。其中一件事是有人发现你在做烟草或黄金生意。另一件与此不同的事就是买卖武器和西方人开战。这件事他也没跟你讲过，对吧？"

我沉默了。我不希望萨米尔欺骗我。我很伤心，就像那只放在秘密盒子里装着的占卜星鸟蛋许多年后停止了跳动一般。

"我觉得不会的，交易完成后我们再谈。"

我已经到了港口和保尔碰面。他乘着一只小船，避开风浪到达刚果人的那艘船只，刚果来的船只艰难停靠在为应对紧急情况打开的防波堤下。保尔独自一人沿着舷梯走下来。他的朋友，亦即那艘船的船长，还在船上做着下船登陆前最后的工作。我想起了他到来的那天，和马蒂亚斯·索泰罗一起，透着海洋气息走上码头的样子。这次，我觉得他走路的样子一点都没变，就像乘风而去一般。他穿着一模一样的条纹运动衫和黑色长裤，看起来要高大和苗条了一些，行走的样子似乎更加重了一种孤独感。

"交易一切顺利。现在我要回家，萨米尔在那里照管着黄金。自从我发现了那些事后，我不再信任他。"

保尔说的是那栋法式房屋的事。他说话时离我有些远。他走近来拥抱了我。

"我和莱拉谈过。"我对他说,一边把他推开,我已经认不出他眼睛里的那抹蓝色了。

风吹乱我们的头发,细雨仿佛是一场瞬间将把整个世界卷走的暴风骤雨的前奏。在保尔和萨米尔忙着卸下刚果船上的黄金时,莱拉已经告诉我她爱保尔,保尔也爱她。他们已经在一起睡了几个月了,正是在那些狂热谈论文学的日子里,谈论的结局就是他们对身体的渴望。"我正在期待和他的孩子。"莱拉用她巫师的声音告诉我说,这是她突然发自肺腑的心声。

"玛丽娜,我很抱歉。"他回答说。

这些是他最后说的话。

我在码头看见他的身影,他外套兜里的那把手枪摸上去犹如冰块一样。

一股莫名的愤怒主宰了我。还有一种不知从何而来的伤痛。手枪在港口的水雾气里变得潮湿。他向我背转身去迈开步子走了,渐渐消失在迷雾里。我掏出外套里的枪,一声沉闷的响声,我再次看了看保尔,确定我再也不会爱上其他人,我的胃在颤抖,我已经忘记了自己的名字。我是一个在风里的女人,我的情人远去了。我的手感到沉重,手枪、背叛、风把他带走了。

12.《丹吉尔迷雾》
　　结语章

　　我把自己关在塔楼里，日复一日艰苦地绣着那个床罩。透过玻璃窗我看见时间的流逝，而昔日在这里，我和安卡拉一起渴望着自由。有时，我会让我的双手休息一下，让我的想象日日夜夜迷失在亚马逊森林里。我会去找本书来读。其中有一本触动了我，是法国作家阿尔贝·加缪的作品《反抗者》。我在他的文字里找到了我的思想、苦恼和过错的完美反应。那段话是这样说的：

　　"有激情犯罪也有逻辑犯罪。两者之间的界限不容易分清。但是刑法典预谋了轻易的区分。我们生活在预谋和完美之罪的领域里。我们的罪犯不再是无助的儿童，他们能以爱为借口。相反，他们是成年人，他们有一个完美的借口：哲学，它可以被用于任何目的——甚至把杀人犯变成法官。"

　　《呼啸山庄》里的希斯克里夫，为了得到凯瑟琳，他可以杀害全世界，但是他没有想说这是合理的犯罪，或者说这样的罪行是一种制度上情有可原的。当他的全部信仰汇聚在一起时，他将执行自己的计划。这就是爱和气节的力量……

要是我能早点读到这本书，我就把它读给萨米尔听了。

保尔消失的数月后，萨米尔出现在了缝制塔楼。他穿着手工风帽长衫，脚系拖鞋，只是缺了头巾和马匹，就成了我多年来期待的电影里那个打劫的形象，现在，他来了，而此时我已经没有了欣赏他的欲望。

"你跟我来，我要给你看一点东西。"

"我不感兴趣。"我对他说，几乎没有停止正在刺绣一棵藤本植物的针尖的移动。

他已经不在旅店工作，也没有再做走私烟草和黄金的交易，在那个不幸的平安夜之后，我就放弃了那桩生意。我知道，萨米尔已经深入地参与到政治里，但是我不确切地明白他是怎样生活的。自从他向我坦白他卷入了武器走私、保尔对我进行了提醒之后，我再也不想看到他。他多次尝试想见到我，但都没有成功。然而那次，他似乎没有准备接受我的拒绝。

"我已经告诉过你，你让我失望了。你背叛了我的信任。"

"这次你会跟我一起的。"

"别做梦了。"

"我发现了一个占卜星鸟巢。鸟马上要下蛋了，这是唯一可以看见它的时刻。我向你保证，这将非常奇妙。"

"萨米尔，你别这样玄乎地向我贩卖你的巫术了。"

"这些年来你还保存着那只鸟蛋吗？"

"像你一样，失败了，落空了。另外，我已经扔了。"

"那你更有理由拥有一只新的了。"

"我不想要。"我带着鄙夷不屑的神情对他说，继续我的刺绣。

他夺过我手中的床罩，将它扔在了地上。我大叫了一声。那时只有一个女仆在家，她没有出现。我已经暂时地关掉了旅店，表示在永无止境地服丧。萨米尔将我从扶手椅上拉了起来，不费丝毫力气地将我扛在他的肩上。我几乎没有吃东西，他把我变成了我绣制的床罩上的一只小鸟。他开始走下楼梯，我几乎要笑出来。我在楼梯旁的一面镜子里看到我们的那副样子，觉得自己的形象太滑稽了。

"你放下我。"我对他说。"看在我们曾经一起度过美好时光的份上，我跟你一起去。或许，我可以在我的床罩上绣一只占卜星鸟。"

他把我放在了地上，想牵我的手。我没有同意。

我们走到卡斯巴广场，在那里，我们叫了一辆出租车拉我们去城外的哈法咖啡馆。

那天天气晴朗，从咖啡馆的梯级平台可以看到一望无际的直布罗陀海峡。他选了一个离其他人远些的桌子，要了两杯薄荷茶。黄昏将近了。

"当大海吞没了夕阳，我们会在那棵树的枝叶间看到它。"他对我说，一边给我指着一棵杏树枝叶繁茂的树冠。"只有你会看到，只有我会为你而看到。"

薄荷茶送上来了。我们在沉默中一边喝着，一边等待日落。

"在那里，你看到了吗？"萨米尔问我，那时天际线染上了一抹橙黄色。"就在树枝中间。"

他把我的手拽在手里，亲吻。我看着杏树枝。

"我爱你，玛丽娜。没有你，一切都没有意义。"他从兜里掏出一只绿色的鸟蛋,放在我的掌心。"我们应该一起许个新的愿望。"

占卜星鸟是一种蓝翅膀、红脖子、海蓝绿羽冠的鸟,是一种体形如白鹤的雌性长生鸟,嘴巴上没有宝石。它一旦起飞,就远离巢穴,变得无影无踪,不可战胜。没有人可以杀害它,也无法将它关进金丝笼子。每当回巢孵蛋,它就会变得非常威严。正是由于害怕失去,它变成了一只美丽而敏感的鸟儿。

"再见,萨米尔。"我把鸟蛋放在了桌上,沿着哈法咖啡馆的露台上去,走向回家的路。

我没有再见到他。1952年3月30日,是法国对摩洛哥行使保护国权力的第四十年,他死在了民众争取独立发起游行的骚乱中。我领回了他的尸体,将其埋葬在布拉基亚的墓地里,和他死去的母亲一起。我雇了一个唱诗班在他坟前吟唱《古兰经》经文。

每逢周五,在安息日开始前,我会将我刺绣的床罩放下几个小时,去拜访我的逝者们。去我父亲基督教的墓前,去我母亲和外祖父母的犹太教墓前,还有萨米尔的伊斯兰教墓地。当我回到家里时,手上散发着香桃木的味道、玫瑰的味道和水仙花的芳香。每个宗教都有属于它们自己的味道。

麦地那傍晚降临了。黄昏的光辉透过玻璃窗射透进来,让我的生活一时变得五彩斑斓。我听见穆安津神圣的声音。我的记忆被唤醒。我想到了我的母亲,被雕塑成蜡像的母亲,还有萨米尔母亲的手鼓,她们都被遗忘在一座长满叶子花的房舍的地下室里。我不停歇地刺绣,我是隐形人,在我刺绣的床单上,连一个影子都没有。

13. 柏柏尔护身符

玛丽娜，是你吗？黑白相片里的玛丽娜，我一直都在看着你。这是你的脸吗？弗洛拉把照片反贴在胸前。

"阿曼德！阿曼德！"弗洛拉走进客厅通往卧室的走廊。

阿曼德胳膊下夹着一个文件包，从书房走出来。弗洛拉牵着他的手来到客厅一扇大玻璃窗前，从那儿可以看到天空、阳光和飞翔的海鸥。弗洛拉想起要延后问他的问题，她想要享受那个瞬间，在那一瞬间里，她相信相片里的女人就是玛丽娜，而这种可能性是存在的。她看着阿曼德的眼睛，笑了。

"怎么了？"阿曼德也冲她笑了笑。

"这个化装成阿根廷高乔人的女孩，你认识吗？"她问他，指给他看照片上的人。

阿曼德戴上外套兜里的眼镜，以便近距离看得清楚些，迟疑了几秒才作出回答。

"我不知道她是谁。第一排化装成小丑的是我的姨奶奶。那时她大概只有十多岁。"

她取下银制相框的那张照片，将它翻到背面。背面用黑色墨笔潇

洒地写着这样的字迹:

> 1928年3月,普珥节
> 化装舞会,洲际酒店

"是她。"弗洛拉说道。

"谁?"

"玛丽娜·伊万诺娃,小说的女主角,其中一个章节里提及这次舞会。时间、酒店和装扮都是吻合的。贝莉亚·努尔跟我讲过,她之前发现了玛丽娜的日记,然后她将这些记事给记录下来了。所有的一切都是真实的。要是我能和你的姨奶奶聊聊,或许她能记起玛丽娜。我之前认为已经不可能再找到和小说有关并且还活着的人物了,除了作者。"

"我想过要去看她。或许这是留给我最后的机会了。我父亲每年夏天都会去看她,他说,她更多地活在过去而不是现在,但是,除此之外,到了她这种年纪,她的头脑仍旧十分清晰,一点儿也不糊涂。"

"在这种情况下,由于她更多地活在过去,是很容易记起玛丽娜的。"

"你和那本书是怎么啦?你已经和贝莉亚·努尔谈过,还要继续寻找些什么?"

"寻找主人公的踪迹,了解他们都是谁。"

"书里没有讲这些?"

"讲了,但是跟某个认识他们的人谈谈,那是很迷人的。"

"你得借给我这本小说,我想阅读一下,能够跟上你的步伐。"

"当然,这样你能帮助我调查。"

弗洛拉心中琢磨是否要把寻找保尔的真相告诉阿曼德。是否该告诉他其实她也认识任何一个人物。是否告诉他保尔曾是她的情人,尽管只是唯一的一夜情。

"除了博主,说来你也是文学侦探了。"说着,他为她拨开垂落在脸上的一缕头发。

"我没有过这样的想法,不过我喜欢。这可以成为博客的一部分。去调查作者生活和她著作之间的联系,还有作品和现实之间的联系。"

弗洛拉很兴奋。这时候阿曼德正翻着独脚小圆桌上记事本的页码,小桌上还放着一台上世纪的黑色电话。弗洛拉则仔细地查看着钢琴上其余的一张张照片,看是否在另一张上面发现玛丽娜,或者小说里的其他任何一个人物。她没有认出再多的人物。于是又重新回到那个化装成高乔人的金发女孩,她很漂亮。弗洛拉想,我明白马修为什么一眼就爱上了她。她和弗洛拉想象的那个女人有点像,只是更瘦一点。这是一个苏联血统的北方美女。

阿曼德打电话,先用法语,然后换成了西班牙语。难道他的姨奶奶也认识保尔吗?

他挂掉了电话。

"弗洛拉,我们今天下午就可以去看她。她邀请我们五点去喝巧克力。"

"喝巧克力,而不是喝咖啡或者喝茶,这是丹吉尔的习俗?"

"在犹太女人之间,尤其是上个世纪,是很流行的。"

"贝莉亚·努尔也喝巧克力,她是柏柏尔人。"

"那她应该有一些信仰犹太教的朋友。我告诉过你,在丹吉尔,我们所有人就是一个小圈子。一个小时后我得去见律师,我会和他一起午餐。"

"周日也可以?"

"是的,他是家里人的一个老朋友。以前负责我父亲的事务,现在也照管我姨奶奶的事情。我四点半在酒店接你怎么样?你带上玛丽娜的照片。"

"是的,我们或许需要它。"

"我带你看看家里其余的地方。"

弗洛拉跟着他走在走廊里。她需要整理一下自己的笔记,将信息联系起来,这或许会让她对刚刚发生的事有颠覆性的想法。

他们来到阿曼德童年时期睡的房间,弗洛拉看到墙上有许多画,甚至有些被装裱起来。

"我父亲从来没将它们取下来。虽然我们搬走了,但他也从来没想过放弃这座屋子。他的妹妹在这里住了很多年,当她去世后,他也没想过要卖掉它。现在轮到我来完成他从来也不能做的事了。"

"家具和这些照片呢?"

"弟弟和我妻子都说把它们卖掉……我不知道我是否能做到。我想保留所有个人物品,像家里的这些照片,都会同我一起被带回马赛。"

"现在我们把你的这些画取下来吧。"

他们从墙上取下这些画,阿曼德将它们连同其余的文件一起放进了文件包里。已经十二点半了。他们回到客厅,他关上百叶帘,整间屋子再一次沉浸在了另一个世纪的气氛里。

弗洛拉向酒店客房服务点了午餐。托盘里摆的是一份冷却的鸡肉库斯库斯，她一边翻阅记事本里的笔记，一边又写下了一些新的记录。她的笔记本电脑开着，用来听听音乐，是电影里的有声乐队。戴德通过Skype给她打来了电话。布宜诺斯艾利斯的时间还很早，她正在喝一杯咖啡。由于失眠，眼袋明显；黑色的头发凌乱不堪。

"你看上去像雪儿[1]，戴德。"

"亲爱的，你不要打趣我，我刚醒来就想到你。你在那里干什么？我很担心。你没有钻进另一个遥远的壳里吧？"

"你打电话给我的时候，我正尝试理清我的笔记信息。想看看贝莉亚·努尔的生活和她小说之间有什么连接点呢？昨天，她邀请我去她家喝咖啡，就是女主角童年时期住过的那座法式房屋。是的，我知道你一直告诉我的，作者都是借用他的生活去完成他的作品。我在卧室里还发现了和女主角刺绣的一模一样的床罩。她告诉我说，她是在这间房子里找到了玛丽娜的日记，然后她再记录下来，因此，她是知道这个故事的。"

"我们来玩侦探的游戏吧，你也不用告诉我你的情况以及你对那个保尔的痴恋。"

"戴德，贝莉亚·努尔认识他，不仅仅是在玛丽娜的日记里；现实生活里她也认识。但是，她应该是什么时候认识他的呢？我认为是很多年前了。"

---

[1] 雪儿（Cher），美国影视女演员、流行乐歌手。雪儿在音乐上的成绩主要是在20世纪60—70年代，她的歌曲风格从60年代女子组合的流行歌曲到杰姬·狄香农（Jackie DeShannon）的民谣，再到达斯蒂·斯普林菲尔德（Dusty Springfield）风格的流行乐。

"我们最后一次谈论时得出的结论是保尔是一个道林·格雷,他正在世界上艰难地奔波,当时的世界同样美好……那是什么时候呢?"

"1951年,他三十九岁。我想小说里是些什么样的人物呀?他们可以活到2015年,那时还可以接受采访。"

弗洛拉沉默不语,死死地盯着电脑屏幕。

"你像是要给我催眠,我感到害怕,亲爱的弗洛拉。"戴德对她说。

"莱拉这个人物。"

"亲爱的,我不知道你在给我说哪个人物。你已经完全沉浸在了侦探游戏里,你让我觉得分不清你是不是华生医生。"

"1946年4月,玛丽娜从洛杉矶回来时,莱拉十二岁。那么,她出生的时间应该是1934年。"

"或者是1933年,如果她出生在4月前。"

"1933年,这个日期我觉得很熟悉。"弗洛拉在她马德里做好的笔记里寻找,是贝莉亚·努尔的出生日期:1933年12月24日。她感到一阵寒噤。"戴德,我太爱你了:1946年4月,贝莉亚·努尔也是十二岁。"

"弗洛拉,像她这样的还有很多人。"

"但这绝不是巧合。我之前真是瞎了。一心只想到找寻保尔。莱拉是柏柏尔人,和她母亲阿米娜一样。贝莉亚·努尔是柏柏尔人。她有着一双滴溜溜转的黑眼睛,一双炯炯有神不会老化的眼睛,一双永远充满活力的眼睛。"

"她难道不能创作一个和她相似的人物吗?你有什么证据表明书

里发生的事情是真实的,那些人物是实有其人的?"

"我有一张玛丽娜在普珥节聚会上的照片,和小说里的日期、地点完全吻合。照片我是在阿曼德家里找到的。"

"或许贝莉亚·努尔从现实里摘取了她想要的部分,然后创作了其余的部分。"

"这就是我们必须要调查的,亲爱的华生医生。"

"我不想参与这个游戏,我是你的精神分析师,我在这里是要你的脚站到地面上。"

"戴德,你听着,还有更多的巧合。微小的细节就能构成一种生活。贝莉亚·努尔和莱拉一样喝巧克力,她的养母是犹太人。当然,这在犹太女人中间是很普遍的,至少在丹吉尔是如此。她住在那座很可能是从玛丽娜那里继承来的房子里,她没有孩子,和那所房子一起的还有遗留下来的床罩以及其他她母亲的个人物品。她找到玛丽娜的日记是有可能的。对莱拉而言,她也知道这个故事,因为她的妈妈跟她讲过。贝莉亚·努尔在小说里说过:玛丽娜听到这个故事是在她儿时她们一同睡觉时。然后是她对于写作的热情,她的职业,她喜欢的文学游戏。她跟我说过,她将《丹吉尔迷雾》记录下来,和塞万提斯在《堂吉诃德》里记录了他从阿拉伯历史学家熙德·阿默德……什么的手稿里发现的东西一样,我现在不记得他的名字了。这仅仅是作者的诡辩。她可以对我隐瞒玛丽娜的日记;她为什么要和我做游戏呢?她为什么想要向我隐藏她就是莱拉呢?还有她对普鲁斯特的挚爱,对那有名的玛德琳小蛋糕的痴迷。那就是她曾经和保尔一起读的普鲁斯特,她爱的那个保尔,那个背叛了玛丽娜、跟她有过一个孩子的保尔。"弗洛拉感觉到胸口在燃烧。"莱拉怀上了保尔的孩子。"

为什么这件事她没有再深入发展下去？或许想到保尔和另一个女人有过一个孩子她感到伤心？或许是一想到那个女人已是母亲但她不是而感到痛苦。或许她会成为一个卑微的女人？

"亲爱的，这比起一部黑色小说更像是一部肥皂剧。背叛，共同的情人，一个好色的帅哥，孩子……你跟我讲过的那个会带走坏男人的女人，她叫什么名字？"

"艾莎·坎迪沙。贝莉亚·努尔让我知道，有一个女人向艾莎·坎迪沙祈求让她带走保尔；从小说的情节来看，那个女人很可能就是玛丽娜，因为保尔和她自己的女儿一起背叛了她。而女儿也和女儿的男友一起背叛了她。这是双重的伤痛、双重的复仇。他就是我认识的那个可恶的保尔，也是贝莉亚·努尔的保尔，戴着柏柏尔人的护身符，一个应该是她送给他的护身符。这是另外一个让书里讲述的故事和真实生活联系起来的信息，即护身符后面刻着的名字是：阿丽莎。"

"现在我们再次回到我们的道林·格雷。莱拉的那个孩子呢？"

"是的。他是男孩还是女孩？他还活着吗？"

"小说是怎么说这件事的？"

"什么都没说，这里就结束了。结尾是开放的。一方面，作者引导我们，玛丽娜是那个杀死保尔的人，是她在港口用自己的手枪击中了他。莱拉向她坦言自己怀孕了；另一方面，又在引导我们，保尔是被风刮走的，这里正好嵌入了艾莎·坎迪沙的故事。他是一个女人想要从中解脱的男人，或者是她想要惩罚的男人。玛丽娜永远地将自己关在塔楼的缝制间，绣着一张森林植物图案的床单，绣好了拆，拆了又绣，和佩涅洛佩的毯子一样，她一直期待着得到关于保尔的信息。"

"这里，我们或许要有一个人担下他犯下的恶劣罪行，或者用一个传说故事去掩饰它。承认自己是杀害自己深爱的那个人的凶手会让她有多么痛苦，她的脑子里是拒绝的，因此她幻想着他在某个时刻会回来，她在等他。"

"戴德，玛丽娜不仅仅爱着保尔，她也是一个憎恶任何暴力的女人。她坚信，没有任何一种思想、宗教或者欲望能够为杀害另一个生命辩白，之后她或许做了某些违背心愿、背离她坚实信仰的事情。因此小说结尾引用加缪的话是有意义的。"

"加缪也在这里面？"

"玛丽娜引用加缪的话或许为了给她的行为辩白。一场因为怨恨、没有预谋的杀害。"

"承认她所犯下的罪过对她而言或许太痛苦了。她可能从那里得了某种精神疾病，一直活在被创作的现实里，因为真正的现实让她感到过分伤痛。"

"的确如此，亲爱的戴德，或者是亲爱的华生医生。至少对你精神分析师的思维是这样的。"

"那么，所以，亲爱的弗洛拉，你是和谁一起睡的？或者说那只是你的想象？"

弗洛拉的电话响了。

"戴德，是警察局给我打来的。之前和拉希德·阿布德兰检察员见过面，他让我今天下午六点前去取走我的证件，现在是四点。"

"警察？你真的让我担心，亲爱的。你不是玩侦探过头了吧？看看你是否正活在一个被编撰的现实里，从而无法面对你真正的问题？如果你正在做这件事，我不知道我为什么我会来问你，并且鼓励你去做。逃避是徒劳无益的。"

弗洛拉道别了。

"你要和我保持联系。"

她向戴德抛去一个飞吻,挂掉了电话。

"检察员?"

"加斯康女士,我打电话给您是为了告诉您,我必须要离开警察局,一个同事会交给您证件。或者您明天再来,如果您不急的话。"

"谢谢您的通知。"

"您找到您的朋友、那个消失的保尔·丁格尔了吗?"

"还没有。"

"您是认识他有多久了?"

弗洛拉深深吸了口气,她还要再欺骗他吗?

"我是一周前在马德里认识他的,虽然我们已经如此亲密了。"弗洛拉感觉嘴唇都是干燥的。

"我明白。我问过几个住在哈曼后门朝向那条巷子里的邻居们,您去哈曼澡堂的一个小时里,有人看见一个二十多岁的男孩跑过,穿着黑色牛仔裤,头戴一顶美式棒球帽。他没有跟您说过什么吗?"

"没有。在进入哈曼前,我觉得有人在跟着我,虽然我无法对他作出描述,我也不确定是不是真的。那天早晨我绕着这座城市心不在焉地溜达着。"

"好的。我会尽量记下看是否有能够帮助我们的细节。"

弗洛拉向检察员道了别。现在是四点十分,她还没有收拾准备前往阿曼德姨奶奶的家里。她吃了几口古斯米,穿上一条黑色毛线的阔腿裤和一件有图画装饰的外套。有些古典的感觉,为了给一位年老的女士留下好印象，如果她家里和本萨洛姆家有联系，他们曾经参加过洲际酒店聚会的话，她可能是中上层阶级的人。当她正要走出房间时，有人来敲门。她觉得会是阿曼德，于是带着微笑打开了门。

"有人给您在接待厅留下了这个。"酒店的一个职员告诉她，并交给弗洛拉一个用蓝色绸缎纸包上的小包裹。

"*请转交弗洛拉·林娜迪小姐。*"这是写在一张卡片上的话。

她认出了字迹：是贝莉亚·努尔写的。她快速拆开小包。她迟到了，阿曼德应该已经在接待厅里等着她了。是奥斯卡·王尔德的那本书，贝莉亚跟她提过：《谎言的衰落》。

弗洛拉笑了笑，把书装进包里。

&

阿曼德的姨奶奶叫蕾切尔，蕾切尔·科恩。弗洛拉从第一眼就觉得她是一个非同寻常的老太太。她会用一个银和象牙制的细长烟嘴抽上几支细烟。双手满是凸出的骨节，戴着几枚亮闪闪的指环，有蓝宝石的，也有绿宝石的。弗洛拉心想，她的指环不可能轻易地戴上或摘下，因此它们大概已经和手指融为一体了。她白色的发丝束成一个舒芙蕾状的发髻，让她矮小的身躯额外增加了十厘米的高度，发髻上别着四个银制珐琅的发针。她看上去五十岁的样子，穿着一件奶油色的外衣，花边的衬衫，一条刺绣的细长布条缠绕着她细细的脖子，及脚踝的裙子下方露出一双皮靴,弗洛拉想起了《欢乐满人间》[1]里出镜的那双靴子。

"阿曼德,我亲爱的。"她将烟嘴放在烟灰缸里,张开双臂去迎接她外甥孙。

阿曼德小心翼翼地将她拥入怀里,生怕弄碎一个玻璃般的身骨。

"你是弗洛拉·林娜迪小姐吧。"她向弗洛拉伸出手。"你很漂亮,洋娃娃一样的眼睛,红色的头发。红头发的都是热情的女人,她们会把头发的这抹红色揣在心里。有些时候,会将它藏起来,但是一旦被点燃,就不可能被熄灭了。"她用一根戴着指环的手指,颤抖着指向她左边的胸膛。"告诉我,你的心被点燃了吗?"老太太冲她笑,笑得似有些狡黠。她细腻的嘴唇被淹没在了两行皱纹里。

"我觉得是。"弗洛拉也回赠了一个笑容。

难道是保尔·丁格尔的杰作,就像发生在玛丽娜和莱拉身上的故事一样?

蕾切尔转身朝向她外甥孙,抚摸着他的脸颊。

"你能相信我有十五年没有见到他了吗?从我去马赛看望他们的那年夏天起,我成了寡妇。我可怜的雅各布走了。现在我没法去旅行了,骨头会轻而易举地撕裂我。因为缺钙,和另一种我从来都不记得的疾病,让我长了骨刺,像刀子一样刺进我的肉里。我连上街都没有办法。这些都是老年病。"她优雅地叹了口气,坐在了一个绿色天鹅绒的三脚椅上,靠背上是刺绣的丝帕。

---

[1]《欢乐满人间》由美国迪士尼影业公司出品,影片于 1964 年 8 月 27 日在美国上映。该片根据英国同名小说改编,讲述了化身为保姆的仙女玛丽来到人间帮助两位小朋友重新获得生活的乐趣并让他们的父母重享天伦之乐的故事。

他们坐在一个客厅里，这里的家具和阿曼德家里很像。装饰艺术风格很优雅大观。一只大型落地钟表成了整个客厅的主人。钟表是桃花芯木的，镀金刻度盘里的罗马数字指示着十点二十分。弗洛拉心想这究竟是多少年前定格的时间。她闻到了一股柠檬的清香。

蕾切尔·科恩示意弗洛拉坐在她三脚椅的旁边，她的外甥孙坐在她们对面一张玫瑰色锦缎包裹的扶手椅上。

"姨奶奶，我想给你看一张照片，是在家里找到的。"

"你的家！亲爱的，我没有睡着吧，我想你是要作孽去卖掉它。科恩家族世世代代的人可都是在那里出生、生活的呀。"

阿曼德眯缝起眼皮，那双猫一样的眼睛一时不见了。

"我知道，姨奶奶。嗯，我们想给你看看这张照片，看看你是否能认出照片上的一个人。"

弗洛拉从包里拿出照片，给这位老太太看。

"亲爱的孩子们，我什么也看不清。"

蕾切尔架好一副玳瑁眼镜，放在三脚椅前的一张小桌上。随着岁月的流逝，她的眼睛变得小小的，无法清晰成像，成了两枚架着老花镜的绿色玻璃球。

"啊！"老太太一只手举到前额，"在洲际酒店的普珥节聚会。你看，弗洛拉，我还是个穿着小丑服的小女孩。"她朝弗洛拉俯身过去，用手指指着照片。"那时应该是……"

"是1928年的聚会，姨奶奶，后面写了日期。"

"那就是我九岁，没错。一个老得不能再老、将近百岁的老太太说出这个年纪，这有点儿不顾羞耻。"她又使劲地抽了一口烟。"多么美好的聚会啊。"

"姨奶奶,你右边那个化装成阿根廷高乔人的金发女孩,你认识她吗?"

蕾切尔扶了扶鼻梁上的眼镜,仔细地看了几秒。

"啊!"她把头往后仰了一下。顺手轻轻梳理了发髻,束起落下的发丝。

弗洛拉担心自己的心脏跳动声会在大厅里被听到,阿曼德和她的姨奶奶则或许会认为那只老旧的钟表又开始嘀嗒嘀嗒地走起来。

"我怎么能记不起来,"她把眼镜放在桌上,"我对那个年代的记忆比对我今早做了什么还记得清楚。"她将烟支熄灭在了穆拉诺玻璃[1]烟灰缸里。"她很漂亮。我对她那金黄到发白的硬挺挺头发很着迷,我曾经觉得她是一只从直布罗陀海峡逃出的美人鱼。她有着珍珠般的皮肤,一双蓝色的眼睛,身材很瘦。我总是带着羡慕的眼光观察她。她爸爸是苏联人,信仰基督教;"蕾切尔悄悄地说,"妈妈是犹太人。听我母亲讲,这是世纪初的一桩丑闻。两个人很年轻的时候就去世了,妈妈先离开,父亲不久后也离世了。是外祖父母抚养她长大成人的。他们是你祖父母很好的朋友,阿曼德,也是我父母本萨洛姆家族的好朋友。"

弗洛拉外衣下胳膊上的汗毛都竖起来。

"她叫伊丽娜。"

"伊丽娜,不是,是玛丽娜。"弗洛拉说。

"不,是伊丽娜。"蕾切尔坚持道,"我记得很清楚。伊丽娜·伊

---

[1] 穆拉诺玻璃(Murano Glass)一词是其中一个玻璃制作的化学观念,并且,只有在意大利穆拉诺小岛上制造和生产的玻璃,才能够真正被称为穆拉诺玻璃,这小岛位处意大利城市威尼斯的北部。

万诺娃。她用的是奶奶的名字。奶奶是一个贵族家庭的俄国女人,死于俄国革命期间,是一个有很多故事可讲的女人,她生于骚乱之中,伊丽娜继续了这样的命运。因此,最后我比在童年时穿着小丑的衣服时更加羡慕她了。"

贝莉亚·努尔在小说里更改了她的名字,弗洛拉心想。

"她和一个在那次洲际酒店聚会上认识的男子结婚了。然后做了演员。你们明白了吗?我怎么会不记得,我羡慕的美人鱼成了好莱坞的一个影星。她不是很有名。很明显,有声电影的出现对她是不利的。我不知道为什么,我记得她的声音也很好听。战争后不久她回到了丹吉尔,是离婚后回来的。我那时已经和雅各布结婚了,有了一个孩子。最让人惊讶的是,她将外祖父母的房子改造成了一家旅店,叫达尔·卡斯巴,那里的宴会厅经常举办一些美妙的聚会,是像鲍尔斯和他的妻子简这样的艺术家们经常光顾的地方。据说,也有'百万宝贝富翁'芭芭拉·赫顿[1]的光临,甚至丘吉尔也曾经在那里下榻过。我和雅各布会时不时去那里吃晚餐和跳舞。我有些口干了。"

蕾切尔拉一根丝线,一个穿着黑白女佣制服的阿拉伯女人立刻出现在了客厅里。

"法蒂玛,请拿来巧克力和白水。我刚才讲到哪里了?"老太太舔了舔嘴唇。

"你怎么可以知道如此多的细节,姨奶奶?"

"亲爱的,或许你不记得了,但在丹吉尔,那个时候更是这样,显赫家族的那些事都会为人所知,口口相传。因为那家旅店,她成了

---

[1] 芭芭拉·赫顿(1912—1979)是美国的女继承人和慈善家,被称为"贫穷的富家女"。她的生活以成为美国最大的财富之一(伍尔沃斯一家)的继承人以及生活在极度孤独中而著称。

城里很有名气的人物,她举办那些和各界名流的聚会,更有甚者,我们会说,那些是带有淫秽意味的聚会。从美国回来后,她有过很多情人,也是引起了很大轰动。开始是一个贫穷的穆斯林男人,她将那个男人从镇上一个什么行当赎回了,我不记得详情。他被带到旅店工作,像一个模特一样任其打扮,让他在聚会上闪闪发光。"

那是萨米尔,弗洛拉心里想。一切都是真实的。她的后颈、双手开始流汗。她想脱掉外套,但她完全被吸引住了,已经动弹不得。

"他是一个令人不安的男人,一只眼睛上蒙着一块布片,酋长一样的头发会让你害怕得颤抖。后来伊丽娜收养了一个穆斯林小女孩。尽管日期对不上,还是有传言说这是她和那个蒙布情人的女儿,是她婚前在青春期冲动有的孩子,因此她等到那孩子几近长到少年时才收养了她。在与那个美国人闪婚后又很快分开,那正是战争进行的时候,伊丽娜没有踏上过丹吉尔的土地。她不可能是小孩的母亲。后来大家知道了事实:那是她保姆照看的一个小女孩,保姆是一个来自里夫地区的女人,伊丽娜很喜欢她,因为从她出生起,就是这个女人照顾她的。"

安卡拉。弗洛拉在脑海里一点点重塑起小说的故事。

"您知道关于这个小女孩的事吗?她还活着,她的生活怎么样了?"弗洛拉问蕾切尔。

她的心脏仿佛再一次拨动那个桃花芯木的钟表。

"那是一个漂亮的小家伙,一个真正的柏柏尔人,炭黑色的头发。伊丽娜去世后,她就从犹太社区消失了。她从来都没放弃穆斯林的身份。我知道她去了法国、突尼斯,在那里住了相当长的一段时间。"

女仆端着一个银质托盘走进客厅,将它放在小桌上。几个精致的玻璃水杯，一把英国瓷巧克力壶，紫色精美的鲜花配着几个小巧的杯碟，代替普鲁斯特小糕点的是奶油点心和甜奶酪。

"这是皮罗糕点店的点心，阿曼德。我记得它们是你小时候最爱吃的。我接到你的电话就让法蒂玛去买了。我跟你说了的，你今天就一定得来，不然见不到你，今晚我就可能会死去进坟墓了。"

"姨奶奶，你太好了。"阿曼德一边说一边往嘴里放进一块糕点。

女仆给杯子里倒上巧克力。她用法语问太太是否还需要其他的东西。蕾切尔示意她可以离开了。

"为了我的外甥孙，任何东西都是可以的。"她喝下了几小口玻璃杯里的水。

"你累了吗，姨奶奶？"

"没有，亲爱的，今天下午是你们给了我生命。回想起那段时间，我和我的雅各布年轻又幸福的那段日子，让我又重新青春焕发了。"

"你还记得那个小女孩叫什么吗？"弗洛拉问她，随即抿一小口巧克力，将茶杯小心翼翼地放在小托盘里，以此来掩盖自己的紧张和焦虑。

"伊丽娜收养的那个小女孩，她叫什么呢？我和她没有太多接触。"

"或许叫莱拉吧？"弗洛拉递话过去。

"不，不是莱拉。"老太太拿起一块糕点，一直拿在手里。"是字母 A 开头，像是阿丽莎（Alisha）。是的，她叫阿丽莎·利维斯通，因为伊丽娜尽管离婚了，但还保留着那个美国人的姓。她说，一个美国的姓氏给她打开了更多扇门。"蕾切尔满足地咬下糕点。

护身符上是贝莉亚·努尔真正的名字，弗洛拉想，而贝莉亚·努尔只是她写作的笔名罢了。一定是她。伊丽娜的女儿,就是小说里的莱拉。她应该是认出了那个护身符,因为那是她送给保尔的一个礼物。为了让带上它的人找到自己的命运,这是店铺里的那个男人之前告诉我的。我确信,命运对保尔的期望一定是希望他们在一起的。

"你认识作家贝莉亚·努尔吗?"

"认识。"蕾切尔回答说。"我对文学不是很有兴趣,我向来更喜欢杂志。"她笑了笑。"我一直都比较凡俗,我听过,也读到过有关她的事情。"

"您知道她是否就是阿丽莎·利维斯通呢?"弗洛拉问。

"有可能。其实之前在家里举行的一次茶话会上,我的一个朋友也谈论过这件事,现在我是唯一一个还活着的人,我只能和她们逝去的亡灵对话了。"她微微一笑。

"她很年轻的时候有过一个孩子,不是吗?"弗洛拉再次喝了一小口巧克力。

"阿丽莎?有过一个孩子?是当伊丽娜还在世的时候吗?"

"是的,好像是在1951年,那么,可能就是在1952年生的。"弗洛拉想,"12月24日保尔消失的那天,她怀孕的样子还没有显现出来。"

"不,那个时候有孩子的是她的母亲,伊丽娜。"

弗洛拉的肚子凝结成了一个冰块。

"不可能。玛丽娜,我想说,伊丽娜是没有孩子的。她已经年纪太大了,那时已四十二岁了。"

"弗洛拉,你为什么说得如此肯定呢?她是有过孩子的,是一个男孩。因为多种原因,这件事在犹太社区闹得沸沸扬扬。首要的原因是因为她匆匆忙忙地就结婚了。那时，她已经换掉了那个一只眼睛蒙着布片的穆斯林男子，代替他的是一个优雅的法国人，叫保尔·丁格尔。那个男人很帅，有着一双海蓝色的眼睛。"

弗洛拉颤抖了。玛丽娜和保尔结婚了。她点燃一支烟。

"他是旅店的钢琴师，会用一种让你着迷、无法抗拒的声音唱着法语歌曲。"她朝弗洛拉投去一个同谋者的眼神，将另一支香烟放进嘴里。然后有些卖弄风情地点燃起它。"大家都知道他是伊丽娜的情人，更确切点儿说，是男友。后来他们结婚了，因为他们希望有一个孩子。然而，不久后他毫无痕迹地消失了。"她神秘兮兮地吸了一口气。"所以我告诉你们，这是一个被大伙熟知的事情，甚至还上过报纸。不清楚的是，他是否是被杀死的，有证人说看见他和一个男子发生过争执。也有传言说是因为他在战争中留下一笔债务。警方开展过调查，到处寻找这个法国人，甚至询问了伊丽娜，她成了可疑人员，有一段时间里她一直被监视，很恐怖。但是他还是没被找到。没有尸体，没有原因。就像是从地面被卷走一样。没人知道这个法国人发生了什么。"

蕾切尔斜靠在椅背上。她的脸颊显得僵硬。

"姨奶奶，我们让你很疲惫了吧。"

"亲爱的，想起这个结局如此悲哀的故事我就很受触动。伊丽娜·伊万诺娃是让我仰慕的人，她本人和她的生活都让我羡慕。她是一个不简单的女人，随着时间流逝，她那独特的活力也被消磨殆尽。随着那个法国人的消失，那头美人鱼一样漂亮的头发也发生了变化。旅店的聚会也结束了。"

"您说伊丽娜有过一个孩子？"弗洛拉坚持问。

"是的,我确信。她给孩子起了一个父亲那边的苏联名字:伊万。所以,孩子叫伊万·丁格尔。伊丽娜去世时,他大概十八岁或二十岁的样子。我记得他在埋葬了他的母亲后,去了法国索邦大学,这里也是他父亲之前学习过的地方。他没有父亲那么好看,也没有那种谜一样的海蓝色的眼睛。据我所知,他没有再回来过丹吉尔。那时,我们这里已不是国际城市,居民向国外大迁徙。我们很多人,包括阿曼德一家和许多朋友都移民了。城市也发生了变化。"

"那么,伊丽娜很年轻就去世了?"

"六十多岁吧。真遗憾。我现在听说,她是被腹膜炎引起的高烧夺去生命的。"

贝莉亚·努尔在关于玛丽娜的死上也欺骗了我,弗洛拉想。她没有活到老龄。

"那个小伊万和他异父的姐姐阿丽莎,还有联系吗?"

"这个我不确定。阿丽莎没有和他们住在一起,这可以确定。大概在十七八岁的时候,她去了法国学习。"

"那家旅店呢,姨奶奶?它怎么样了?"阿曼德问。

"那个卡斯巴旅店?它还营业。还保留着人们熟知的那个名字,达尔·卡斯巴。伊丽娜死后,她的儿子把它给卖了,现在是一对西班牙夫妇所有。尽管它已经没有了往日的一丁点影子,就像明萨酒店一样,也不再是当年的样子。那个世界,作为国际城市的丹吉尔,你知道的,阿曼德,已经慢慢消失了。它活在了我们的回忆里,活在了我们的怀念里。亲爱的,这就像一种情感状态,不是吗?是一座再也不会有的卡美洛。"

&

夜晚的冷风吹拂着弗洛拉的脸颊。她又点燃一支烟，和阿曼德一起走在意大利街上。蔬菜水果的小车摊前纸板上写着货物的价格。游客的身影、猫咪的出没、香料店铺、陶罐砂锅的铺子，加上餐馆和咖啡馆，形成一片世俗喧闹的氛围。这儿散发着垃圾的味道、粪便的味道、茉莉花的香气，还有一阵阵从港口吹来的微风的味道。

"你的姨奶奶给我讲述了小说里的故事。"弗洛拉说。"除了保尔·丁格尔的名字还被保留着，贝莉亚·努尔和主角的名字都改了。就连结局也是改动过的。我还在激动不已。小说里的伊丽娜没有孩子，有孩子的是莱拉，也就是阿丽莎。父亲也是保尔。"

"她和母亲的丈夫上床了？"

"是和男友，小说里他们没有结婚。"

"她给小说增添了一抹戏剧色彩。"

"或者说更符合肥皂剧的感觉。"

"你认为贝莉亚·努尔是阿丽莎·利维斯通吗？"

"是的。昨天在她家里，她跟我提到了奥斯卡·王尔德的一本书，《谎言的衰落》。她说作家们的作品都不够精彩，因为他们过于受限于现实，王尔德就属于他们这一代作家，她步了王尔德的后尘。我担心她在最令她痛苦的事情上撒了谎，就是她母亲和她爱的那个男人保尔·丁格尔的关系。艺术不应该模仿生活，而生活应该模仿艺术，这是王尔德的话。这正是贝莉亚·努尔所喜欢的。生活应该像她笔下写的那样。用她的话精确地说就是：'我没有说谎，我创作了生活。'"

弗洛拉想到戴德跟她说的话："你看到了吗？我早就告诉过你，亲爱的弗洛拉，作家全都是自我陶醉、孤芳自赏的人，个个都是病理学骗子。"

"你会将你调查到的东西写在博客的文章里吗？"

弗洛拉正准备问他指的是什么博客。

"我不知道。此时我有点糊涂。"

"过了这么多年，保尔·丁格尔这个男人的失踪仍旧是个谜，这简直令人难以相信。失去你的丈夫，你孩子的父亲，你应该经受着沉重煎熬，但不知道他到底是怎么啦……希望在某些场合最糟糕的情况也别让他遭遇更大的险情。"

弗洛拉正在期望着每个月她的肚子都更大一些，希望丈夫思念她。

"你说得有道理。由于某种原因，他和世界上其他邪恶的家伙一起关在了潘多拉的魔盒里。他是最后一个逃脱的。"

她抓住阿曼德的胳膊，他紧紧握住了她的手。她想告诉他，她不叫弗洛拉·林娜迪，而叫弗洛拉·加斯康，是搅拌器和其他电器产品说明书的翻译工作者；保尔·丁格尔只跟她有过一夜情；她来丹吉尔是为了找他，为了调查他到底是何许人也。她沉默不语。有两只小猫围着他们，躲避着他们。他们一言不发地走着。弗洛拉觉得她的生活离她好远，然而，她度过的每一天又都让她历历在目。

"你知道怎样去伊本·白图泰的墓地吗？"她问阿曼德。

"你给我出了一个难题。而且是在晚上。"

"你有一双像猫一样的眼睛。你能在黑暗里看见比你想象还要多的东西。"

"啊，是的。"他笑了笑。"我试试看，以前我是知道路的。"

现在是晚上八点。尚在营业的店铺的灯光照亮着麦地那的大街小巷。市面上售卖地毯、珠宝和陈年布匹，蜂蜜千层蛋糕，香水，阿甘油[1]，摩洛哥人手工缝制的长衫，欧洲球星的 T 恤。街道变得越来越窄，朝着堡垒的方向越来越高。这是一个浑浊不清的夜晚。天空像一条雾气凝结成的小河，在弗洛拉和阿曼德、散落的游客，还有那些在这个属于他们的城市里熙来攘往的丹吉尔人的头顶上空蜿蜒曲折地伸延。

"我们又回到了小集市。"阿曼德说。

弗洛拉笑了笑。

"我们沿着另一条街上去吧，在那条街上试试运气。"他指着汀吉斯咖啡馆拐角的一条街道建议道。

那时候的小集市广场还是热闹非凡。弗洛拉再次点燃一支烟。一方面，她想要回到酒店，在她的记事本上写下蕾切尔·科恩给她提供的信息，一边决定接下来的行动；另一方面，她觉得需要休息，在那样一个寒冷的夜晚让阿曼德拉着她的胳膊。她一点儿也不担心，因此乐意地接受了他表现出的热情。

起风了。湿润的风吹来海洋的香气。在拐角咖啡馆摩肩接踵的人群里，弗洛拉认出了一个男人的身影。看到的是他的背部，穿着一件厚厚的外套和黑色的裤子。她认出了他走路的姿势、他的脑袋和头发。心中立即涌起了一股激流。保尔！她首先在内心里尖叫起来。她放开了阿曼德的胳膊，后者茫然地看着她。

"保尔！"

---

1 摩洛哥坚果，又音译为阿甘，是一种生长在地中海北非地区的碳酸钙半沙漠山谷的山榄科特有种植物，在摩洛哥西南部的苏斯及阿尔及利亚的廷杜夫合共 8280 平方公里的联合国教科文组织生物圈保护区内发现。摩洛哥坚果因其榨出的坚果油用以食用或者美容护肤而受欢迎。

她追在他的身后。那个男人淹没在了人群里。

"保尔!"

她转向通往伊本·白图泰墓地的那条街道。

"保尔!"

她一时热泪盈眶。弗洛拉恰巧看见他的身影钻进了麦地那的那个大海螺壳里。一条街道接着一条的街道。她听见了远处伊斯兰寺院里宣礼员的呼唤声。

"保尔!"

他消失在了她的视线里。在雾气里模糊不清的灯光下,弗洛拉认出了伊本·白图泰的墓地。她几乎不能呼吸了,感到胸膛被压抑,就要晕过去了。守卫墓地的大门紧闭。弗洛拉双手扶在门上,试图站稳不至于跌倒。那里是保尔朝着断臂男子开枪的地方……然后她和玛丽娜就逃走了……"那也曾经是轰动一时的事件。"她想起了蕾切尔的话。她努力地睁开眼睛,咳嗽着……穿着黑色裤子和条纹运动衫的保尔……被海风吹来的保尔……在那个混浊不清的夜晚……保尔,你为什么引导我来到这里?如果我在伊本·白图泰的墓地旁死去,我能像莱拉和她母亲在墓地里讲话那样和你说话吗?……你想跟我说些什么呢?……

14. 王尔德

弗洛拉·加斯康醒来时像具尸体一般冰冷。掀开被子,夜晚逼近她的噩梦还历历在目,她听见了手机铃声,立刻接了电话。是阿曼德。

"你怎么样?昨晚让我有些担心。"

"对不起,阿曼德,我觉得我是太累了,我得彻底把烟戒掉,它让我透不过气来。"

"我偶然想去墓地找你,看见你躺在那里……还好你很快恢复了意识,我觉得你应该去看看医生。"

"我真的很好。只是嘴唇的伤口又裂开了。你吃早餐了吗?"

"没有,我在等你。"

"给我二十分钟。我刚刚睁开眼睛。"

弗洛拉挂断电话,伸了一个懒腰。昨晚,她回到酒店,没有上床休息,立刻开始读起了王尔德的书。她贪婪地一页页地翻着,直到书拿在手中就睡着了,就仿佛贝莉亚·努尔在和她说话一样。弗洛拉标注了一些她觉得对调查很重要的段落:

唯一真实的人，是那些从未存在过的人，如果一个小说家已经低劣到去生活中找寻他的角色，至少他也应该伪装成是他的创作，而不是吹嘘它们是模仿品。小说中人物的正当性不应该由外界来评判，而应该由作者自己来阐明。否则小说就不是艺术作品了。

谜底的关键在女作家那儿，就像从一开始弗洛拉就琢磨的那样。女作家才是这个拼图游戏最重要的一块。弗洛拉感到头痛，几乎无法思考了。

"……创作的小说和生活如此吻合，其真实性是难以接受的。"

"艺术来源于本身，不应该去遵从真实。"

真不错，这个前提已经实现了，弗洛拉一边想着，一边让热水舒服地冲洗她那一夜几乎被梦魇折磨得散架的身子。

阿曼德坐在了餐厅惯常坐的靠窗的桌子上等她。他身穿一件黑色衬衫和牛仔裤，看起来很迷人。向后梳理的头发还湿漉漉的。

"我点了咖啡。"

"谢谢你，我需要咖啡。"

"弗洛拉，昨天你觉得看见的那个男人是谁？你叫他保尔。你觉得是那个失踪的保尔·丁格尔吗？是因为他很像贝莉亚·努尔小说里描述的那个人吗？"

弗洛拉往一块阿曼德拿到桌子上来的烤面包抹上黄油。

"阿曼德，我怎么跟你解释呢。我懂你可能会觉得这颇像妄想狂症，居然在广场集市的人群里看见一本小说里的人物，或者看见1951年就已经失踪的人物。即便这样你还愿意和我一起吃早餐，你真可爱。"

"那个保尔不可能还活着，弗洛拉，他应该只剩下遗骸了。"

"我知道。"

"他消失的时候有多大？"

"三十九岁。"于是弗洛拉决定要把事情告诉他。"阿曼德，我在马德里和一个外貌与保尔·丁格尔长得一模一样或者至少来说很像的男人有过一场奇遇的经历。他戴着小说里描述的同款戒指，皮夹里有一张和《丹吉尔迷雾》里一样像保尔·丁格尔穿着军装的男人的照片。还有，他的床头柜上有这本书，书中有他认真阅读过的痕迹，满是注释和便签贴。"

服务员端来了一个装咖啡的耳罐，还有一个罐子里是热牛奶。

"女士想要鸡蛋饼、煎鸡蛋或者炒鸡蛋吗？"服务员用法语问。

"不用，谢谢。"

"这是什么时候发生的事，弗洛拉？"

"一周多以前。11日，周五，我出去和同学吃晚餐，在一间酒馆里认识了他，然后我们一起过夜。那个周日我们约定好在马德里一家咖啡馆见面，但是他没有赴约。这就是我知道的所有和他有关的事。还有几条他发给我的充满感情的信息和一个没有人应答的电话号码。我买了他读的那本小说，其他的你已经知道了。"

"你来丹吉尔是为了找他，来调查发生了什么。"

"差不多是这样。"

"我可以问一下你的丈夫吗？"

"他是司法部的公务员，沉迷于电视。我们从来不发生争执，或者说几乎没有争执。他从来不会冒犯我，或者说几乎没有亲近过我，所以我们很难有孩子。或许这不是他的错，而也许是我的问题，我年龄太大了，所以一个月接一个月地失败。"

"你们没有一起睡觉是没有帮助的，这是自然的。"

"另外可以说，我们过着一种舒适、完美，完美到像不存在般的生活。"

"你有和他说过这事吗？"

"他说没关系，他是爱我的，只是随着日子一天天过去被消磨了。他总是和他的上司有许多争吵，这让他很厌烦。我觉得他有义务多包容一些，原谅他的上司。"

弗洛拉咬下一口面包。她想，我很真诚，或许过于真诚了。她不能再欺骗阿曼德了。相反，当讲出来时，她感觉很好。

"我和妻子也处于一种相似的境况里。"他说，"结婚三十多年了，我们很疏远，可以说各过各的生活。我没有过情人，我觉得她也没有，但我们共同的生活是没有一点生气了，我觉得我生活在一种麻木昏睡的状态，这种状态让我感到舒适，我不知道如何走出这种状态，或者说我不知道是不是该走出来，我感到恐惧。"

"麻醉般的生活。我的精神分析师说过，这样的状态比打破陈规更容易，因为常规里包含着所有的一切，打破后还有新的风险要面对。"

"你有一个精神分析师，至少，这是第一步，弗洛拉，你在寻找方式解决它。"

"她已经成了我一个很亲密的朋友。"

他们喝着咖啡。

"父亲的死是一个诱导性的事件。我成了孤儿,我会自问我是谁,在我的生命里做了些什么,是否这是我直到死去都想要过的生活。我和父亲有很多事需要解决,因为没有时间,也不知道如何面对,所以我一直在拖延,现在已经没有办法了。他已经离去。我想让余下的时光重蹈覆辙吗?这次回到丹吉尔,尽管我还有些牢骚不满,因为是轮到我来负责处理所有的事情,但是它成了一种逃离的方式。我有机会独自待着,停下加满油的日复一日运作的机器,这机器让你狼狈,消磨你。回到我的起源,我的城市,回到那个我梦想成为艺术家、描绘整个世界的童年,仔细看看我已经变成什么人。还有,我有幸遇到了你,和你分享这样的时刻。"

"丹吉尔是一种卡美洛,一种精神状态,就像你姨奶奶说的。我们迷茫地来到这儿,我们是逃离我们真实世界的人,因为我们不知道该如何对待这个世界。"弗洛拉笑着说。

"我们来到这儿,它过去是一座城市,但现在已经不是了。"
"或许我们会去发现一座新城市。"

"今晚我们去卡斯巴广场的一个地方听传统音乐怎么样?"
"我很高兴。"弗洛拉回答,然后又咬了一口她的烤面包。

&

阿曼德离开弗洛拉又去和律师见面,然后选了一家拍卖行去处理老屋的家具。丹吉尔晴空万里。弗洛拉爬到屋顶平台,从包里拿出一小盒烟,打开来,玩弄着一支香烟,并没有吸,重新将它放回烟盒里。看着直布罗陀海面,一边想着昨晚发生的事。为什么她会跟着保尔去了伊本·白图泰的墓地?如果这不是偶然呢?保尔是出于某种理由引导她去那里吗?

她越来越相信他是想告诉她某些事的。蕾切尔·科恩的话重新回到她的脑海里:"这是一个被大伙熟知的事情,甚至还上过报纸。"弗洛拉离开了屋顶平台。匆忙地沿着利雅得庭院的楼梯走下去,她突然产生了一个想法。

"丹吉尔有报刊阅览室吗?"她问前台的接待员。

塞万提斯学院图书馆取名胡安·戈伊蒂索洛,以纪念这位西班牙作家,果然,那里有一个报刊阅览室。

"您想找什么呢?"一个面容和蔼可亲的年轻女士问弗洛拉。

"1951年12月几个具体日期的报纸。"

"我们有那些日期的《西班牙日报》。"

"我怎么能够找到它?"

她把弗洛拉领到一台电脑前,向她展示了应该如何查找。

"《西班牙日报》有很多伊比利亚半岛的读者,尤其是在安达卢西亚地区,因为它没有遭受佛朗哥统治下的检审,您明白吗?它是自由的报纸。在那个时候,它是很有勇气的。或许到今天,它的精神也是值得学习的。"那个女人笑了笑。

弗洛拉一个人留在了电脑前。如果保尔·丁格尔是12月24日那天晚上消失的,那消息应该很快会在 26 日或 27 日出来。25 日是圣诞节,不应该会有新闻。弗洛拉开始查找 26 日的报纸。她阅读了各种各样的新闻,但是没有一条是和她感兴趣的新闻有关的。当找到 27 日的报纸时,她的幸运来了,报纸的中部有一则消息是这样说的:*伊本·白图泰的墓地处发现一名被枪杀的男子。其身份尚未可知。*

28 日,一处短小的专栏里:

> 伊本·白图泰墓地处发现的死者的身份已被确认为米歇尔·莱丰,法国国籍。战争期间曾在自由法国伞兵部队服过兵役,战场上的一颗炸弹炸断了他的一只手臂。有证人看见他和一个叫保尔·丁格尔的男人发生过争执,此人是达尔·卡斯巴旅店的钢琴师,在平安夜当晚失踪,与枪杀案发生为同一天。警方调查得出结论,保尔的妻子,伊丽娜·利维斯通,也就是达尔·卡斯巴旅店的老板,是最后一个见到他活着的人。经证实,在港口与其碰面后,丈夫再也没回过家。

保尔杀死了那个断臂男子。他应该是在和玛丽娜逃走不久后死去的。贝莉亚·努尔在小说里略去了这个信息,给了保尔一个从丹吉尔逃离的理由。警方正在找他。这是对保尔消失的一个新猜测。然而,报纸和小说有一点是吻合的,玛丽娜是最后见到保尔的人。他会回到那座法式房屋吗?他会在那里遇到萨米尔吗?萨米尔有无数想要保尔消失的理由,莱拉(阿丽莎)也是一样的。她的情人和她母亲结婚了,而且他们很快会有一个孩子。玛丽娜(伊丽娜)也有理由吗?就像小说里讲到的,她已经发现了女儿和丈夫之间的关系?贝莉亚·努尔的真实到达什么程度？艺术模仿那个未经雕琢的部分，真实生活到达什么程度？虚幻是从哪里开始到哪里结束的？这些是弗洛拉离开塞万提斯图书馆时的思考。

弗洛拉沉思着走在街上，决定路过警察局取回自己的证件。她不能再推后和阿布德兰检察员的见面了，而且两天后，她也需要拿到她的护照回到西班牙。拐过麦地那街区最窄的一条巷子，她听见车轮胎吱吱嘎嘎的声音，一辆车子朝她冲了过来。弗洛拉跑向人行道，车子也冲了上来，但在最后一刻，车辆没有碾压她，而是避开了她，继续飞速地朝下面的街道驰去。没有人走近弗洛拉，只有她周围的几个人看着她。她再一次觉得呼吸困难，胸口憋闷，脸颊发胀。她倚在墙上，试图恢复顺畅的呼吸。她走在街上时，过分地沉浸在了对保尔失踪的各种猜测中，是她没有看见车子，还是车子故意去撞她呢？

她开始朝警察局走去，心脏的跳动带动着整个身子。她咬到了第一天跌倒嘴唇上留下的伤口，伤口又出血了。淡定，她心中想。只是一场意外，还是另有隐情？

阿布德兰检察员很快接待了她。当进入那间小办公室时，他那木质的香水味让弗洛拉感到心绪不宁。办公室干净、整洁，只有旁边餐馆一股油炸的气味不时地渗透进来，扰乱了各个角落的清静。

"我相信您今天会来取走您的证件。"

"没有它们，我无法离开。"

"您发生了什么事？好像您受到了惊吓，您的嘴唇在流血。"

"我朝这里走来的时候，差点被车撞了。尽管我走路有些分神，但我相信在穿过街前,我是看过的,可那辆车突然朝我冲过来。"

"您认为是故意的?"

弗洛拉在回答前迟疑了。谁要撞她呢?

"我想只有疯子才会吧。"

"您记得车子是什么样子吗?看到车牌了吗?"

"没有,它开得太快了。是绿色,很破旧……我没法给您更多的信息了。我朝着人行道跑去,好几分钟我都惊魂未定。"

"您在丹吉尔有认识的人吗?您跟某个人联系吗?"

"我认识阿曼德·科恩;对,我是在我住宿的酒店刚刚认识他的,我们已经成了朋友。他出生在这里,虽然他现在居住在法国。"

"塞法迪犹太人?"

"是的。"

"还有谁呢?"

弗洛拉犹豫了。"大胆地冒险一次吧,亲爱的。"是戴德的话促使她带走那个护身符,而正是护身符为她的调查提供了不少帮助。

"作家贝莉亚·努尔。您认识她吗?"

他看上去并不惊讶。

"当然。她为柏柏尔民族的权利作了很多努力。"

"她就是柏柏尔民族的。"

"我知道,我也是。"

弗洛拉看着检察员的眼睛,他发现这双眼睛在盯着她的眼睛。那是一双天生美丽的眼睛,就像玛丽娜说的。

"所以您在调查柏柏尔族物件被窃的案子,对我被偷的护身符如此感兴趣。"

"不仅仅是因为这个。您检举了一个被窃案,这和之前其他检举案没什么不同。尽管我对原来的案子特别感兴趣,我也不会拒绝你揭露的这件事。贝莉亚·努尔给我打过电话,告诉我关于他朋友护身符的故事。"

"我给过她您的名片。"弗洛拉说。

"我知道。"

"那她跟您说了什么呢?"

"这是保密的。"

"她写过一本关于保尔·丁格尔失踪的小说。或许您也看过。一个同名男子 1951 年 12 月 24 日在丹吉尔港失踪的事情是真实的。但从来没人知道关于他的事。小说里和那个时候报纸上所说的是同一个事件:最后看见他活着的人是他妻子,我觉得有人会去怀疑她,而最后什么都没有被证实。小说有些歪曲现实,尽管小说提了被她收养的那个年轻女孩和她丈夫的关系。"

"我知道。"阿布德兰检察员重复道。

"您知道?您读过小说?"

"贝莉亚·努尔女士称您为弗洛拉·林娜迪。"他着重念了姓氏。"您可以给我解释一下为什么您要换作另一个人,为什么您对贝莉亚·努尔女士和她小说里的那个人物如此着迷,甚至幻想和他有过一段际遇呢?"

弗洛拉沉默了一会儿。

"那是一个真实的人,有血有肉的男人。"她觉得喉咙里有着一团火。"不到两周前我和他上过床,是在马德里,他还给我发过信息。"弗洛拉无法相信自己刚刚给检察员讲出的话语。

"您偷了贝莉亚·努尔女士的护身符？"

"您在说什么呢？是保尔丢在酒店房间里的，我捡到它是为了还给他。您看 wasap 上的信息。"

弗洛拉拿出手机，找寻和保尔的聊天记录，把信息展示给检察员看。

"我觉得这些内容相当有个人特点和想象性质。它们谈到巴黎的解放。他要乘坐一架飞艇去寻求解放，我不知道他要去哪里。"

弗洛拉想，我的天啊，跟一支孕妇大军一起去超市，这是我不能告诉他的。而与此同时，丈夫正在买鲭鱼罐头。她的呼吸变得困难起来。

"您来丹吉尔的真正目的是什么？去追寻那个作家让她给您讲述她笔下的人物，然后告诉您他在哪？"

"您是在说我得了妄想症吗？我非常清楚我跟谁睡过。"要是戴德听见我的话，弗洛拉想，她一定会骂我，这些荒诞的故事已经把我带去哪里了。"我没有偷窃护身符，"呼吸一口气后，她继续说，"我是被偷了。保尔·丁格尔存在过。您去一下报刊室，可以从报纸上证明我说的话。"

"那您怎么能和他睡觉呢？如果您不介意，我想问您不是说他在1951年就消失了吗？您是和他的幽灵一起睡的吗？"

"您在嘲笑我吗？"

"难道有一个骗子？"

"很有可能。有个长得跟他很像的人，假扮保尔。"弗洛拉陷入了沉思。

"真的吗？您别再带着您的幻想去打扰贝莉亚·努尔女士了。她年纪大了，身体很柔弱。"

弗洛拉想告诉检察员，贝莉亚·努尔是小说里的另一个人物：莱拉是现实生活里的阿丽莎。

"为什么您喘粗气？"

"您觉得我是一个疯子？"

"我没有，加斯康小姐，这是事实。"

弗洛拉累了。这是她第一次用法语进行争吵，继续这样下去，她可能会被送进摩洛哥的疯人院。戴德可能会直接叫她堂吉诃德。

"您找到护身符了吗？"

"还没有。您有这个护身符？"

"我已经跟您说过了，我在哈曼澡堂被偷了。我也没有找到保尔·丁格尔。一个已经失踪的男人，这是我可以告诉您的。"

"1951年还是2015年？"

弗洛拉正想用骂人的西班牙语表达愤怒，她又一次深呼吸，再一次咬了下嘴唇。

"它在流血。"

她听见了戴德的声音。"亲爱的，你还在检察员面前自残吗？"她从包里拿出阿曼德的手帕，将它敷在伤口处。

"您还没有告诉我为什么要使用一个虚假的名字。"检察员坚持问。

钻进另一个人的壳里最终还是给她带来了很多麻烦。

"它不是假的，林娜迪是我祖母的姓，可以说，我是用它来作为我的笔名。我在写一篇文学博客，或者说我将要写这样一篇博客，然后我就是这样介绍自己的。"

"我会去查证的。"

"您准备查证什么?我还没有开始。请您把我的证件还给我,护照和身份证,劳驾,我应该走了。"弗洛拉将嘴唇上的手帕贴得更紧了。

"还不行,加斯康小姐。我们需要将证件保管一天,直到做完一系列调查。"

"是我被偷了,我才是被意图撞伤的受害者。"

"刚才,我是更倾向于事故这个问题的。"

"我觉得我离保尔发生的事情真相在越来越近,也许已经足够近了。"

"您指的是小说里的那个人物?"

"我已经跟您说过,这也是一个真实的人物,一个连警方都还未解决的案件。"

"那是法国人负责的事情,不是我们的职责。"

"那如果您有这个权限,您就来解决吧。杀人罪从来都没有明确规定权限,不是吗?现在请您把证件还给我。"

"您明天再来吧,我们看看到底发生了什么。同时,记好了,不要因为将他想象成一部小说里的人物再去打扰任何人,除了作者。"

"我们看看是谁在打扰谁。"

弗洛拉砰地一声把门关上,离开了办公室,一股令人窒息的闷热压抑在她的胸间。她怎么能用法语对摩洛哥的一个检察员这样讲话。近些年来，她只能用这种语言解释如何榨汁或吸地毯。她拿开了嘴唇上的手帕，看见刺绣的首字母，A.C.，阿曼德·科恩（Armand Cohen），脑子里突然出现了贝莉亚·努尔用的那张丝绸餐巾布擦拭嘴唇上巧克力的样子。当时弗洛拉将刺绣的东西解读为罗马数字 XI 或者是 II。错了，她在心中琢磨。

II，表示伊丽娜·伊万诺娃（Irina Ivannova）。

床罩，房子，现在又加上餐巾布。贝莉亚·努尔就是阿丽莎·利维斯通。弗洛拉将去证实这个身份，而且她已经知道如何去做了。

15. 坟丘

弗洛拉行走在人行道上，几乎是贴着墙壁走。她小心翼翼地注意着周围的行人和来来往往的车辆的声响。她向一个穿着漂亮长衫的女人询问哪里可以找到一家花店，那个女人告诉她仅隔两条街之外就有一家。

她在那儿买了一个玫瑰花篮。据说，红玫瑰是爱情的象征。

"您可以在一张卡片上为我写上'献给我亲爱的阿丽莎，保尔'这样一句话吗？"她问接待她的那个男人。

"好的，女士。"

"谢谢。"

随后，弗洛拉乘坐一辆出租车到达贝莉亚·努尔的家。当车辆在那扇黑铁栅门前停住时，她的心跳在加快。她付过车费，下车来到街上，脑子里一遍遍重复着接下来要做的事。她扫视周围，找到离房子不远的一处地方，从那里或许可以证明门是否打开着，她有没被发现。正对面一家有一扇拱形门的小旅舍。弗洛拉躲闪在那里，如果大门开着，花就会被收到，她是可以看见这一幕的。拱形的墙壁将她的视线挡住了。她复又穿过街道，摁下门铃。现在是午后两点，应答的是和两天前同样的声音。

"阿丽莎·利维斯通女士是住在这里吗?"弗洛拉用准确而平稳的法语问。

"是的。"

"我带了些花给她。"

弗洛拉几乎透不过气来。栅栏门吱吱呀呀地打开了。

"请进。"

"我把它放在这里,我有急事。"

弗洛拉将花篮放在门厅,快速地将自己隐藏起来。是她,她早已知道了,弗洛拉心里想。肯定是这样。贝莉亚·努尔就是莱拉。

那天在家中给弗洛拉指路的女人探身到街上看了一会儿,拿着花篮朝两边看了又看,想找寻是谁送来的花篮。她鼻子贴近花篮闻了闻,吸了一口气,笑了,转身就把门关上了。

当卡片上以保尔的名义送的花篮交给她时,贝莉亚·努尔会是什么反应呢?她会想到是她弗洛拉干的吗?她会不会再次打电话给检察员,说是又一次被骚扰?她为什么要这样做呢?

弗洛拉点燃一支烟,一动不动地吸着。这不是放弃吸烟的好时候。她感到背靠的门厅墙壁冰凉。她的手机响了,是母亲。

"弗洛拉,你好吗?"

"一切都好,妈妈。我不能和你说太多,我现在正要出席一个会议。"

"我抓住你永远都不是时候,我真是没有运气,可现在是吃午餐的时候。"

"这里的午餐要早些,是欧洲时间。"

"那里是欧洲时间?"还没等弗洛拉回答,她补充道,"我发现你丈夫很悲伤。"

"应该又是他上司让他这样。"

"我觉得他在想你。你明天就回来对吗?"

"不,是后天。"一想到回去,弗洛拉的胃就开始翻腾。

"他跟我说要给你一个惊喜。他不想告诉我这个惊喜是什么。我能套出的只有他想给你更多幻想。"

弗洛拉挑了挑眉。她不在的日子已经让他更换生活方式不再只是遥控电视机了吗?

"你不要让我好奇了,到时候看看是什么吧。"

"你答应过我的。好的,女儿,你要好好照顾自己。你不要喝太多酒。你戒烟了吗?"

弗洛拉在鞋底熄灭了烟头。

"基本戒掉了,只是有时会抽,一下戒掉很难。"

"好,尽管很难,但你要坚持去做。"

"吻你,妈妈,再见。"

弗洛拉将手机放进包里。她丈夫会给她一个惊喜?他会不会想到丹吉尔来?我已经告诉过他钱的事情,阿曼德已经解决了。他向上司在圣诞节前夕请了几天假,是为了来这里陪她吗?如果他真的来了,她要怎么向他解释她没有会议,而是有一个警察局的检察员扣留着她的证件,直到证明她不是一个发疯的骚扰犯,因为她一直告诉别人她和一部小说里的人物一起睡过?弗洛拉又点燃了一支烟。

正当她准备离开去找一家餐馆吃点东西时,铁栅栏门打开了。她本能的反应,将背更贴紧在门厅墙壁上。贝莉亚·努尔蒙着一块蓝色的头巾，戴着一副遮住半张脸的墨镜，穿着绣花长袍，披着浅咖啡色的毛披肩，胳膊上挂着那个在约瑟芬公寓出现过的拼图包，走到了街上。弗洛拉担心烟雾暴露了自己，掐灭了烟头。她觉得自己有些滑稽，然后又再次点燃了它。一分钟过后，一辆咖啡色的奔驰车停在贝莉亚·努尔面前，一个身穿灰外套的男子下车为她打开车门。她坐在后排的位置。那个男人回到驾驶座位，车辆启动了。弗洛拉心想，她要去哪儿？现在是两点，很快她该去约瑟芬公寓享受普鲁斯特玛德琳小蛋糕了，看上去她是那么的优雅。

她从藏身处走出来。这时一辆空出租车沿着街道下来。她叫住了它。司机是一个年轻小伙，冲她笑了笑。

"您能跟上那辆停在红绿灯前的咖啡色奔驰吗？您设法不要跟丢，拜托了，里面是我的姨妈。"

小伙似乎觉得这个提议有些好笑，因此他又笑了笑，说这像发生在电影里的情节。

"是的，您不要跟丢了，拜托。"

咖啡色奔驰驶出城外，上了一条海滨公路。天空放晴，尽管现在是12月，太阳依然灼热。直布罗陀海峡看上去像一个蓝色的盘子。

"您知道您的姨妈要去哪里吗？"司机问她。

"还差一点就到了。"她编造说，尽管她开始担心贝莉亚·努尔要去某个远离丹吉尔的地方，或者开始一段旅行。但弗洛拉想，她没有带任何行李，只有那个拼图包。

慢慢地出现了各式橙色岩石。弗洛拉想起了大力神洞，那是城外的一处景点。她向司机打听了这个洞穴，司机给她指了他们刚刚经过的附近。突然，奔驰车减慢了速度，驶出了公路，沿着沙地开了几米。

"您放我在这里吧。"弗洛拉向司机请求。

"您不要带走您的姨妈?"

"我要给她一个惊喜。您可以在两个小时后回来找我吗?"

"这里吗?"

"是的,就在这里。"

"我把我的电话留给您,您给我打电话。"

这里是一片荒凉的海滩,被海水拍打的岸边有着各式的岩石。弗洛拉害怕贝莉亚·努尔的司机或者她本人发现被跟踪,从出租车下来,隔着大约五十米的距离看见一些可以藏身的岩石,告别了司机,她跑向那片岩石后面,坐在了沙地上。她感到有些冷。我来这里干什么?她想。她之前希望贝莉亚·努尔会去某个能给保尔的故事一丝线索的地方,但是,看起来她是要去海边,或许是在海边阅读普鲁斯特,因为这里的阳光很好。

弗洛拉看见贝莉亚·努尔从奔驰车下来。她拄着一根拐杖,似乎就是那天她为了缓解全身的病痛所用的拐杖。她向司机交代了几句,车辆重新驶向公路,朝着丹吉尔方向开去。那片透着大海忧郁气氛的荒凉地方,只有她们俩。弗洛拉的藏身之地距贝莉亚·努尔只有一百五十米。

天空中海鸥盘旋鸣叫,好不热闹。云层在一束耀眼的光亮下散成了碎片。贝莉亚·努尔朝着离海滩更远的一些岩石走去。她肩上挎着那个拼图包,在沙滩上走得很缓慢。每隔一刻,她就会停下来,喘口气,拄着拐杖凝视天空,在冬日的蓝天里寻找力量。弗洛拉看见她在一些古铜色尖削的岩石间消失了,那些岩石形成了一个拱门。她点燃了一支烟,犹豫不决起来:是走过去一定发现她呢,还是继续躲藏着等待她重新出现呢?还是等待吧!五分钟过去了,十分钟过去了,她又点燃了一支烟。她注视着波浪破碎后泛起的温和的泡沫,那些泡沫都很小,渐渐地她感到不耐烦起来,于是决定走出来靠近贝莉亚·努尔消失的地方。"冒一下险吧。"她再次想起她的戴德的话。难道我冒的险还少吗?

弗洛拉脱掉鞋子,赤脚踩进热乎乎的沙地上。这是一个荒凉孤寂的地方,仿佛是世界的尽头。除了她和一个老太太在一片悲戚的岩石间,没有其他任何生灵。海滩让她那幽灵般的步伐放缓。地平线上是一片幻景。随着她渐渐地靠近,她发现岩石之间有一个洞口。她加快步伐,看到尖石间的拱门面临大海。沉寂间出现了生气。一只海鸥的叫声打破了沉寂,让她吃了一惊。弗洛拉探身洞的入口,看到了她。她背对着洞口。弗洛拉看到了贝莉亚·努尔摘下了头巾,一头及腰的黑发披散在背上。这是阿米娜的黑发,弗洛拉心想,是莱拉的黑发,是柏柏尔巫师才有的黑发。这头乌发她将保持到暮年,甚至到她死亡都不变,她在小说里读到过。太阳的光束从入口处射进去,地面变成了橙黄色。

贝莉亚·努尔朝洞穴的入口处看了一会,弗洛拉藏了起来。她等待着,屏住呼吸。她听见一种她不懂的语言的话语,回音是一声冲向外面的叹息,然后消失在虚无缥缈中。弗洛拉再次探身大洞口时,看到那个老太太趴在一个大约两米长的大土丘上,胳膊交叉成一个十字形,披散着的头发像一团海藻,身旁有一本书。时间在大海的泡沫里融化。贝莉亚·努尔的呼吸很深沉,犹如从洞穴中处出来的。弗洛拉心想,她睡着了。她睡在一个土丘上,书的旁边可以看到一根爱神木枝条。她想，这是一座坟墓，没错，一座坟墓。小说中多次提及。莱拉躺在布拉基亚墓地妈妈的坟墓上，"女巫们就是这样跟亡灵进行交谈的。她们全躺在坟墓上，在梦里说话。"

贝莉亚·努尔闭着双目，面庞恢复到青春时期，头发仿佛是一片幻影。弗洛拉俯身下去，看到书就是马塞尔·普鲁斯特的《追忆似水年华》的第一卷，即《在斯万家那边》。玛丽娜这样说过："*莱拉永远深陷在了她的阅读里*"。书页已经泛黄，显然是一个老版本，是法文版。书页的边白写满了批注，贝莉亚·努尔的手掌朝上，弗洛拉在一个手掌上发现了那个柏柏尔护身符，那个在哈曼澡堂她被偷走的南部地区的十字架。弗洛拉摸了摸，还带着余热。她将它翻过来，上面的文字正是：阿丽莎。是她从我这儿偷走了现在却企图归罪于我。弗洛拉从包里掏出手机，拍下了一张照片，准备拿给阿布德兰检察员看。当她看照片效果时，她发现在那张照片上很难认出是贝莉亚·努尔。她把手机放起来，继续观察这位女作家。坟墓，爱神木枝条，普鲁斯特的书，梦中的对话。弗洛拉退后了，泪水夺眶而出，她的胸膛在燃烧。

这是一座坟丘。是保尔·丁格尔的坟丘吗？

16. 红头发

咖啡色的奔驰车沿着这条孤寂的公路驶来,到达岩石处时慢慢减缓了速度,停下来等待。从她自我保护的藏身处,弗洛拉可以在贝莉亚·努尔从她的梦境里醒来之前观察她,她就像拐杖旁的一个幽灵。弗洛拉想,和死者的对话会耗费她的精力吧。贝莉亚·努尔重新把头发藏在了头巾里,戴上遮住一张已经年老面容的太阳镜。司机扶她上车,一个转弯后,朝着城里的方向驶去。

只有弗洛拉、海鸥和对她冷漠无情的大海留在了这片贫瘠荒凉的沙地上。阳光变淡,她回到洞穴,坐在坟头前。那是一座孤独的坟墓,周围死一般寂静。她脱掉鞋子,躺在上面,一阵寒战穿过她的整个身体。她闭上双眼,一身冷汗,颤抖不止。我来这里做什么?保尔,我看见了你的眼睛、你的双手,以及镶嵌着灰宝石的银戒。保尔,你是那个被杀害的男人吗?还是那个逃走了的男人?或者,保尔,你是一部小说里获得生命的人物?难道你们俩是同一个人?你们中间谁才是躺在这座坟墓里的人?可以杀死一部小说里的人物吗?我的身下有一堆男人的白骨,一堆可以造就一位女作家的笔墨及其想象的白骨。

戴德的面庞突然出现在了弗洛拉的脑海里,那张面容总是以平面形式出现在她的电脑屏幕上,这让她想去布宜诺斯艾利斯拥抱她。"弗洛拉,你失去理智了吗?立刻从坟墓上起来,别再搞这种堂吉诃德式的荒诞行为,别再玩那种幽灵游戏,停止你的文学侦探游戏,回到你家里做你该做的事,否则,你想最终进疯人院?"

弗洛拉回到公路上。她花了十多分钟出租车司机才接到她的电话。跟开始一样,信号不太好。

"女士,我正准备结束服务。"他终于回答道。

"我恳求您一定要来,或者您告诉一位同事我在哪里,无论如何也不能把我扔在这里。"

半个小时后,出租车在远处出现了。弗洛拉从公路旁的水沟边挥着手。她想,我在这里,在这片大海和死亡的地方。出租车停下来了。

"我回城里。"弗洛拉对他说。"请告诉我,您知道在哪里可以买到一把铁锹吗?"

"铁锹,女士?"

司机从后视镜里看了她一眼。弗洛拉的外套上沾满了沙子的痕迹。

"是的,用来挖土的。请带我去买一把吧。"

弗洛拉回到酒店的房间给阿曼德打了电话。她买了一把铁锹和一个大号的手电筒。无法平静的她拿起放在椅子上的衣服,收拾好洗漱用品,脑子里进出一个接着一个的想法。阿曼德在通话中。她需要吸上一支烟。相比那穿过皮肤、呼之欲出变成隐形气泡的肾上腺素,现在那个房间小得让她窒息。她想,如果真相存在,了解了真相,那就对发生在这个叫"保尔"的人身上的故事有了一个答案,他们就像城里的叶子花、像老式花园里的茉莉和忍冬藤一般繁育出现,而一个保尔却是一个人。一个角色,一个幻想,也是一份希望。是无数女人的保尔,却终究又不属于任何一个女人。玛丽娜(伊丽娜)的保尔,莱拉(阿丽莎)的保尔,我的保尔。还有那个有着一双海蓝色眼睛、皮肤可以预测他墓地的保尔。来自大海又靠着大海安息的保尔。或者不是这样?他还活着?可恶的家伙,他还是死了?他乘着带翅膀的风踏遍世界,将一个女人的渴望传递给另一个女人,这是一种背叛的传递,从艾莎·坎迪沙带走,又转来送来给我,如此这般,无限循环,弗洛拉想,这是一段心灵肆意妄为的长途旅行吧,从一个世纪辗转到了另一个世纪,不是吗?如果这个永不停歇的圆盘可以暂停下来的话,那最终总会有人让它停止。但是在知道我究竟经历了什么,为什么我会陷入这个地狱的彷徨中,又或者是我的尸骨装在海螺壳里,在海藻中间腐烂之前,弗洛拉还是在她的笔记本里记下了信息。

手机响起了。是阿曼德。

"你在哪里?"她问他。

"回酒店的路上。你今天怎么样?"

"我在屋顶平台上吸烟等你,我给你仔细讲讲。"

"我二十分钟就到。"

三支烟过后,天际染上了一抹火红色。她喝下一瓶加可口可乐的朗姆酒,瞄了几眼手机,有她妈妈打来的两个未接电话,没有丈夫的电话,她担心他已在来丹吉尔的路上。弗洛拉试图给戴德打个电话,没有成功。绕着屋顶平台来回地徘徊，平静的海面被染成紫红色，直到阿曼德到来。他的眼睛和走路姿势都像猫似的，一只手拿着画本，另一只手拿着一盒画笔。

弗洛拉几乎没给他坐在皮凳上的时间，就让他继续完成给她的画像。当她详细地向阿曼德讲述那天下午发生的事情时，她仍旧难以平静。

"保尔的墓地？"

"我觉得是。所有的一切都表明这个结果。如果不是，贝莉亚·努尔躺在一座坟墓上睡觉干什么呢。柏柏尔人就是这样埋葬他们的死者的。我买了一把铁锹，一个电筒……只差一把十字镐，现在我们只需要一把镐。我只想去证明那是一座墓地。只要发现有一丝迹象，就足够了。"

"你告诉我，你是想让我们去挖掘一具尸体，然后再通知检察员，你是这样想的吗？"

"如果阿布德兰检察员已经把我当成一个骚扰贝莉亚·努尔的疯女人，你想一下，如果我告诉他我跟踪了她，发现了一座坟墓。幸好保尔失踪时我还没出生，否则他能控告我是罪犯。"

"他要得到什么样的证据才能把证件还给你呢？我觉得你应该打电话给西班牙大使馆，弗洛拉。我不知道在丹吉尔是否有领事馆，使馆应该在拉巴特。我们去挖掘死人的尸体可是个很严重的问题。"

"所以我需要挖掘它。因为如果坟墓里有一具尸体，那是贝莉亚·努尔将我们带到那里去的，她就得就此作出解释。如果坟里什么都没有，检察员就会再次指责我是妄想狂或者骚扰者。在跟他谈话让他把证件还给我之前，我必须心中有把握。"

"我不知道扣留证件是否像他说的那样是合法的，一整天了都没给你任何理由。"

"是贝莉亚·努尔让我陷入这个境地的。我觉得她是想让我无论如何要走开，放弃打探小说和发生在保尔身上的故事。"

"如果检察员扣留你的护照，这个计划对她也不会有什么好处。"

"如果我们开始挖掘，只要露出一块骨头，我们就停下来，我去告诉阿布德兰。"

"我无法相信我们正在谈的事情。"

"我也无法相信。"弗洛拉又点燃一支烟。

"即使贝莉亚·努尔知道坟墓在哪里，也不能证明是她杀害了保尔。"

"我知道，或许她只是知道保尔埋葬在哪里。有人肯定告诉过她地点。但是，是谁呢？萨米尔？"

"萨米尔？"

"就是那个一只眼睛蒙着布片的穆斯林男子；你的姨奶奶确切地告诉我们，保尔出现前，他是玛丽娜的情人，我说的是伊丽娜。第一个想要伤害他的理由是激情犯罪。第二个理由是走私武器。萨米尔利用玛丽娜用作走私烟草的钱财和渠道向摩洛哥独立运动者倒卖武器。保尔将这件事告诉了她，给她解释了他和萨米尔之间的争吵。我突然想到，保尔会以将事情告诉玛丽娜为由威胁他，如果萨米尔说出他和玛丽娜的女儿还有一段爱情奇遇。"

"当然，萨米尔肯定是死了。"

"如果小说和现实相符的话，事情就是这样了，我不知道。萨米尔死于1952年摩洛哥独立的战乱中。贝莉亚·努尔是唯一可以给我们阐明这件事情的人。你的姨奶奶看起来没有更多的信息了。她真正感兴趣的是伊丽娜。"

"那么说，所有人都死了，除了贝莉亚·努尔。"

"玛丽娜虽然怀孕了，但她也有杀死保尔的理由。而贝莉亚·努尔比起这个玛丽娜或者伊丽娜有更多杀害保尔的理由。毕竟保尔是和她的母亲结婚了，他们还将有一个孩子。"

"如果他被杀了，如果凶手不是这个女作家，那最肯定的就是杀人凶手和他一样也死了。"

"阿曼德，我在哈曼澡堂被偷的那个护身符在她那里。我猜测，是刻着她的名字给保尔的。她一定是告诉了某个跟踪我的人，告诉他一旦有机会就从我身边偷走它。而我的证件出现了，这是为什么呢？如果她想让我离开，让我不要再过多参与到她的故事里，那么，没有护照会更加麻烦。"

"她为什么想让你离开？"

"她知道我在马德里认识了保尔，当我们在约瑟芬公寓碰面时，我的脖子上戴着那个护身符。那天，她邀请我去喝咖啡，告诉我说，最好是我忘掉所有的一切，回家去。"

"或许她只是想收回她的护身符。"

"那她为什么不向我要？为什么不告诉这是她的，是她送给保尔的？她为了不让我把她和阿丽莎扯上关系。如果她想隐藏姓名，那也许有她的考虑；她会以笔名写一些东西，而我也有一个文学博客。我猜想她不想让我轻易地弄明白和保尔有关的事，只是些冗长的线索和文学伎俩罢了，我也想过为什么。"

"如果我们找到点什么呢？"

"那我就给阿布德兰检察员打电话,我再跟你重复一遍。让贝莉亚·努尔自己给检察员解释为什么她会知道保尔葬在哪里。这是一起连警方都不能破解的案子,因为他们找不到尸体。如果他逃走了,永远也不会有人知道,因为他是在那个断臂男子死后或者说断臂男子被杀害后才死的。如果贝莉亚·努尔没有想隐瞒,她会告诉警方她去的那座坟墓里埋的是谁。阿曼德,我的心声告诉我,我会走到这个故事结局的。已经过去了六十年,而保尔的消失仍然是个谜。"

"假设我们发现了尸骨,如果他是1951年死的,怎样能知道这堆尸骨就是保尔·丁格尔呢?应该没有留下和他有关的东西可以指明他的身份,除非化验尸骨。"

"阿曼德,我们应该明白,确实还有很多是我们不了解的事情。或许答案在那个孩子身上,在伊万·丁格尔身上,他发生了什么。贝莉亚·努尔或许也可以在这里抛出一点启示,那是她同母异父的弟弟。"

"几天前,我从来没想到,当你拖着行李向我问询酒店地址时,那头红发和迷茫的面容,会演变成我们在这个屋顶平台上苦思冥想地探究一个失踪的男人,或者说正计划去挖掘他的尸骨。"

弗洛拉抚摸着他的一个膝盖,笑了笑。

"这也是我所想的。我们需要租一辆车去那儿。这个时间,所有车行都关门了,除了机场的车行会营业到十一点。我从网上租了一辆车。我们带着一把十字镐和一把铁锹去乘出租车不行吧,你看呢?我们现在去取车,这样可以在凌晨出发。五点怎么样,五点半大概天亮了,我们延迟一个小时到达,正好天亮了。"

"弗洛拉,如果有人发现了我们呢?"

"那儿除了海鸥和一条尘土飞扬的公路,什么都没有。通过手机的定位导航,我可以找到精确的位置。"

"如果我们什么都没找到呢?"

"那样,如果他们还回了我的护照,我就回马德里。"

"我会想念你的。不是每一天都可以调查一部小说里的凶杀案,计划寻找一具尸体。"

弗洛拉笑了。

"我们去机场吧,然后吃点晚餐,或许传统音乐会对离别的明天有所助益,现在我们有些东西需要调查。"

&

那天晚上,弗洛拉在那张完全属于她的床上做了一场独特的噩梦。她听到风吹的声音,接着一条空中的蛇从院子的小窗户潜入室内,在清晨中吹起她的头发,一边给她梳理一边不停地向她预示一些信息,对她说,我在这儿等你,你心中明白,你不要再耽搁了,我在伤心地哭泣,因为太阳光照晒着我的尸骨,因为有人无耻地将我从这堆土里挖走,他们是在跟现在一样的风夜里把我埋在这儿的。

接着,他出现了,哼唱着艾迪特·皮雅芙的歌曲《玫瑰人生》,钢琴的琴键在空中飞舞,占据着整个房间:那人身穿一件白色外套男式礼服,站着的正是保尔,从她的床脚处看着弗洛拉,一双蓝眼睛,模糊的微笑;你看,他用那撕裂的声音对她说,我几天前就在等你;他慢慢地向她靠近,想用那只透着光亮、戴着那枚灰宝石银戒的手去抚摸她的脸颊,亲吻她的嘴唇,而弗洛拉只感到一股寒气,一股突然消失的从开着的门中吹进来的冷风。那又是一个弗洛拉的不眠之夜，她浑身大汗淋淋，一直睁大眼睛凝视着那个贴近她肌肤的幻影。她喝口水，证实了一下钟表的时间：四点零八分。她又躺下来，在痛苦的折磨焦虑中睡去。

五点，响起了敲门声。是阿曼德。

"我们还来得及放弃这个计划上床睡觉。我突然觉得自己像个亵渎坟墓的人。"

弗洛拉笑了。

"那是因为有坟墓。如果没有，你去亵渎什么呢？我建议我们先到那里，我让你看看那个地方，然后我们再做决定。"

他们之前将从机场取来的车停在了卡斯巴广场上，后备厢里已经放好了铁锹和电筒，没有十字镐，他们没有办法在开门的商店里找到镐这种。弗洛拉开启记在手机里的定位，他们出发了，将那座在最后的睡梦里跳动的城市抛在了身后，深入到那条灰色海滨公路。整个路程中他们都没有说话，只是时不时相互看一眼，笑一笑。阿曼德开车，弗洛拉负责监视导航。他们是一个团队。她和丈夫从来没有过这样的感觉，甚至在他们的初婚时期都没有过。"亲爱的，恐怕你们是来自不同星球的人，星际关系总是难以开启的，你一定是《星际旅行》的忠实痴迷者。"这是戴德经常对她说的话。亲爱的戴德，我该如何跟你讲述这场冒险之旅？她心里想。"下到城堡的地牢，而不是去一座墓地。弗洛拉，你走得太远了。"然后呢？弗洛拉印象里是一生第一次做这样的事，她总是待在很近的地方，不敢冒险去更远处。她已经习惯了安全感带给她的厌烦，她学着生活在一种痛苦和舒适共存的环境里。

"就是这里。"弗洛拉说。

伴着清晨微弱的光亮,现在她能认出这处地方。阿曼德将车子停在公路边,弗洛拉从车上下来时更加伤感了。海鸥带着它们的身影尖叫着,好像要提醒他们将要展开的行动。打开车后备厢前,阿曼德看着弗洛拉的眼睛。

"你确定吗?去警察局不是更好吗?"

"您看,检察员,我跟踪了贝莉亚·努尔,原来她是一个柏柏尔巫师,我看见她躺在一个土堆上,我认为那是一座坟墓。除此之外呢?我们有一本小说里讲述的故事,还有蕾切尔·科恩几乎还原了真相的证词。"

"就这样去说……"

"如果我们发现了尸骨,阿曼德,我们就有了确凿的证据。"

"你喜欢 CSI[1] 系列剧吗?"

"我喜欢侦探小说。"

"天呐。"阿曼德从后备厢里拿出铁锹和电筒。"我们越早看到要看的东西越好。"

弗洛拉提上一个袋子,里面装着两瓶水和一些昨天在一家法式蛋糕店买的小点心。当一个人心情紧张的时候,往往会做一些荒唐的事情。你去挖掘一具尸体,还要在沙滩上吃早餐。

沙地还保存着 12 月夜晚的冷气。天空中映出了红霞。

"这是一个适合休息的漂亮地方。"阿曼德说。

---

1 《犯罪现场调查》是一部受欢迎的美国刑事系列电视剧,从 2000 年 10 月 6 日开始播映,于 2015 年 9 月 27 日播出剧终集。内容是描述一组刑事鉴识科学家的故事。剧中案件发生地点是设定在今日美国内华达州的拉斯维加斯。

"永远地安息。"

每当一个浪涛冲击到沙滩时,弗洛拉都会感到那天晚上保尔来访问过她了。每一丝清风都是保尔对她双唇轻柔的吻。她对跟她的保尔在格兰大道共度良宵记得更为清晰,仿佛就在眼前。她能更好地回忆他了。

她带着阿曼德穿过拱形岩石门,把那个小洞穴入口指给他看。洞口黑漆漆的,阿曼德打开电筒,在他们面前出现了一个小丘,仿佛是土地的疤痕。

"天哪,"他说,"毫无疑问是坟墓的样子啊。"

"我们从哪里开始挖呢?"弗洛拉问。

"如果是你埋葬他,你是让他头看着大海,还是让他头看着洞穴深处?"

"这得看你埋葬时是带着仇恨还是带着悔恨,又或者是匆忙行事。"

阿曼德笑了。

"我更愿找一只脚,而不是一个头颅。天哪,我不能相信我们要做这样的事。"

"好吧,那就从这里开始挖。"弗洛拉指着洞穴的入口。

阿曼德拿起铁锹,他不敢挖破这个被秘密和沉寂打上封印的凸起物,于是看了看弗洛拉。

"那么我来吧。"她提议说。

弗洛拉穿着一条牛仔裤、一件白衬衫和一件羊毛衫。一锹下去,弗洛拉撕破了坟墓的封印,那是岁月在一个伤口处结下的硬痂。土壤很柔软,锋利的铁锹很容易插进去。随即冒出一股海产品地下储藏室的味道。伴随着孤寂，掘开了第一锹土。弗洛拉想，我不能停下来。她在流汗，于是脱掉了羊毛衫。

"我来继续。"阿曼德说。

一锹接着一锹，坟墓失去了它完整的样子。阿曼德不断地刨土抛向一旁，随着土堆的增高，弗洛拉也越来越焦急。

"我要脱掉衬衫。"阿曼德说，像是请求弗洛拉的允许。

从阿曼德的胸部可以看到时间流逝的印记。以前是坚实的胸膛，现在是挺着的胸膛透着怀旧的气息。

"泥土把你弄脏了。"

她为他拍打掉肩膀和衬衫末端腹部的尘土。两个人互相对视，脸上同时泛起笑容。弗洛拉从来没想到过能够跟一个挖掘另一个男人尸体的男人如此地亲密。

"我来接替你吧。"她对他说。

"没必要，我继续干。"阿曼德回答。

他们花了两个多小时的时间，至少从一端挖掘到有半米的深度。我们要到多深才能找到你啊，保尔？你是被埋在了坟墓的中央吗？随着洞口越来越深，沙土也越来越柔软、越湿润，大海是浸入到他孤寂深处的伴侣。他们在另一个世纪的奥秘挖掘，每挖出一小块沙土，都让弗洛拉的内心抽搐，她想要找到他，同时又害怕找到他。最初的阳光从洞穴口射进来，阿曼德关掉了电筒。弗洛拉从土堆上挖了一锹土，那土在阳光的照耀下，宛如圣徒的遗物，接着又挖了几锹之后，便有一块浅灰色的胫骨露了出来。洞穴里的味道仿佛来自大海的深处，一股微妙的腐烂的臭味。弗洛拉坐了下来。保尔，我找到你了。眼泪流了出来。她感到浑身发冷，重新穿上毛衣。继续努力地挖掘下去。

"弗洛拉,如果他在这里的话,你得停下来,我们用锹尖会伤到他的。"

再稍稍挖一点儿吧。她觉得身上发热,又继续挖下去。一块髋骨。

"足够了。"阿曼德对她说,从她的手里拿过铁锹放在沙地上。

弗洛拉颤抖不止,他抱住了她。

"我们还要把它埋起来,至少要把骨头遮盖住。"

一种难以启齿的羞耻感占据了她。她不想把保尔抛弃在飞翔的海鸥之下,也不想把他抛弃在那些纵横爬行在洞穴最阴暗处的海蟹中间,它们看上去酷似一丛大蘑菇。他们掘土把尸骨盖上。在沙土上画了个伤疤记号,然后坐在岩石拱门间喝水。阿曼德吃了一块糕点,弗洛拉却吃不下去。

"现在我们怎么办?"他问。

"现在我也不知道,你等我恢复一下。"

阿曼德重新拥抱了她,抚摸着她的头发。海浪勇猛地拍击着岸边的岩石。

&

大约中午十二点他们回到了酒店,一起走进弗洛拉的房间。弗洛拉脱掉鞋,躺在床上,她向阿曼德示意让他躺在她的身边。弗洛拉寻找他那散发着温暖热气的怀抱,他轻轻抚摸着她的面颊。

"我需要睡一会儿,"弗洛拉说,"真难以相信我们做过的事。"

"我没有翻转来看看和你在马德里有过一夜情的人。你说他外貌和小说里的保尔是一模一样的。"

"名字，外貌描述，和他戴的戒指，然后就是那个护身符都是吻合的。护身符没有出现在小说里，但贝莉亚·努尔说过那就是保尔·丁格尔的，还刻着她的名字，真名：阿丽莎。"

"或者是一个长得很像的人，假冒借用了一本小说里的人物身份。"

"那他怎么会有戒指和护身符呢？"

"我不知道。或者伊万·丁格尔有一个他称之为保尔的儿子，和你在马德里一起的那个人就是他。"

我的保尔，弗洛拉想，已经是一个陌生人了。从格兰大道的那晚起，她感觉已经过去了很长时间。才短短几天，她的保尔就是那个在1951年失踪的人，是那个躺在海边坟墓里的人，是那个引领她去了伊本·白图泰墓地的人，是那个在梦里出现的人了。

"你还在颤抖。"阿曼德对她说。

"就好像洞穴的寒气渗入了皮肤里。"弗洛拉说。

"你想让我留下来陪你吗？"他再一次抚摸着她的头发。

"是的，至少陪我一会儿，我想告诉你一些事情。"

"你不想先睡一会吗？"

"我现在就想要告诉你。我不叫弗洛拉·林娜迪。"

阿曼德停下了抚摸的动作。

"那是我祖母的名字，我叫弗洛拉·加斯康，我红色的头发和我的眼睛都是从她那里遗传来的，我给你看看她。"

弗洛拉从床上起来，从包里拿出祖母的照片。

"你确实很像她。我不明白你为什么之前告诉我的是她的名字。"

"我很崇拜她,虽然只见过一次,是我八岁的时候。她离开了我的祖父,和一个比她年轻很多的画家私奔了,而画家最后抛弃了她。她是因为对他的爱而死的。我妈妈总是跟我说这是她罪有应得。"

"一位画家?"

弗洛拉点点头,笑了笑。

"我很久都没有对生活那么感兴趣了,因为没有突然出现在你面前的全新事物。"他把一只手臂搭在她肩上。"现在我却和一个利用她红头发祖母名字的女人一起去挖掘死尸……"

"另外,我是一名翻译,"弗洛拉打断他说,"我从来没写过文学博客,虽然我认为这真的是一个很好的想法,我很想开始去做。"

"这么说你是翻译。我想是不是一个人总得隐藏点什么。"

"我一直想翻译有趣的小说、有趣的散文,但实际上我找到的唯一工作就是在电器公司语言部翻译搅拌器、吸尘器、冰箱说明书。"

"你不觉得你本应该在我们一起去挖掘尸体之前就告诉我所有这一切吗?"

"对不起,阿曼德。现在你可能会像阿布德兰检察员一样觉得我是个疯子,一个假扮她祖母来丹吉尔寻找仅仅只有过一夜情的人的疯子。"

"如果你没有给我讲述更多关于你生活的故事,我或许会这样觉得。至少,你得告诉我其他都是真实的。"

"是的,很不幸,其他都是真实的。"

一缕金色的阳光从小窗户透进室内。阿曼德再次轻轻抚摸着已经属于弗洛拉·加斯康的红头发,直到他们一起入睡了。

17. 一封信

弗洛拉枕着阿曼德搭在腰间的胳膊醒来。他侧卧而眠。自从在格兰大街的酒店时断时续的蓝色霓虹灯下的性爱之后,她再没有过和一个男人一起醒来的感觉。她悄悄起身,走去浴室。当看见镜子里的自己时,保尔坟墓的样子突然浮现在了她的脑海里。这么多年她从未见过被太阳光照得如此闪耀的被亵渎的胫骨,浅灰色的、散发着忧伤的气息,一股关闭的旧衣箱的味道,一个被泥土吞没的男人。弗洛拉闭上眼睛让保尔消失。对不起,她在寂静中说道。保尔,是谁将你带到那个荒凉的洞穴去的?是因为听到了你的手指在钢琴上弹出的歌声导致的吗?

她睁开眼睛。每挖一锹土她的心都在阵阵发疼,要是没有阿曼德和她一起,她绝不会去做这件事。

弗洛拉听见浴室的敲门声。她有一头稠密蓬松的头发,让她的脑袋增加了两倍大。想起那天清晨海鸥的黑影,头发像是被海风吹得竖立起来一样。

"弗洛拉。"

"好的,我马上出来。"

她把头发束成一个马尾辫，身上还穿着那天凌晨的衣服。

"你休息好了吗，阿曼德？"

"还好，我做了一个噩梦。"

"我知道，很抱歉把你拖到那个洞穴去，虽然我们成功证实了那是一座坟墓。"

"我已经变成了另一个文学侦探，这个案子勾起了我的好奇心，你把我掺和进去了。"

弗洛拉的手机响了，是一个丹吉尔区号的号码。

"是警察局打给我的。"她的声音在颤抖。

"你接吧，告诉那个男人，如果今天不立刻还回你的证件，你就和西班牙使馆或者领事馆联系。"

"喂？"她回答说。

"弗洛拉·加斯康吗？我是阿布德兰检察员。"

她立刻捂住了听筒，悄悄告诉阿曼德是检察员。

"加斯康女士，我打电话是为了告诉您，我已经证实确实有过一个名叫保尔·丁格尔的法国籍男子在1951年失踪的案件调查，这个案子是没有结案的。"

"我讲的都是真的。"

"您应该告诉我您朋友就是那个男人的孙子，这样我们那天就不至于有那样一番对话了。我昨天早上在他住的酒店找到了他，他跟我确认了他的那个护身符是他家的人几代都戴在身上的，它也确实是在马德里丢失的，而在马德里他认识了您。他是12月12日在马德里的那个酒店丢失的。"

"保尔现在在丹吉尔？"

"我刚刚告诉过您,是昨天早上,一切都清楚了。"

"我跟您保证过我从来没偷盗过任何东西,我不知道贝莉亚·努尔女士为什么会向您暗示是我偷的。"

"这不是您的问题,我已经搞到了所需要的护身符的信息。请您来取走您的证件,下次最好……怎么说呢,您的供词应该再清楚一些。"

"检察员……"

"嗯?"

她犹豫了。

"谢谢,我会来拿我的护照。"

弗洛拉挂掉电话,将对话告诉了阿曼德。

"我刚才正准备告诉他护身符是贝莉亚·努尔从我这里偷走的,我可以证明。而且我们也找到了那个失踪男人的墓地。如果他的孙子在丹吉尔,他们或许可以挖出尸体,通过比对 DNA,就可以证明是不是保尔·丁格尔。但必须要跟他解释很多的事情。"

"比如,你是怎么知道墓地在哪的。"

"确实如此。"

"我们猜对了:马德里的那个男人是保尔·丁格尔的孙子。伊万给他取了他父亲的名字。这些碎片都应该能拼起来了。戒指和护身符都是他祖父的,他在阅读贝莉亚·努尔写的小说,而贝莉亚·努尔是他的姑姑。"

"他是来丹吉尔看她的吗?检察员说他是昨天早晨到的。"

"所以你那天晚上在小集市广场不可能看见他。"

"可能是我弄错了吧。"弗洛拉不敢告诉阿曼德她觉得是那个在

1951年失踪的保尔·丁格尔,他看到了她,是他把她引向墓地的。

"是的,那么多人在找保尔·丁格尔。"

"接到检察员的电话后,我想保尔已经知道我来到了丹吉尔。我手里有他的护身符。"

"你想见他?"

"我不知道他住在哪里。"

"他会和贝莉亚·努尔在一起吗?"

"不知道,阿曼德。"

"我有一个想法。我的姨奶奶跟我们说过,伊丽娜·伊万诺娃的旅舍现在也叫达尔·卡斯巴。他不会住在那里吗?住在他祖母曾经的旅舍,他曾祖父母的家里,后来被他父亲卖掉的房子里。"

阿曼德从外套兜里掏出手机,在谷歌网页上点了一下:达尔·卡斯巴酒店,丹吉尔。

"在这里,"他拿着图片和地址对弗洛拉说,"甚至还可以在booking上预定。"

弗洛拉隐约看见放在衣柜抽屉里有着紫色花边的那套内衣裤。

"如果他也认为我是一个疯狂的骚扰者呢?"

阿曼德笑了。

"如果你愿意,我一个人过去,我会证明他是否住在那里。然后你再考虑怎么做。"

"不,我跟你一起去。我要这样告诉他吗?我买了你正在阅读的书,小说里的这个故事让我着迷,我是来找你的,我和你姑姑谈过话,并且她知道你祖父的墓地在哪里。"

弗洛拉用手捋了捋头发。

"或许你想一个人去和他谈谈。"

"那我们不要再犹豫了。我们都不确定他是否在那里。另外，我也想看看玛丽娜·伊万诺娃的旅舍。"

"一个小时后我们在接待厅见面。"

"好的，谢谢你，阿曼德。"她亲吻了一下他脸颊。

阿曼德离开房间，弗洛拉坐在床上。你好，保尔，我是那个和你同睡的弗洛拉，你还记得我吗？从那天起，似乎过去了几个月。在丹吉尔的时间是不一样的。

她投入到热水浴里，努力地不去想保尔·丁格尔，以及和他有关的任何事情。她洗去洞穴的味道，洗去秘密的气味。她出浴时，打开放着内衣的衣橱抽屉，面前是紫色的内衣裤。不行，她告诉自己。她选择了一套白色舒适的纯棉内衣裤。她在想要穿什么。强烈地排斥着那段思绪。一条牛仔裤、一件灰毛衣和一双运动鞋。化了妆，但不是过分浓重的妆容。她又回到床上坐下，打开电脑，给戴德打去了电话。她需要看见戴德的脸，告诉她调查的进展情况。这是她应该集中精力的事，而不再是格兰大街的那个酒店。

"戴德，我亲爱的戴德。"

"我看你很激动，弗洛拉。"

"发生了很多事情。"

"你看起来很急躁。你恢复理智回到家中了吗？"

弗洛拉给她讲了所有她调查的事情，以及实施的过程。

"亲爱的，我没有听得太明白。"戴德睁大了眼睛。"你去亵渎一座坟墓？帮你一起挖坟的那个男人和你一样也疯了吧？你刺激了我比绝经更狂热的激素分泌，让我感到窒息。"戴德用一只手为自己扇着风。"你在摩洛哥已经失去理智了,你已经走偏太远了,弗洛拉,你没有理智了。你没有想过警方是否会抓你,会把你囚禁起来,因为他们会认为是你杀死了一个男人。亲爱的,你在玩火啊。"

"我需要知道保尔·丁格尔在1951年发生了什么。是谁杀死了他,让他长眠于地下。"

"你到底是亏欠一具那么多年的死尸,还是一个你从不认识至少在你理智的生活中是绝不认识的死尸什么东西。你给我振作起来,回家去。"

"如果贝莉亚·努尔知道墓地的地点,你不觉得她才是杀人的第一嫌疑人吗?她没有孩子,只有她的母亲,而且她还深爱着母亲的丈夫。"

"你给我在讲些什么啊,亲爱的,现在又是一种伊莱克特拉的恋父情结?一个女孩爱上了父亲。"

"我从来不认为她想看到保尔这样。贝莉亚·努尔以第一人称写作的小说,就当是玛丽娜,她对她的孩子是投入了母爱的。"

"所以,她篡夺了她母亲的身份?"

"她羡慕她母亲:金黄色头发,好莱坞的礼服,我毫不怀疑她是崇拜母亲的。但是她们爱上了同一个男人。"

"于是母亲成了她的情敌,就像恋父情结里的反母情绪。对她母亲既有爱也有憎恨,既有羡慕也有嫉妒。"

"所以到最后,就像我跟你讲的,虽然不是直接归罪,但保尔的死和她母亲是有关系的。你不觉得她也可以在这方面篡夺位置,成为杀人凶手吗?"

"你知道这个小女孩被收养前是怎么样的吗?关于她的亲生

父母？"

"她的生母在小说里叫阿米娜，是一个柏柏尔巫师。"

"我们别说巫师，没有那么多魔法，亲爱的，说些客观的信息，别让我再一次窒息而死。"弗洛拉笑了。

"好吧。玛丽娜在她十二岁时收养了她。从她妈妈去世后，她们相处了近一个月没有说话。"

"她是怎么死的？"

"因为结核病死在了监狱里。她杀死了她丈夫，这个小女孩的父亲。"

"你说什么？接着讲。"

"很明显，那个男人虐待了她。某天，阿米娜对被挨打的遭遇感到厌烦，她自卫防护，于是杀死了他。然后被关进了监狱，在那里生病死去了。"

"这可能对任何一个人而言都是一种创伤，尤其还是对一个孩子。莱拉，贝莉亚·努尔，不管她叫什么，她很可能已经对她母亲的行为有所复制。有些时候，被虐待的孩子会养成一种暴力的反弹习惯，成为施暴者。如果她母亲杀害了那个虐待她的男人，贝莉亚·努尔很可能对保尔做出同样的事，如果最后这个男人是和她新母亲结婚的话，她会有被遗弃的感觉。你知道她是否对保尔真正有感情吗？"

"很显然，保尔·丁格尔是个好色之徒。他喜欢莱拉，但我不知道他们是否成了情人。小说里是这样讲的，虽然也说到莱拉确实怀孕了，但这是假的。"

"需要调查一下他们是否有过一段关系。"

"贝莉亚·努尔告诉我说那个柏柏尔族护身符是保尔的，是她送给保尔的。事实是,她送给保尔一个古董宝物,而这个东西确信无疑是属于她母亲的,甚至是她祖母的,她说这对保尔很重要。另外,上面还刻着她的名字,就像情侣那样,可以看出他们之间是有一段亲密关系的。那么,或许保尔对她的爱超越了将她当作继女,或者对他妻子的一个年轻女儿的喜爱,这样的话……"

"最好去调查一下他们之间的关系到底达到什么程度了。"

"戴德,是她杀了保尔。我现在怀疑是否是玛丽娜做了这件事。"

"如果贝莉亚·努尔完全篡夺了母亲的身份的话……"

"你想说她是钻进了她母亲的壳里?"

"是的,她杀害了保尔,于是小说里就必须是玛丽娜杀害的,因为贝莉亚·努尔在某种程度上就是她,你明白吗?这是一种隐藏式讲述事实的方式。"

"这事我从来没想过,戴德,我亲爱的华生医生。我们简直是一个完美的团队。"

"你不要再去侦探了,这是一件很严重的事情,你挖掘了一个死者的坟墓。"

"只是一块胫骨,然后我们就停止了,我不能继续了,想到是保尔……"

"只是一块胫骨,你听到了吗?一块胫骨已经足够疯狂了。光是实施的想法就已经疯狂至极了。另外,可能有一个真正的女凶手,亲爱的,你正在惹怒她。你在翻动一个多年前的故事,并且是一个已经被埋葬了的故事。"

"一旦知道保尔发生了什么我就结束。从某种程度上说,我觉得读到这本小说,来到丹吉尔并不是偶然的。"

"亲爱的,你要结束你的旅行,回到马德里去吧,你玩够了。现在你不要再让那些死人跟我说话了,也不要在对他们的记忆中怀有报复心理了。那已经翻篇了。"

"我越来越相信1951年12月24日保尔·丁格尔的失踪是因为贝莉亚·努尔,是阿丽莎·利维斯通杀害了他。我不知道她是怎么杀害他的,或许用的就是出现在小说里的保尔的那把手枪,那把他放在玛丽娜手中的手枪。然后她以古老的柏柏尔人的方式埋葬了他。我看见她带着那本书,带着保尔的护身符躺在坟头上,我确信,那就是我在哈曼被偷的护身符。"

"是她?"

"毫无疑问,不然她怎么可能有这个护身符呢?她可能雇了某个人去做这件事的。"

"亲爱的,那真是一个危险的女人,她能干出很多事了。"

"很明显她就是一个既危险又撒谎的女人。而且,她没法独自将保尔·丁格尔的尸体弄到那里。或者她是在那个地方杀害他的,然后埋葬了他,又或者有人帮助她。但怎么能让她坦白承认呢?怎么能抓住凶手呢?怎么能将她从她的藏身处拉出来,让她置身于危机之中,翻转发生的事情,甚至让她讲出真相呢?如果一切事情真如我的猜测那样,玛丽娜到死都不知道她的丈夫发生了什么,保尔·丁格尔,那个她孩子的父亲。她不知道保尔是否是在那晚逃跑的,因为她一枪之下杀死了一个男人,一个讹诈她的断臂人。"

"那么还有另外一桩凶杀案,现在是一个断臂人了,也是一桩杀人罪。"戴德惊呼道。

"我在报刊阅览室读到了那个时期的报纸,消息是可信的。玛丽娜从来都不知道那个让她腹中有了一个孩子的保尔是逃跑了还是被杀害了。"

"但是，是谁呢？你觉得她会怀疑是她自己的女儿吗？她知道贝莉亚·努尔对他的爱慕之情吗？"

"我不知道。我猜她不知道。小说里是直到莱拉向她坦白她才知道的。但就像我们刚才说的，我们不能确定保尔是不是达到了那种感情。"

"或许因为你不愿意去想你的保尔会去引诱一个少女，而且还是她未婚妻的女儿。他没有正确地和她相处。他是一个好色之徒，又做了出格到那种地步的事。"

"玛丽娜可能也怀疑过她的另一个前男友萨米尔。他是既有情感上的理由杀害他，也有因为贩卖武器生意上的理由。"

"亲爱的，这已经超过你的能力了；现在是涉及一个走私犯了。你告诉检察员吧，要不最好是忘掉他。如果所有的人都死去了，而杀人女凶手就在附近，她会让你更危险。我不觉得文学可以如此危险。"

"戴德，我必须要离开了，我和阿曼德约好了。"

"阿曼德？另一个掘坟者。真是物以类聚，人以群分。"

"他是一个很好的人，戴德。"

"我听说过吗？这个人没有出现在任何一本书里。"

"不是，是和我一起调查的人。"

"你没有看到那些令人讨厌的孕妇吗？好吧，当然，你已经将她们换成了小说人物了？"

弗洛拉哈哈大笑。

"这里我没有看到那么多孕妇。或许她们的肚子都在长衫下被遮住了吧。"

"或许是因为你用另一种疯狂替代了，你只看得见保尔·丁格尔。每次和你讲话，我的更年期绝经就闹得更重了。"

"我现在必须要和阿曼德去一个地方。之后再跟你说，我得安排一下。我觉得你会喜欢的。"

"亲爱的，唯一能让我喜欢的就是你从那个又是精神创伤又是走私犯的杀人凶手的窝里走出来。"

"戴德，我爱你，你给了我一个新的想法。"

"新的想法？什么想法，弗洛拉？是让你疯狂的火焰平息了还是点燃了你的疯狂？不管怎样，你网络好的时候再打给我。我现在在家转一圈了。"

"我挂了。"弗洛拉亲吻了她。

&

达尔·卡斯巴酒店在广场旁边的一条街巷里，现在这里已经有许多可以看日落的屋顶平台餐馆了。一扇装饰满金钉的黑木门迎接他们的到来。弗洛拉想到了小时候的萨米尔，一只脚倚靠在墙壁上，等待着玛丽娜。她想，这大概已经是一百年前的事了。阿曼德按下门铃，没有人应答，门开了。弗洛拉进入了玛丽娜、阿达外祖母，还有阿龙外祖父、莱拉、保尔的世界……她跨过门槛，昔日出现在书中的肌肤是她难以克制的渴望。正像玛丽娜之前说过的，这是一幢往里深入的房子，正面的窗户很小；然而，迎接他们的院子却被直泻的阳光照耀得明晃晃的。院子的上方覆盖着一个大天窗。弗洛拉看见在院子的一端设有接待台。

"如果你愿意,我去那儿打听一下。"阿曼德说。

"谢谢。我去二楼看看大厅,玛丽娜经常在那儿举办聚会。我在那里等你。"

弗洛拉急急忙忙在院子走着,直到一道楼梯。一道阿拉伯拱形双开门通向一个大厅。那是酒店的餐厅,圆形餐桌上铺着白色桌布。这大概就是玛丽娜曾经常举办聚会的地方吧?餐厅十分宽敞,配有阿拉伯风格的家具陈设,一个角落里放着一架钢琴。弗洛拉慢慢走近这架钢琴,抚摸着盖布。她看见了保尔的骨骼,永远也无法记忆。现在她有机会用另一种方式回忆他了。她想象着他坐在钢琴前演唱《玫瑰人生》的样子。她仔细地观察着餐厅的墙壁,其中一处有一扇尖顶窗户。她想,莱拉就是从这里悄悄窥视着你的,或许也正是从这里爱上你的。弗洛拉继续在大厅里游逛,盯着看墙上的图画。是玛丽娜的海报。她在好莱坞的海报。当看到她的脸时,弗洛拉颤抖了,直到那时,她都只认识阿曼德家里照片上的她。玛丽娜,一身迷人的黑白装扮。玛丽娜戴着她的头巾:东西方女人混合体的神韵,异域的气息,她的美丽中透着一丝像杂技团一般迷人的苍白感。弗洛拉心想,这是她世界里的奇特之处吗?这似乎是在一天中她第二次要企图亵渎一座坟墓,进入那段让人羞愧的遥远记忆。玛丽娜,你想我继续吗?不,伊丽娜。她在和谁说话?和那个海报上的女人,和小说里的人物吗?她坐在一把椅子上,环顾四周,灯光都熄灭了,只有孤单的阳光。我应该继续往前走。玛丽娜的海报只是一个潜伏,还有某些一定会发生的事情等着她呢。

是阿曼德在叫她,吓了她一跳。她起身朝他走去。阿曼德向她送来一个同谋者的微笑。

"保尔·丁格尔确实是住在这间酒店,16号房间。"

弗洛拉感到肚子里一阵凉风吹过。她想起马德里的房间,少了一个1;生活里到底有多少的偶然是文学里永远不会允许出现的呢?她心想。

"现在他没在酒店,但是他和酒店老板要一起吃晚饭,所以我觉得下午他一定会回来。"阿曼德微微一笑。"那是一个非常热情的女士,她给了我所有能给的信息。如果愿意,我们可以留一个便条给她,她会亲自转交。"

"你用你那黄颜色猫眼睛吸引了她。"

"只要是我能做的我都做。我这把老骨头还有点魅力。"他咧嘴笑。

"你看玛丽娜的这些海报,我想说是伊丽娜,都是她在好莱坞当演员时的照片。"

阿曼德驻足看了一会。

"她很漂亮。"

"是啊。还有我直觉那个就是保尔弹奏的钢琴,看起来很有年头了。"

"小说恢复了生活的味道。"

"已经很久了,阿曼德。"

"我们还在小说里。"

"在梦境和失眠之间,我不知道为什么我现在会突然想起小时候背过的贝克尔的一首诗:《神秘的空间将梦境和失眠分离》,是现实中的文学。"

259

"有点像。但有的人被埋在了一座坟墓里,以某种我们可以想象的理由把事情隐瞒起来。"

"我今天和我的精神分析师戴德·斯皮内利通过skype聊过天。"

"很奇怪的名字。"

"她是意大利血统的阿根廷人。我们告别的时候,我脑子里突然冒出了一个想法。现在,知道了保尔在这里之后……"

他在这里,弗洛拉心想,是他。那个卡美洛酒馆的保尔,霓虹灯夜晚里的保尔,保尔,是二战期间我心目中的英雄,巴黎解放了,我看见了飞艇的引线,我想要逃离……

"弗洛拉,你怎么啦?"他继续问。

"我们去喝杯茶,然后我告诉你。"

&

他们坐在屋顶平台朝向广场的布鲁咖啡厅里。远处可以看见云雾天际线边的西班牙。然而丹吉尔的天空是湛蓝的,阳光暖洋洋的。海鸥悦耳地鸣叫着从他们头顶上空掠过。

"贝莉亚·努尔提到了奥斯卡·王尔德的书《谎言的衰落》,"弗洛拉说,"而且,她还寄了一本样书到我酒店来。"她从包里拿出这本书。"我给你读一些片段,让你能够更好地理解我想给你说的东西。'没有哪个伟大的艺术家会看事物真实的样子,如果那样,他就不再是艺术家。而是变得让人厌烦'。王尔德在这篇散文里说,是生活模仿艺术,而不是艺术模仿生活。比如,歌德在一部小说里创造了维特这个人物,之后有很多人模仿他为爱而自杀的行为。"

"这就是文学的巨大影响力。"

"文学确实有很大影响力。贝莉亚·努尔篡夺了玛丽娜的声音写作了这本小说。现在我要成为那个篡夺者去抓住一个杀人凶手。这是篡夺者对抗篡夺者的争斗,我们看看谁会赢。"

"我完全不明白你想跟我说什么。"

弗洛拉点燃一支烟。

"我会装作玛丽娜的样子给贝莉亚·努尔写一封信,一封算不上会太感动她的信,但毕竟是收养了她的母亲。"

"她会知道那是假的。"

"那又怎样。生活应该模仿艺术,我们应像维特那样,让艺术获得生命。我会模仿贝莉亚·努尔在《丹吉尔迷雾》里的字体,让它看起来像小说的续篇。很多作者都是这样开始写作的,模仿他们崇拜的其他作家,比如罗伯特·路易斯·史蒂文森[1],他在一篇散文里讲述的就是我曾经读到的东西。我将模仿贝莉亚·努尔,这个让我很喜欢的作家。"

"你想说你准备以模仿一位你认为是杀人凶手的作家的风格来开始写作,然后去抓住她?"

"差不多吧。她跟我说过:'我没有在小说里撒谎,我创作了生活。'我也这样。"

"你突然让我害怕。"

---

[1] 罗伯特·路易斯·史蒂文森(Robert Louis Stevenson),英国小说家。代表作品有长篇小说《金银岛》《化身博士》《绑架》《卡特丽娜》等。

"贝莉亚·努尔是我们的化身博士[1],尽管他跟阿布德兰检察员通过电话后已经开始展现出她的海德先生了,阿丽莎·利维斯通。必须迫使她承认是她杀死了保尔·丁格尔,并且将他埋在了洞穴里。"

"我不明白。"

"让我试着讲清楚。你听听王尔德的话,他说:'生活记事是完全没有意思的东西,发生的那些事对我们有什么用呢?我们在文学中寻求的是特性、魅力、美和想象力。'我们的这种情况,保尔·丁格尔到底发生了什么的确是非常重要的:他是一个被杀害后埋葬在了一个荒凉的洞穴里的人。阿曼德,你就给我明天一天的时间,然后要么我们放下这件事,我回家去,要么我去警察局,让贝莉亚·努尔承担所有的后果。"

"但是明天你已买了回马德里的票。"

"我可以取消航班。我们需要再多租一天车,给保尔在酒店留下一个信息,他也应该进入到这场游戏。"

弗洛拉熄灭了香烟。

"我会告诉你我是怎么想到我们可以这样做的。"

&

那个12月里暖和的早晨,天空像是铺上了一层面粉,没有一缕光束可以穿透它的阴影。

那晚,弗洛拉没怎么睡觉,两只眼睛肿肿的。滨海公路沿线上

---

[1] 《化身博士》,罗伯特·路易斯·史蒂文森的名作,书中哲基尔和海德善恶不同的性格角色让人印象深刻。

的海鸥再次陪伴着他们，难道它们的叫声在提醒让他们放弃他们的计划？阿曼德陷入他的思绪里，开车时有些分神。

头天下午，弗洛拉和她丈夫通过话。她告诉他改签了航班的日期，因为她有一个小小的翻译活，里夫地区的一些故事需要翻译，这多亏这次会议的负责人，她需要在那里完成这个工作。这次，她丈夫的声音不再是从容缓慢的语调了。

"弗洛拉，你圣诞节不会在家了吗？你妈妈会怎么说呢？她可能会很不高兴。"

"我会准时回来的。我不能错过这个机会。我不想翻译洗衣机的说明书了。"

弗洛拉一心想着她要写的那封信。她买好了蓝色的哑光纸张，很精致，和贝莉亚·努尔的纸张一样，是在巴斯德大街的一家纸店买的。她也要在那张纸上写给保尔，而阿曼德负责下午七点准时将信件送达。她不得不挂断了和丈夫的通话。

"我想你。"他说。

她担心是否所有的一切都只是一场为了隐藏丈夫想要给她惊喜的哑剧：他会来到丹吉尔，他们会在那里一起度过圣诞节。

"我妈妈说你给我准备了一个惊喜。"

"你妈妈总是什么都得告诉你。"

"是什么惊喜？好吧，我回家你告诉我吧。我买了后天的机票，这次我不能再改签了，不然会损失钱的。"

"所以你必须要乘上那趟飞机。因为我非常想见到你。"

弗洛拉告别的时候亲吻了丈夫，然后说了再见。剩下的整个下午她都把自己关在房间里。她告诉自己她只有几个小时去完成这封信，应该模仿得快速些。她一遍遍地读着小说，想要沉浸在那个能带来散文风格的音乐里。她想象贝莉亚·努尔在那座法式房屋里写作的样子，在那个她邀请她喝巧克力、那扇玻璃窗外可以看见蔷薇花和水仙花的地方。她想，这样的话，我是无法推进的。我的脑子应该集中在玛丽娜身上，集中在我在达尔·卡斯巴酒店看到的海报里。她那蓝色的眼睛是我想看见的，通过那样的眼睛我再回到贝莉亚·努尔的写作里。在她的语言里放上玛丽娜的面容，想象她的声音，用一种带轻微俄国口音的西班牙语讲话。

我亲爱的孩子，亲爱的莱拉，阿丽莎：你已经长大成为一个女人，成为一名成功的作家，贝莉亚·努尔，我是多么为你骄傲。我在安卡拉家里遇见的那个瘦弱的小女孩，那个因失去母亲自己深深陷入沉默里的小女孩，那个当我需要时她就会让我的生活里充满快乐的女孩。你的突然出现把我从痛苦的孤单里拉了出来。我，很长时间以来都在努力地拯救他者，但结果，我才是那个需要被人救赎的人。我想起了我们在一起的那些夜晚，你逃避到炉火边的夜晚，我遇到你之前的失望。谢谢你让我进入你的世界，让我给予你陪伴。

我从来没有猜想过，当风将保尔·丁格尔带到我的身边时，那艘本不应该到达我们港口的船只到来时，也将让我失去你。我知道你喜欢他，但是我无法直视你们剖析普鲁斯特时你看他的眼神，在那些文学的光环之间，你对他产生了一些远远超过崇敬和亲密的情愫。我应该再照顾你多些，当所有的这一切发生时，你才只有十七岁。我最大的幸福，是和保尔结婚，有了我们梦寐以求的孩子，而这样的消息却是你最大的不幸。我自责没能让你信任我，给我讲讲你的痛苦，那个年纪的心是第一次打开。你把我当成一个对手，而不是你的母亲，让我直到在墓地里都是痛苦的。我告诉你我怀上了保尔的孩子，我们要结婚时，你看我的是那个轻蔑冷漠的眼神。

你已经变老了，这怎么可能呢？

那个孩子应该是你的。你曾经发过誓，如果不是保尔的孩子，你就不会生育。你做到了。他欣赏你的聪明，你的个性，你对学习的渴望，还有你的坚韧。你们开始品读普鲁斯特的作品《在斯万家那边》的那天，你第一次亲吻了他。

"这不能再发生了。"保尔对你说。

你没有把这件事当回事，他回应过你的亲吻，你一直渴望这样的亲吻，你能感觉它存在于你的身体里。那些天里，你成熟了很多。你的眼睛透露出了你隐藏的东西，因为眼睛是不会欺骗的。即便这样，我也不知道看看你的眼睛。阿丽莎，那是看不见的幸福。你抓住任何能和保尔单独在一起的机会，可以背着我亲吻他，拥抱他。

"行了，阿丽莎。"他不止一次对你重复。

有一天，在阅读室里，你从脖子上摘下你最珍视的东西：是你妈妈留给你的柏柏尔吊坠，它世代属于你们家庭的女人们。你把它交给了保尔，在背面刻上了你的名字。

"这就是我，直到永远。"你告诉他。

他离开了，但短时间内他的脖子上还戴着你的吊坠。那个举动给了你希望。

直到我的怀孕才加快了你所规划的你们一起逃往巴黎的计划。你在他的指引下去索邦大学学习文学,而他重新从他母亲的新丈夫那里拿回他父亲的出版社,那个男人夺走了这个出版社。你们会一起经营它。你知道这是保尔藏在内心的愿望,而他不知道如何实现。那时你对两个人的生活是如此坚信,无休止地重复。你从来都不在意其他人会怎么想你。如果有人背后悄声议论一个三十九岁刚结婚的男人,还是一个快要有一个孩子的男人,和他妻子只有十七岁的养女私奔了,那对你们又有什么所谓。你经历过因你母亲的死所遭受的不公、伤心,忍受过别人叫你可怜的文盲,你依然继续前行,向他们证明那些辱骂你的人才是无知者。

"懦夫!"当保尔拒绝离开我时,你冲他吼了一句。

"我要去告诉你的母亲。"他说。

"你不敢的,你没有勇气去做这件事。"

他从身旁推开了你,你开始放声大哭。

你哪里知道这些话对于保尔意味着什么。他不能返回法国。关于这件事,他什么都没告诉过你。他从来都没向你表露过他的痛苦,他也没有告诉过你这些年为什么在船上度过,一直在逃离。你恨他的软弱,阿丽莎,你不允许自己软弱,也不会允许任何人软弱。要理解有些东西,对你来说还太年少了。

你从来都不懂屈服。从来都不懂,我亲爱的阿丽莎,或者承认那些和你愿望相悖的事情。随着你弟弟的到来,你再一次感到无力和脆弱,就像是当你被带到你母亲身边、你又失去她的感觉。从他在我肚子里,你就讨厌那个孩子,那个夺走了你一切的小孩；你已经改变了对保尔的想法，这是你现在脑子里的想法，你憎恨我，因为我生育了他。之前是你的父亲让你憎恶，现在是你的养母让你产生了这样的感受。你不得不反抗。第二次，你没有袖手旁观。

我知道你从我放枪的保险柜里拿走了保尔的手枪。那天，我在背后我感到了你的出现，虽然我没有看见你。你没有在我的腹中待过，但是当你妈妈还怀着你时，向我传递过你的热量，她拉着我的手放在她的肚子上。你那时在她腹中，阿丽莎，我们人与人之间的命运是预先就注定了的。我们注定会互相抚平孤独。12月24日那天下午，我看见了你的眼睛在窥视着我。你知道了怎么打开保险柜，你知道保尔的武器在那里，属于他的一切都吸引着你。当我去港口时，你打开了它，拿走了枪。你跟随在我的后面。当我回到家等待保尔时，在雾气中我似乎看见了一个身影，而保尔再也没回来过。

绝望之下，你去了富恩特斯咖啡馆，马蒂亚斯·索泰罗也在那里，但他并不知道这件事，他在保尔的死亡判决书上签了字。你问他在哪里可以找到他，你在颤抖，你的声音是急促的、激动的，他告诉你，他和萨米尔在城外的那间房子里正在工作，让你去旅舍等他。你立刻就离开了，又是迎着风吹，走向你已经为所有人计划好的命运，走向那标记了你我余生的归途。你消失在雾气里，独自一人，抱着那把冰冷的手枪，握得紧紧的，就好像在为你的决定打气，你乘着那猛烈的风吹飞向他。正是在那个时候，当你知道艾莎·坎迪沙会来带走他时，你向她乞求帮助，为了不让你内心因为无数种理由拒绝的事情发生。那晚，你向这个面容既恐怖又美丽的女人恳求，而她的存在就是为了接收女人们的恳求，你的恳求比你的意志，比你那雾气中缓缓的、短小的步子还要迅速；你几乎还没踏上麦地那的街巷，你就朝着你的犯罪飞奔而去。但是你比她来早了。

那座法式的房屋在风影中发出轻微的声响；叶子花的影子爬上了墙面。他已经在那里了，穿着他的条纹衫和黑色牛仔裤，那一整套服装也是他的最后一套衣服。你敲打了很多次铁栅栏门，甚至你的指关节都出血了，你大声地叫着保尔和萨米尔。你的喉咙都快撕裂了，你开始大哭。萨米尔给你开了门，那不是一个适合吵闹的夜晚，因为他们把一批黄金藏在了地窖的死尸旁。

"保尔呢？"你问他。

花园里除了一盏小灯泡没有再多的光亮。他甚至看不见你的脸，那张已经不属于你的脸，而是充满嫉妒的女人的脸，那是一种被错误理解的爱，是对爱你的母亲的敌意。

"你在这里做什么？"萨米尔问她。

你的口中除了不断重复保尔的名字一个词也说不出。你们沿着石阶上楼，在最后一级台阶上，你看见了她。披散的头发遮住了她的脸，你想到她已经要来带走他了，在你拿出手枪、射出可以击中他的胸膛、击中那颗你念念不忘的心脏的唯一一颗子弹前，你只停留了一秒。他跪在了地上，直到你跑向他的那一刻，他都无法理解他为什么会死。你叫着他的名字，好像通过你的声音能够拯救他一样。我知道在那一刻你后悔了，你那被冰冻起来的、残酷的、不可逆的理智突然回来了。保尔的口中在流血。你跪在他身旁。你抱着他，紧紧贴着他的胸膛，用你母亲的柏柏尔语和他说话,说着她之前教给你的巫术。但只同死者说话,那种语言不能让他们复活。你看见他脖子上还戴着你送他的护身符,上面有你的名字,是爱的象征。现在有一些黑色的污点弄脏了它。保尔抚摸着你的脸,你不会再感觉到他活着的气息。他那蓝色的眼睛在找寻你的目光,眼睛比他出生的时候还要蓝,而他生来就是为了那些航行的海洋,就这样,他走了。一阵猛烈的狂风卷着你们的身影,雾气中一尊抱着耶稣尸体的圣母像。你认为是她,是艾莎·坎迪沙,她到晚了,你对她说了些不好的话。而你已经完成了她的工作。

萨米尔,从楼梯上惊呼着赶到现场,他帮助你处理了尸体。他把黄金存好在地窖里,而你正在抱着保尔的遗体哭泣,用的就是那晚运送货物的同一辆车装载了尸体。除了帮助你,他还能做什么。他是爱你的,你曾经教他读书写字,他部分的新生活都要归功于你。你是那么年轻,你还有着灿烂的未来……说出事实会摧毁所有的一切。

那是一个大雾茫茫刮着风的夜晚,那所远处的房子成了你们俩变成共犯的地方。萨米尔把车开到门口,将保尔放上去。你们没有方向地开走了它。

"埋葬他的夜晚是阴森恐怖的,"他对你说,"明天我来吧。"

你拒绝了。你想陪着保尔直到他被埋葬,直到土壤吞没了他,这样就只剩你一个人了。

萨米尔把你留在了旅舍。而那晚,我还在等待保尔醒来,我一夜无眠,你安慰我,让我上床睡觉,被单间还留存着保尔的香水味,就像我和你之前那样,在你小时候,你在我的怀里,听着安卡拉哼唱《古兰经》经文,你给我讲述你故乡女人们的故事,支撑起持续在我余生的希望。我们抱着睡觉,再一次这个世界上只剩下你和我,保尔沉睡在一辆车的后备厢里。

快要天亮前,你将我独自留在了床上,他留下的冰冷已经是永恒的了。云雾已经随风散开了。萨米尔在卡斯巴广场上接到了你。一路沉默中,他驶向了大海。你想让坟墓靠着大海,让浪花陪伴着保尔。你知道那个洞穴,因为你还小的时候你妈妈带你去过。那是一个积聚了开始你们古老魔法所有力量的地方。一个隐秘的地方,一个存在你幼年记忆里的地方。

在那里,你们埋葬了他。萨米尔在沙地里挖坑埋葬保尔,你贪婪地想要抓住沙地里你握住的他的手。黑暗的夜晚在他脸上留下了第一道僵硬的痕迹。你再次开始哭泣。你从他脖子上取下了那个护身符保管起来。很多年后,你用它召唤来了保尔的孙子。他长得和他一模一样,如此一个模子刻出来的,那是你看过的那张苍白的脸,你埋葬的那双眼睛从你施了魔法的坟墓里走了出来,让你摆脱了那种你不愿意靠近他的儿子、你的弟弟的怨恨。连同那个护身符一起,你把他爷爷消失的故事、我的故事一起给了他,但故事不是完整的。缺了这几行字,我的女儿,我写信给你,让你带着它们,在你生命的最后时刻,和我一起得到平静。

18. 艺术和生活

洞穴比阿曼德和弗洛拉前一天黎明时到达时更显得黑洞洞的。他们想起了阿曼德藏在拱门的岩石间,那儿有一个凹进点,他在那儿站在近处倾听不至于被人发现。这个计划最好由弗洛拉一个人来执行,因为如果贝莉亚·努尔看见了一个她不认识的男人,她可能会大为吃惊,激发起她全部的力量进行防御,那一切可就是事与愿违了。

他们相互对视着拥抱。

"谢谢你一直在这一疯狂的举动中陪伴我。"

"这也是我的疯狂,谢谢你让我走出了我的昏眠状态。"

他包里带了一本小画册,露出其间夹着的铅笔尖。阿曼德又一次开始画下人生的场景。在他们等待的时候,他想画下那条荒漠地带上的公路的图样,画下那天的东风掀起大海上波涛汹涌的景色。

"我们在丹吉尔。"弗洛拉回答。"对我来说,很多事情已经发生了变化,或者说它们正在发生变化。"

十点二十五分,两个人各就各位了。阿曼德躲藏起来,弗洛拉站在洞穴那里等待作家贝莉亚·努尔的到来。尽管前一天他们试图让坟墓恢复原样,但还是可以发现坟土被翻动过的痕迹。许多年间,除了从缝隙中吹进的风在腐蚀它,还有贝莉亚·努尔用她身体的巫术保护它,没有任何人动过它。

弗洛拉的手脚冻得僵硬,虽然她穿着靴子和毛线袜。她知道她是不会暖和的,因为恐惧的寒冷会向她袭来,让她僵硬。她坐在洞口,洞穴背后,有个三角形的阴影。她看了看时间,十点半。她感到眼睛像针刺一般,大脑有些昏沉。她觉得自己还是玛丽娜,她还在人物角色里,可以透过她的眼睛、皮肤看见那个世界。

贝莉亚·努尔迟到了,弗洛拉害怕她不会来赴约,这场为她准备好的艺术表演,弗洛拉希望书页里的生活能够重新恢复生机在这个洞穴前上演。和那封蓝色哑光纸信件一起的,还有这样一段文字:

明天十点半我在保尔的墓前等你,一起解决我们之间的这件事,这样就没有人会知道你做的事情。

他们对这句话迟疑了很久。要不要还写上这样一句话:"如果你不来,我将把一切告诉检察员。"最后,他们决定以一种更加掩饰的威胁方式,以一种符合玛丽娜写信语气的方式处理。提到"检察员"这个词可能会刺激她给检察员打电话对他编造出其他的谎言,这样他们就不可能抓住她了。

十点四十分,在海浪拍打岩石的沉寂中,传来一阵汽车发动机的轰鸣声。弗洛拉觉得是咖啡色的奔驰车。几分钟后,又听到轮胎的声音,车子往远处驰去了。重新又只剩下海浪的声音。然后,那根拐杖沿着海滩上的小沙丘走来。弗洛拉又往那片三角阴影里缩了一下。她准备着突然出现在努尔的面前,让她从看那封信后的意识中完全清醒过来，也许她等待得太久了。人类的灵魂有时是不可预知的。为了从侵占者手中夺回点什么，她本应该先和戴德谈谈，向她请教，听听她的建议。但是她没有打给戴德，因为写完信的时候，已经天亮了，还有戴德是否会尝试劝阻她，也是一个考虑的因素。或许我太狂妄了，现在要去为此付出代价了。一个身影走进了洞里，一块黑头巾，一件长衫，一条五颜六色的连珠项链，那根拐杖在朦胧的阳光下形成一道黑影线，那个拼图包被挎在一只胳膊上。可以听到她那虚弱的呼吸声，不舒适的喘气几乎让她无法呼吸。她一只手上拿着一个电筒，她打开了，喘着粗气。弗洛拉从三角处阴影中走出，贝莉亚·努尔用她那巫师的眼睛看着她。

"是你，我早就知道，从一开始我就意识到你就是一个多管闲事的人，到处打听，追踪一个你几乎不认识的男人。他的沉默早就清楚地向你表明他没有兴趣再见到你。你已经跨过了一个你不应该穿过的门槛。我为你敞开了我家的大门，回答了你的问题，甚至我还寄了一本书给你希望你能读懂。但是你无法明白王尔德的伟大，以及他在那些美丽的书页里他所表述的东西。"

"您说谎是为了隐藏一桩谋杀，这是一个真实的罪行，一个男人被埋在了一座隐藏的坟墓里。"

"我应该坚持要求检察员因骚扰罪逮捕你。"

"您告诉检察员是我偷走了那个护身符，我爱着您小说里的人物，但护身符是您从我这里偷走的。您本可以向我索要这个护身符，告诉我这是一个家传的宝物，那样我是会给您的。"

弗洛拉对她最后的几个单词迟疑了；她不知道自己是否会这样做，至少在刚来丹吉尔的时候。她必须要平静，刚一开始她就在失去控制,脱离了她准备的剧本。她是玛丽娜。

"确实是你偷的,"老夫人说,"你偷窃了故事,偷走了情感,很肯定是你完全缺乏这些东西。你是一只来丹吉尔吸取别人秘密的寄生虫。你来假扮成我的母亲,你和她根本无法比拟。"

"至少我不是一个杀人凶手,阿丽莎。"

"你不要再用那个名字叫我。"贝莉亚·努尔看着坟上被翻动过的沙土。"你竟然敢对墓地不敬!把你专好窥探的手放到了最神圣的东西上。"她高叫着。

她轻松地跪了下来,跪在那个或许在等待她的坟墓上,抚摸着沙粒。

"这是保尔·丁格尔的墓。"弗洛拉回答。"你是在12月24日的夜晚将他埋在这里的。"

"你什么都不知情。"她拄着拐杖站了起来。

"我觉得您母亲应该是知道这件事的。我也知道她死的时候并不知道她丈夫发生了什么。"

"你别想再用她的名字给我写信,也不要提她。"

"我讲述了您小说里缺少的部分。一个母亲为年幼的女儿的遭遇而感到的痛苦,因为她不知道她女儿在经历着什么。"

贝莉亚·努尔的一双眼睛变得像镜子一般。

"我的母亲一直在等待着保尔。她希望保尔只是属于她,但是保尔也爱着我。她拥有了活着的保尔,而我拥有他更长的时间,即使他已经死了。"

"他从来都没有成为你的情人。他是用另一种方式爱着您。"

贝莉亚·努尔的脸涨得通红。呼吸着寻找肺里的那最后一点点空气。她打开拼图包,掏出一把手枪,指着弗洛拉。她的心快要跳出来了。

"我很清楚他是怎么看我的,和那些他对我细声说过的话。如果不是他那要出生的孩子,他会和我一起私奔的。你在那封信里的话让我发笑。"

"我是忠实于现实。生活是我未经琢磨的原材料,我是活在现实里的。"

"你虚构了事实,亲爱的,是糟糕的现实,死的现实,没有生命力的现实。那不是艺术。"

弗洛拉听见了岩石间的脚步声,她想,是阿曼德。但她错了:是保尔·丁格尔,准时准点地进入了洞穴。阿曼德之前给他留下了这样一个便条:

> 如果您想知道您祖父失踪的真相,请于明天十一点到达后面附上的地图里的指定地点。在那里您会找到他的墓地。

阿曼德熟练地为他画制了岩石的方位,还给他指明了公路的编号,出租车应该将他放下的精确公里数,以及坟墓所在的那个洞穴的描述。

这是第一次贝莉亚·努尔的眼睛失去了活力,瞬间老化了。她握着手里的枪,惊恐地看着保尔。他和那个她爱过的男人、那个她记忆里退缩的男人是如此的相像,那个男人她一直爱到1951年12月24日,那个该死的生日的夜晚。她的手在颤抖。她会不会第二次杀了他呢?弗洛拉害怕了。贝莉亚·努尔放下了指着她的枪,转而指向保尔,或者是指向了那个有那么一刻在洞穴昏暗的阴影里被贝莉亚·努尔当成是幽灵的他。

是保尔，弗洛拉想，那个卡美洛酒馆的保尔，那个霓虹灯下酒店里的保尔。保尔。116号房间。她躲在了三角阴影处。

"姑姑，你在干什么？"他在后退，"你放下那把枪。"

他认识她，弗洛拉想。果然和我想象得一样，他来丹吉尔是为了看她。

贝莉亚·努尔把枪指向了地面，拄着那根拐杖，防止倒下。

"你问她吧，"贝莉亚指着她，弗洛拉从藏身处走了出来，"我怕她是来伤害我们的。"

"弗洛拉！"保尔难以相信地看着她。"一个检察员告诉我说你在丹吉尔……"

"你认为她是偶然来的吗？"贝莉亚·努尔打断了他，"她跟踪你。她是一个寄养在别人身上的人，跟踪他们，骚扰他们。"

"您对我的生活一无所知。"弗洛拉抬高了声调。

"因为没有什么好了解的。她迷上你了，保尔。我为你担心，也为我们担心。你做得很好，没有出现在那家咖啡厅，扔下了她，再没有给她打过电话。"

弗洛拉望着保尔。

"我必须紧急离开马德里，我不知道该怎么说，弗洛拉……我很抱歉……"

"你不需要给我解释，"她打断他，"我不是为这事让你来这里。现在我也不需要知道你为什么没有给我发消息，告诉我为什么不会出现。我买了你正在读的那本书，来见见书的作者，看看是否能找到你，但是我找到了你祖父。你的姑姑知道在他身上真正发生了什么。"

保尔随着弗洛拉的眼睛，聚焦在了那座坟墓上。

"姑姑，"他诧异地看着她，"他真的埋葬在这里？"

贝莉亚·努尔没有说话。她不想失去在这一生中对她重要的最后的东西，弗洛拉想：这是一个和她爱过的保尔一模一样的另一个保尔，他会再次被抢走。

"那是她说的，你已经看到，她是一个疯女人，从马德里就已经跟踪你。她还有我们的护身符，她只对你感兴趣。如果你那时是真实的，她就可以找到你了。一开始，她让我觉得很好笑，像一只和我玩耍的小动物，她是那么相信在她身上发生了点儿什么不同寻常的事情，认为是跟一部小说里的人物睡觉了，保尔已经从书页里走出来，选择了她。真是幻想。"

"你指的是我祖父？"

"是的，他不仅是你祖母的，也是我的。"她因愤怒涨红了脸。"如果你父亲没有出生，那一切事情都不一样了。"

"那是杀害他的手枪吗？"弗洛拉问她。

"是的，没错。"贝莉亚·努尔再次跨过了她记忆的门槛。"保险柜里的那把手枪。你很好地重塑了那个场景，几乎猜中了所有的事情：我到郊外的房屋，这把我藏在大衣兜里的手枪，我向艾莎·坎迪沙乞求，让她把他从我这里带走，但是你弄错了，是萨米尔。我向保尔开了枪，他没有站在楼梯的高处，我没有让他来得及听到我的声音，扑向我，扑向那把手枪的枪管。"

她再次把手枪指向弗洛拉。

"我的侄子不应该出现在这里，你摧毁了我生命里的最后时光，那仅剩的一点点享受和保尔在一起的时光。"

"现在是您把他和他的祖父混淆了。"

贝莉亚·努尔卸下了枪的保险。

"你会和他死在同一把手枪下,你会愿意的。"

保尔抓住了他姑姑的胳膊,将它扭向一边,直到她痛苦地号叫,手枪落在了地上。她含着眼泪哈哈大笑。

"就连这把手枪也没有把它杀死。我是在房屋的门厅向他开枪的,但是我的枪法不好,打在了他的一条腿上。他还可以活下去的,那不是致命的伤口。"贝莉亚·努尔的眼睛在洞穴里变得更加明亮。"萨米尔从他的外套口袋里掏出一把枪,最终杀害了他。那才是你指的射在心脏的一枪。我从来没有主动杀害保尔,但是我一旦为他创造了机会,他就利用了。""这是你想要的。"他对我说。我不停地哭泣。"好了,我已经替你做了这件事。"他欺骗了我,他还爱着我母亲。

弗洛拉浑身打颤。

"你让我的祖母活在不知道她丈夫发生了什么的迷茫中,"保尔对她说,"我父亲跟我讲过,她无休止地刺绣,但是最让她痛苦的是她相信保尔已经放弃了她,而她腹中还怀着他的孩子。而后你还在你的小说里暗示她是杀人凶手。"

"当时的她就是我。我想成为她,拥有她所拥有的。"

"所以你写成孩子是你的。"

"如果我们不能正确地做点什么来抑制,或者至少是修正我们对事实的畸形的崇敬,那么艺术将是贫瘠的,美丽也将从这个世界消失。"这是奥斯卡·王尔德的话。文学永远都先于生活,但愿果真如此。

保尔再次看向那座坟丘。

"对不起。"贝莉亚·努尔叹息着。

"你想让她付出你想要的代价。"

"开始是的。之后，随着时间的推移，我仅仅是缺乏对她讲出真相的勇气。保尔是我的。"贝莉亚·努尔摇晃着身子。

她的拐杖已经不足以支撑她站稳，在她倒地之前，保尔揽住了她的腰，而她紧紧抱住他，哭了起来。

"我再次在你祖父的墓前请求你的原谅。"她推开了保尔，而他还扶着她。"当着你祖父的面我已经请求了太多次的原谅。我每周都来看他，我会将他的香桃木树枝放在他身旁，用我们祖先的语言同他说话。他喜欢这里，靠近大海，再也不经受他生活的波折和动荡不定。让我为我所做的事赎罪吧，让我来照顾你，因为怨恨让我无法接近你的父亲。"

"他到死也不知道事实的真相。"

"你是唯一留下来的人，唯一能在这部小说中平静地活了那么长时间的人，唯一能抚平伤口的人。她是知道的。"贝莉亚·努尔看向弗洛拉，再次拥抱了保尔。

弗洛拉看着咖啡色的奔驰车驰向公路的远处，直到变成一粒被天际线吞噬的斑点。车中离去的是贝莉亚·努尔和保尔。当阿曼德从他的隐身处走出来时，弗洛拉还在颤抖，他走到她的身边。

"你看。"他给她看手机，是警察局的电话。当那个女人掏出手枪时，他正要拨出的号码。

279

"是有过那么一刻我觉得她会向我开枪的。"

"我没有看见,有时候我的视角不太好。我的鞋底在岩石上有些打滑。"

"我觉得事情已经结束了。"她说。

"好像是。"

他们一起走向租来的车。天空依旧是白茫茫的一片,上空海鸥在盘旋。

当弗洛拉到达酒店连上网络时,她收到一条保尔·丁格尔发来的信息,是另一个号码。

弗洛拉,今晚和我一起吃晚餐吧。我们有那么多事情需要谈谈……发生的一切仍旧让我为之震动,我需要见你。

她坐在床上,脱下靴子。衣服上,皮肤上,还带着洞穴的味道。

"和保尔一起晚餐。"她大声说。

我很乐意。这次是在丹吉尔的中央咖啡馆,八点半。第二次机会……

她在干什么?她和保尔·丁格尔有一场约会,那个唯一活着的人。这一次的回复来得很快。

我会去那儿的。

弗洛拉想问他,如果有风呢?不会刮风的。早晨吹打着海滩的阵风已经平息了。她简单地回答了一个:OK。

弗洛拉换上了舒适的衣服,打开电脑。Skype 上有五个戴德的来电,但是她现在需要睡觉。醒来之后会打电话告诉她发生的事情。她关掉了电脑,上床睡觉。很快她就进入睡梦了。

&

弗洛拉睡到了七点半。连午饭都没吃。她梦见了保尔,梦见的不是那个在不到一个小时后和她有场约会的保尔,而是保尔·丁格尔,小说里的那个人物。戴德又给她打来过电话,她很担心她,现在弗洛拉给戴德回电话:

"戴德,亲爱的,我找到了那个和我在格兰大街酒店睡觉的男人,他是保尔·丁格尔的孙子。"

"不是吧!你说,你快说,是有血有肉的真人?"

"完全是。"

"发生了什么事?"

"那个杀人凶手贝莉亚·努尔坦白了:是萨米尔杀害他的,萨米尔就是她母亲的前男友。"

"亲爱的,人性总是会重复的。他因为怨恨杀人,为了从烦扰他的欲望中解脱出来。"

"现在保尔想见我。"

"哪个保尔,亲爱的?我已经不知道说什么。你已经让我疯掉了。"

"那个有血有肉的保尔。那个马德里的保尔。"

"保尔·丁格尔和那个女孩发生过关系吗?"

"我觉得是有的。"

"你说这话的时候带着伤痛,因为他是你的保尔,你刚刚找到的保尔。"

弗洛拉陷入了沉思。

"我明天回家。"

"这是我听到的最明智的做法了。你要下到城堡了？"

"我从所有的一切中走下来了。我现在要和你说再见了，我得准备一下今晚的约会。"

弗洛拉亲吻了戴德，挂断了电话。她很紧张，不知道要穿什么，毫无疑问的是那套紫色的内衣。那外面呢？一套一样性感的衣服？弗洛拉选择了牛仔裤，和一件轻薄、有些透明的衬衫，外面是一件宽松的外套。

当她来到街上时，这座城市在她眼里变得不一样了。她很轻松地认出了到达中央咖啡馆所在的小广场的街道。她不再害怕那些猫咪，她远离它们，不再感觉它们在包围着她，可能随时袭击她。她的步伐越来越慢。一方面，她想让保尔尝一下苦果，为他没有一条信息将她扔下的事感到愧疚，但是，这对于她真的重要吗？她有更多想要和他说的话吗？如果有的话，就是感谢他一起度过的那晚，然后她发现了《丹吉尔迷雾》这个将她从禁锢的生活里拉出来的炸弹，让她发现了她是谁，或者是她可能会成为谁。

弗洛拉停下了脚步。她已经到达了广场。中央咖啡馆就在她面前。那个要和她约会的男人只不过是一个陌生人，是保尔·丁格尔，是《丹吉尔迷雾》里的人物角色，有多重要呢？那个在1951年神秘失踪的男人，那个被埋葬在一个土堆里的人，那是她真正认识的人。为他所做的一切都已经结束了。

她在 wasap 写了这样一条信息：

保尔，我不能来晚餐了。明天我要回西班牙了，还有很多需要处理的事情。我很抱歉这么晚才取消约会。希望你一切都好。和你同床共枕的弗洛拉已经醒了。

几分钟后，她收到了回复。

很遗憾，我已经在等你了。我想见到你，想要你给我讲讲我姑姑故事的所有细节。我至少会在丹吉尔待上几个月，所以如果你回来，你已经知道了怎么可以找到我。说真的，我希望你能回来找我。不管怎样，我们都保持联系吧。

弗洛拉只简单地回复了一个 OK 和一个笑脸的表情。至少我已经告诉他了，她一边对自己说，一边拨通了给阿曼德的电话。
"我以为你正在约会。"他回答说。
"我们已经找到了我的保尔·丁格尔。吃个晚餐然后去听传统音乐？我觉得经历了今天的事情，我们应该有这样一个安排。"

还是在利雅得庭院酒店那张靠近窗户的餐桌上。一瓶白葡萄酒，两支高脚杯。阿曼德斟满酒杯，他看见她的两个脸颊通红。他是跑着到酒店来的。弗洛拉坐在他对面，冲他笑着。
"为了我们在丹吉尔的相遇干杯。一点都不无聊。"阿曼德提议道。

两人干杯。

"你已经订好明天的航班了？"阿曼德问。

"十二点起飞。我不用起得太早。至少我能赶上回家过圣诞。你呢？"

"早两个小时起飞。"

晚餐后，他们到屋顶平台去吸了一支烟。云层散开了，夜空放晴。

弗洛拉没有说话，到了那个她要面对回家的时候了。很快，她就会再出现在超市里，被一群孕妇"追赶"，而丹吉尔对她来说就是一个曾经想象的故事，一场醒来时回忆的梦。或者也不是。她能够回到那个生活里去吗？她已经不是弗洛拉·林娜迪了，尽管她还是红头发、灰眼睛，现在她是弗洛拉·加斯康，已经准备沿着心房的楼梯走下来，走向她城堡里的地牢。

"这是给你的。"

阿曼德给了她的画像。

"这么多繁忙的事情，你几乎没有时间坐下来，我基本上只能凭着记忆画出来。"

"我很喜欢，阿曼德。你把我画得比我本人的样子要漂亮很多。你会将你的铅笔盒带去马赛，会继续作画对吗？"

"我已经放不下它了。"他笑了。

"有些事情在已经上路后就无法回头了。我害怕回家。"她吸了一口烟。"我害怕一切都没有改变。"

"我相信如果你想要改变，事情会发生变化的。你不要因为一些你无法完成的事情责备你的丈夫。对不起，我说的是真心话。"

"你指的是什么?"

"离开他。或许他没有迈出这一步,只是因为他想和你在一起,但是你不想。他是这样的,像你对他的描述。或许你不是那个能让他幸福的人,而他也不是能让你幸福的人。"

"我不知道怎么说他是爱我的,他是以行动体现他的爱的。甚至我害怕他突然出现在丹吉尔,因为他说要给我一个惊喜,我就想到他会有这样一个疯狂浪漫的举动。"

"每个人都有他爱的方式,弗洛拉。我也明白我该做什么。事实是我害怕我孩子们的叛逆,他们已经长大了。我麻痹了,或者直到我开始绘画、挖掘尸体之前都是麻木的。我还不会卖掉我的房子,我没有力气去把家里的家具搬出来拿去拍卖,然后解散了这个家。我会在做最后决定前和我弟弟、我妻子说这件事。现在,所有的一切都停下来了。"

弗洛拉微笑着,阿曼德拥抱了她。

"我很高兴你做的这个决定。"她说。

"所有的一切都需要它应有的时间。"

"我以前希望我的婚姻能够维持得很好。有孩子,让我母亲快乐,尽管我有着一头和那可恶的祖母一样的红头发,她还是爱着我的。"她的眼泪流了下来。

"我相信一定能实现的。"

"或许我的害怕是因为我的经济状况不是很好,因为我把丈夫看成了最后拥有孩子的机会,因为我觉得给我母亲一个外孙是一种义务。我是她唯一的女儿。这些都是束缚的界限,戴德跟我说过,我在这样的界限里,在一个垂死又安全的舒适里,根据其他人对我的期望活着。离开我的丈夫将是跨越这些界限的方式。"

"做你希望自己要做的事情。"

"我不知道是否我还希望。"

"你已经显示出可以成为一个优秀作家的才能,你已经开始模仿那些你欣赏的人,这是第一步。"

阿曼德把弗洛拉拥抱得更紧了,他将她分开了一会,轻轻地亲吻了她的嘴唇。走下城堡吧,弗洛拉想,你还剩几级台阶了。

月亮从屋顶平台的上空出现了。

&

2015 年 12 月 24 日

我亲爱的保尔:今天是你失踪、是你离开的纪念日。我来到了那个港口,那个玛丽娜来到的码头,纪念那个日子里对你的回忆。我的面前是直布罗陀一望无际的大海。起风了,保尔,像是为我在丹吉尔的日子告别。我爱过你,保尔·丁格尔,爱过《丹吉尔迷雾》,爱过玛丽娜和你们的故事,现在我要和你说再见了,尽管我也会将你永远地随我一起带走。

风刮得更猛烈了,飞机可能还没有起飞。或许是我在呼唤她,呼唤艾莎·坎迪沙。我告诉她,你来带走我的丈夫吧,虽然还没有天黑,他也没有来到丹吉尔。如果他之前出现在丹吉尔,我会向她求救的。他买了一个蓝光光盘,那就是给她的惊喜,他在等待着我开启一场有爆米花的电影。你不要用你那狂风的双手弄乱我的头发。当我回到家,我将来完成你的工作。

19．床单

2016 年 11 月 14 日

现在，弗洛拉住在特土安区一个小小的工作室里。一个人。她收养了一只蓝眼睛、白色绒毛的小母猫，叫玛丽娜。弗洛拉救了差点死在一个兽医手上的它。它差点就聋了，因为从出生就遭遇挨打，它的肾功能也受到了损伤。兽医告诉她要小心照料它才能活下去。有时它的身影会弯曲地投影在房间的客厅里，弗洛拉对猫的恐惧会被重新唤起，但是玛丽娜会在她的腿上磨磨蹭蹭，她会抚摸它的脊背。她喜欢写文学博客，一边在沙发上品着一杯薄荷茶，这是她从丹吉尔回来有了腿边的小猫之后就开始的。

她和阿曼德一直保持着联系。他们会互相发邮件，发 wasap，有时还会通电话。他继续和他妻子在一起，继续他的绘画。

虽然还在电器公司语言部工作，弗洛拉已经能够作为撰稿人进入殖民书店，她大胆地和阿曼德介绍给她的经理取得了联系，她已经翻译过一本法语版的里夫故事集。拿着她挣到的钱，和她一直节约下来的钱，买了一张去布宜诺斯艾利斯的机票。她要和戴德见面了。"把你的比基尼放进行李箱,亲爱的,这里已经开始热起来了,我们会浸泡在绝经后分泌的激素里。"

正当弗洛拉准备出门前往机场时,响起了敲门声。她不想回答,她乘出租去往 4 号航站楼的时间刚好合适,而那个时段经常会堵车。她透过猫眼看出去,看到了一个邮递员。她打开了门。

"是弗洛拉·加斯康吗?"

"是我。"

那个男人的手里拿着一个中等大小的长方形盒子。

"谁送来的。"

"是从丹吉尔寄来的。"

弗洛拉颤抖了。

她在邮递员指给她的地方签了字,关上了门。她犹豫着是否要在当时打开那个盒子,或者是从布宜诺斯艾利斯回来后再说。看着它的那几秒,她很平静。我不想忍耐那么久的好奇,她告诉自己。她将盒子拿进厨房,用剪刀剪开了保护盒子的塑料绳,打开了它。一块丝质的包装纸里包裹着某个东西,还有一个蓝色信封。弗洛拉立刻认出了它。和她在丹吉尔的那个酒店前台交给她的信纸一模一样。贝莉亚·努尔,她应该是通过殖民书店的老板了解到她的地址的。

几周前,保尔·丁格尔给她发过一条 wasap,告诉她姑姑已经去世了。那是从大约一年以来从他们将要在丹吉尔的中央咖啡馆见面那天起他们之间唯一的一条联系信息。弗洛拉拿着手里的信封坐在一把椅子上,她小心翼翼地撕开它,一张同样是蓝色的卡片。

亲爱的弗洛拉：

如果你收到了这个包裹，意味着我已经离去了。

我认为没有比你是更适合保存我所寄东西的人了。在某种程度上，它也是属于你的。我希望你能享受它，你还可以继续留着它，你还有等待属于你的尤利西斯的空间。

附言：我知道了加斯康是你真正的姓，而不是林娜迪。我不是那个唯一需要在某个生命时段夺取另一个人身份的人。

弗洛拉笑了笑。她小心翼翼地打开丝质包装纸。出现在她面前的是玛丽娜刺绣着世界森林团的床罩，折叠得整整齐齐。

作者的话

丹吉尔。为什么是丹吉尔呢？当我乘坐 20 世纪 80 年代末的蒙多杰温巴士再次回到这里时，已经过去二十多年了，我几乎快把这座城市忘记了。我和我最亲密的朋友，伊娃·玛格兹一起走遍了摩洛哥。那是第一次去国外的旅行，没有父母的陪伴，第一次和一种能和让我着迷的《一千零一夜》一样美的文化接触。第一次去一个麦地那老城，寒冷的 12 月，挽着我朋友的胳膊，街巷里，人潮的迷宫里，宣礼人穆安津的声音让我着魔了。

二十多年后的 2016 年 8 月。艾西拉[1]麦地那街区一栋出租的老房子，在距离丹吉尔大约四十六公里处，是和家人度假避暑的地方。那个时候弗洛拉·加斯康已经存在了。她住在马德里城郊的住宅区。是玛丽娜·伊万诺娃还没有出现；我确实想要写一部藏在另一个小说里的小说故事，另一个虚构故事里的故事，两块叠层的图景相互融合在一起。胡里奥·科塔萨尔的《公园续幕》。我一直都在想着这个故事。他的头靠在高靠背的绿色天鹅绒扶手椅上读着一本小说，书中的人物

---

[1] 艾西拉（Asilah），是摩洛哥大西洋海岸西北端的一座要塞城镇，位于丹吉尔以南约三十一公里处。其城墙和门廊保持完好无损。

向他靠近，读者同时在阅读他的故事。三重图景。什么是现实，什么又是虚构呢？真实和虚幻的界限又在哪里？是现实和创作之间的那根线吗？我需要一个地方去消磨这个故事。科塔萨尔的栎树公园，而我呢？我需要一处有意义、能震动我的地方，就像我写作其他小说需要的地方一样。现在还什么都没有，只有和家人的散步。麦地那街区的猫吸引了我，还有海鸥。那几天地中海的风吹拂着我们，就像吹着弗洛拉，吹着她的衣服和头发一样，我们置身于沙漠的热浪里。

那么，事情发生了。塞维利亚的几个朋友邀请我们在丹吉尔玩一天。他们住在港口附近的一个小旅舍里，是一座法式的房屋。石阶通往一片古老的花园，它的美丽让人记忆深刻，是喧嚣街道里的一处花果园，是可以看见直布罗陀海岸的一处水池。旅舍叫米米卡尔佩。那时我还无法想象这会成为玛丽娜的家，成为贝莉亚·努尔的家。梅特、阿尔贝托、胡安·卡洛斯还有恩里克已经在那等着我们了。我们是在花园里吃的午餐。他们去市场买了些海鲜，亚米拉负责烹饪，作为款待我们的佳肴。亚米拉总是笑眯眯的，非常地亲切。那真是一道很美味的菜肴。太神奇了。在那里，所有的一切开始了。恩里克，我亲爱的恩里克·帕利亚聊上了那个我已经忘记了的丹吉尔的故事。是他，一点一点地感染我，让我对这座城市着迷，对这里发生的一切着迷。下午，恩里克带我去了位于手风琴大厦的殖民书店，那真是这座城市里神话般的一处建筑，他给我讲述了一位特别的女人：蕾切尔·穆亚，是这家书店二十五年的老板；现在的老板是：西蒙·皮埃尔·哈梅林。恩里克对文化的那份热情、对书籍的热情是会传染的；他的文化管理公司有一个能引人遐想的名字，九海里，是非洲和欧洲之间的最小距离。我们一起沿着街道走上卡斯巴堡台。在一家酒店的露台上我们看到了日落，密密麻麻的露台，电视天线，还有最后一抹亮光的直布罗陀海岸。我已经选好了我新小说的地点了。但是我还不知道具体是哪。晚餐是在摩洛哥俱乐部吃的（这是丹吉尔老城区的餐厅）。然后我们告别了。我意识到，故事将发生在丹吉尔时，正是第二天清晨在艾西拉。

四个月后我回到了这里。再一次来到了12月。世界总是循环往复的。我和丈夫住在米米卡尔佩。他不是很喜欢这座城市，但喜欢米米卡尔佩，是水流平静的滞息处。恩里克帮助我和蕾切尔·穆亚取得了联系。我们很高兴认识了她。我们是在殖民书店见面的。蕾切尔是一个有活力、很亲近的女人，也是一个孜孜不倦的讲述者，而她的倾听者也一刻不会松弛无聊。我们和她一起逛了这座城市，穿过小集市广场的街巷，去了为我们开放的那个教堂。犹太教典籍《托拉》的书卷让我记忆深刻。蕾切尔是塞法迪犹太人。流散移居后，这座城市里剩下的塞法迪犹太人已经不多了。蕾切尔戴着一副墨镜和她的头巾，很漂亮，在中央咖啡馆的露台上给我们讲述了她家庭的故事。她卡斯蒂利亚杜罗标价的婚契是我曾经在小说里用过的。蕾切尔有着一双灵动的眼睛，很风趣，一个完美的向导，她可以帮助一个向我们打听伊本·白图泰墓地的爱尔兰女游客指路。我觉得这个环绕全球沿着那些古老旅行路线行进的女孩的故事很让人钦佩。人们总是会面临各种不同的挑战。就是这样我才认识了弗洛拉，会看到保尔·丁格尔的墓地。之后，蕾切尔带我们去了约瑟芬公寓喝巧克力，品尝普鲁斯特笔下的玛德琳小蛋糕，而那天下午刚好没有这个小蛋糕，于是我们换了柠檬小饼干作为替代。非常感谢你，蕾切尔，这位特别的女主人。要是没有你慷慨的接待，你的陪伴，你的故事，也不会有这样的《丹吉尔迷雾》。没有你,我亲爱的恩里克,这本书同样也不会存在。我不知道该如何感谢你为我提供的一切帮助,感谢你的热情。我一告诉你我接下来的小说故事会发生在丹吉尔,你就推荐我去阅读安赫尔·巴斯克斯的作品《胡安娜·纳波尼的糟糕生活》。几年前,读过他的一本书并没有对我造成太大的冲击,因为他的写作风格、写作结构,我感觉和一个人物不是很真实的符合。有时,我会听见胡安娜对我用jaquetia[1]说话,这是一种丹吉尔塞法迪犹太人会讲的西班牙语,这位"闲适"的女作家正在和她的虚构重景图作挣扎。另外,也得感谢这部小说,让我认识了艾莎·坎迪沙。这个犹太民俗文化里的人物让我是如此着迷。我必须要用上她。胡安娜说,在丹吉尔,我们就是任风吹扬的人。弗洛拉和阿曼德在交谈里提到她也是我对安赫尔·巴斯克斯才华的一种敬仰。当我问他时,蕾切尔·穆亚会叫他小安东尼奥,当然,就是我认识的那个安东尼奥,他是我的邻居。蕾切尔带我们去他们小时候住的房子那里。一栋欧式的建筑,一座被遗弃、没落的、迷人的建筑。蕾切尔给我们讲述了安东尼母亲的故事,一位马拉加卖帽子的女人,叫马里基塔·莫利纳,也是为玛丽娜母亲提供她的装扮里一定不可缺少的帽商,马里基塔·莫利纳在她的帽店里接待着来来往往的客人,为了不让小安东尼被别针扎到手,他母亲将它们放进编织盒里,像金丝雀的笼子,将它挂在天花板上。索尼亚·加西亚·索布里特在马德里雷科莱托斯大道的埃斯佩霍咖啡厅也给我讲过这个故事。我也是幸运地通过恩里克认识她的。索尼亚跟我讲述了她的丹吉尔,"每个人都有自己的丹吉尔",还有安赫尔·巴斯克斯的丹吉尔。

---

[1] 是塞法迪西班牙犹太人本土的语言,主要在摩洛哥北部被使用。

她推荐给我一些可以去游览的地方，还有一些可以帮助我完成小说的书籍。谢谢你，索尼亚，谢谢你亲切的帮助。她给我推荐了里奥·阿夫拉洛的《荣尼的死者》。阿达外祖母和阿龙外祖父的角色，还有伴随玛丽娜从成长到衰落的嫁妆盒，佩涅洛佩的毯子，逃离一场不愿意的婚姻命运，皮罗蛋糕店，麦地那街区沿街的婚礼就是从那里出来的。

我跟索尼亚讲了米米卡尔佩。她并不知道这里。几个月后，我收到了她的一条 wasap：我在米米卡尔佩住过，是那个胡安娜·纳波尼有钱女邻居的房子，小说里有提到这间屋子。我生起了鸡皮疙瘩，事情就这样发生了？再一次谢谢你，索尼亚。

我 5 月回到丹吉尔。我丈夫马诺罗，在这里有一个工作，所以我陪他来到了这里。我们再一次住在了米米卡尔佩。坐在这里伊甸园般的花园里，这是有风的一天，好像是艾莎·坎迪沙将要出现了，手中的纸笔，让我理清了我在《丹吉尔迷雾》这本书里杂乱无章的东西，最后敲定了发生在保尔·丁格尔身上的故事。他永远是更真实的，更像心理学家，而我是更任性的。薄荷茶陪伴了数个小时的流逝。想法出现了。再一次谢谢我亲爱的，坐在我身旁、在这场旅行中陪伴我的这个男人。

也感谢另一个特别的女人，她是恩里克很好的朋友：玛丽亚·克莉丝汀·德尔·卡斯蒂略。和她聊天总是很愉快。她是塞维利亚文艺复兴出版社的大老板，是她给了我写这本小说的勇气。我们聊到了米米卡尔佩，聊到了它的故事，不同宗教间的爱情，就像玛丽娜·伊万诺娃的父母。

感谢西蒙·皮埃尔·哈梅林，我是在马德里认识他的，我再次见到他是在殖民书店，他戴着他的银质戒指，他送给我一本关于书店故事的书。

谢谢母亲伊齐亚尔，女儿伊齐亚尔，托米，贝伦和大卫，他们是那个炎热夏天在街巷里和露台上陪我一起的人。

还有我的妹妹皮图，她第一次出现是和保尔·丁格尔在一次埃斯科里亚尔的聊天里，而她当时并不知道他是谁。

感谢帕米拉·马尔克斯的支持，谢谢陪伴我在这本小说里的旅行、和我一起居住的时光。

还有我的老师克拉拉·奥布里加多，以及维多利亚·谢德莱茨基，帮助我扮演了戴德来自阿根廷的声音。

还有我亲爱的莫拉……

我的女儿，总是给我勇气和力量的露西娅。

我不知道什么时候我会再回到丹吉尔，我的丹吉尔，现在，我也拥有了一个属于我的丹吉尔。